ILKA GERDES

# Die Müllers und die Pekingente

**BITTE NICHT OSTFRIESLAND!** Ausgerechnet mit einem Kurzurlaub bei den phlegmatischen Nordlichtern werden die Müllers von ihren Gen-Z-Kindern überrascht. Dabei stecken die beiden doch ausweglos in einer Ehekrise. Schon bei der Anreise gen Norden fällt dem Ehepaar auf, dass es Richtung Scheidungshauptstadt unterwegs ist, und auf der Insel wirken der ständige Wind und die kantige Sprache nicht gerade als Stimmungsaufheller. Kein Wunder, dass Herr und Frau Müller wie gewohnt eigene Wege gehen und sogar mit dem ein oder anderen Urlaubsflirt anbandeln. Dann findet Herr Müller ein ominöses Paket am Strand. Er nimmt es an sich – und reißt seine Frau mit in den Schlamassel. Durch eine Verkettung unglücklicher Entscheidungen geraten die Müllers ins Visier einer ambitionierten Drogengang. Deren Chefinnen haben sich nach dem BWL-Studium ein unkonventionelles Geschäftsmodell aufgebaut, das sie mit Köpfchen und ohne Skrupel zum Erfolg zwingen. Davon können auch Herr und Frau Müller ein Liedchen singen. Schnell ist nicht nur ihre Liebe auf eine harte Probe gestellt, sondern auch ihr Leben in Gefahr.

© Ilka Gerdes

*Ilka Gerdes erblickte 1985 in Ostfriesland das Licht der Welt. Ihrem Studium der Sprach- und Erziehungswissenschaften an der Universität Bielefeld folgte eine pädagogische Laufbahn mitsamt Masterstudium an der Hochschule Emden/Leer. Heute lebt sie nach wie vor in ihrer ostfriesischen Heimat – und das ausgesprochen gern! Neben dem Schreiben spielt sie Schlagzeug in einer sehr guten, aber nicht von Erfolg gekrönten Post-Punk-Band.*

ILKA GERDES

# Die Müllers und die Pekingente

*Ein ostfriesischer Strandkorbkrimi*

GMEINER

Bei Fragen zur Produktsicherheit gemäß der Verordnung über die allgemeine Produktsicherheit (GPSR) wenden Sie sich bitte an den Verlag.

Immer informiert

Spannung pur – mit unserem Newsletter informieren wir Sie regelmäßig über Wissenswertes aus unserer Bücherwelt.

Gefällt mir!

Facebook: @Gmeiner.Verlag
Instagram: @gmeinerverlag

FSC
www.fsc.org
MIX
Papier | Fördert gute Waldnutzung
FSC® C083411

Besuchen Sie uns im Internet:
www.gmeiner-verlag.de


Im Ehnried 5, 88605 Meßkirch
Telefon 07575/2095-0
info@gmeiner-verlag.de

1. Auflage 2025

Lektorat: Ricarda Dück
Satz: Mirjam Hecht
Umschlaggestaltung: U.O.R.G. Lutz Eberle, Stuttgart
unter Verwendung von: © Illustration Lutz Eberle mit Adobe Firefly
Druck: CPI books GmbH, Leck
Printed in Germany
ISBN 978-3-8392-0864-9

Personen und Handlung sind frei erfunden.
Ähnlichkeiten mit lebenden oder toten Personen
sind rein zufällig und nicht beabsichtigt.

# DIE MÜLLERS

Frau Müller besaß früher einen Vornamen. Pünktlich mit dem Abschluss ihres Referendariats tauschte sie ihn gegen »Frau Müller« ein. Gymnasium, Oberstufe, Deutsch und Englisch. Sie liebte ihren Beruf. Nach dem zwanzigsten Jubiläum hatte sie aufgehört, die weiteren Dienstjahre zu zählen. Als Planungsnaturtalent übernahm Frau Müller fast gern den Großteil der Vorbereitungen zu den Abschlussfestlichkeiten, dem Tag der offenen Tür und eigentlich auch allen anderen Prestige-Events der Schule. Gütesiegel Müller, genau.

Die Vollblutlehrerin fuhr mit Vorliebe Auto und nutzte dazu ihr favorisiertes Verkehrsmittel, welches in der Größe sicherlich nicht notwendig war. Nicht ein einziges Mal rechtfertigte sie sich dafür, die Strecke zur Schule mit dem SUV zurückzulegen, obwohl sie sich leicht mit dem Fahrrad bewältigen ließe. Im Lehrerzimmer stapelten sich Fahrradtaschen und die dazugehörigen Helme und Regenjacken der Lehrkräfte, die jeden Morgen mit dem Lächeln des guten Gewissens das Gebäude betraten. Vor allem, wenn es seit Tagen regnete. Stolz und tropfend blieben sie einen Moment zu lange in der Türzarge stehen. So konnten sie sich sicher sein, dass das Kollegium ihren Einsatz für das Klima auch wirklich bemerkte.

»Wie die kleinen Arschlöcher«, so begannen Frau Müllers Ausführungen über ihre Funktionskleidung tragenden Kollegen. Ein Klassiker, über den Frau Müllers beste

Freundin sich gern und ausgiebig schlapp lachte. Frau Müller hatte sogar eigens einen Fahrradhelm bestellt, den sie natürlich niemals in seiner eigentlichen Funktion benutzen würde, ihn jedoch besonders eng schnürte, um verschiedene Personen aus ihrem Kollegium zu parodieren. Ein Kinn hinter der Schnürung, eines davor. Dazu noch das hektische »Schrab, schrab« des sich bei jedem Schritt zwischen den Beinen reibenden Regenhosenmaterials. Eine Flasche Weißwein später wurde das Schauspiel nochmals wiederholt, bis die Tränen flossen und alle Gesichter abgeschminkt waren.

Frau Müller wusste im Übrigen, dass andere sie als »flott« beschrieben. Sie gab ihnen uneingeschränkt recht. Aber lieber, ohne diesen antiquierten Begriff zu nutzen. Wer das Wort »flott« ernsthaft anwendete, war es in der Regel selbst nicht mehr. Mit dem fast täglichen Tragen der Trendfarbe Senfgelb unterstrich sie hingegen ihre Stilsicherheit. Verschiedene »Schärfegrade« fanden sich in ihrem Kleiderschrank wieder.

Seit wann fühlen Sie sich so? Diese Frage hatte sie in einem ihrer vielen Ratgeber gelesen. Eine einzige Antwort hatte sie, die ungenauer, aber aussagekräftiger nicht hätte sein können: »Lange.« Frau Müller war gestresst. Seit einiger Zeit hatte sie für sich deswegen die Reise in spirituelle Gefilde entdeckt. Um sich zu »fokussieren«, »runterzukommen« und sich »zu öffnen«, hatte Frau Müller die Meditation in ihr tägliches Repertoire eingeführt. Manchmal sogar mehr als das. Zwischen Gehmeditation, Bauchatmung und progressiver Muskelentspannung unternahm Frau Müller nahezu immer eine innere Einkehr, egal wo sie ging oder stand. Für außenstehende Personen konnte dies recht merkwürdig aussehen. Es war durchaus möglich, dass Frau Müller im Gespräch oder bei einem Spaziergang die Augen schloss und sich eine kurze Atemmeditation gönnte.

Mit jeder neu erlernten Meditationsform wuchs indes die Größe der von Frau Müller getragenen modischen Accessoires. Frühstückstellergroße Gürtelschnallen zierten ihre hellen Jeans oder Cordröcke. Für eine nicht mehr ganz junge, hochgewachsene Frau bewegte sich die gebürtige Kölnerin außergewöhnlich fließend und zielgerichtet. Nach ihrer Darmsanierung im letzten Jahr ernährte Frau Müller sich überwiegend vegan. Besonderen Wert legte sie dabei auf ökologisch und politisch nachhaltig angebautes Obst und Gemüse. Aus der Region natürlich. Den SUV parkte sie vorsichtshalber weit entfernt auf ihrem Stammparkplatz, wenn sie auf dem Wochenmarkt einkaufte. Die Gemüse-Community war an vielen Stellen doch etwas engstirnig. Als eine Kundin neulich ihren Langstreckenflug nach Vietnam ankündigte, erstarben ringsherum alle Gespräche.

Ihr SUV war dennoch jede Doppelmoral wert: Das Abenteuer begann bereits beim Geräusch, das der elektronischen Entriegelung folgte. Jahre musste das Ingenieurwesen des bekannten deutschen Autoherstellers damit zugebracht haben, die Klänge und verbauten Materialien so anzulegen, dass sich dieses hochwertige harmonische Ensemble ineinanderfügte. Ein einziges Pferd war schon ziemlich stark. Das wusste sie. Sie hatte in ihrer Jugend mittelmäßig interessante Reitstunden absolviert. Das Tier hatte sich plötzlich nicht mehr stoppen lassen, als ein Lkw unter lautem Tumult die nächste Haferladung ankarrte. Daran musste sie immer denken, wenn sie mithilfe des Schaltknüppels mehrere Herden dieser Geschosse verwaltete. Sie lud Kritiker häufig dazu ein, kurz hinter dem Steuer Platz zu nehmen. Schon am verklärten Gesichtsausdruck war zu erkennen, dass sich die Vorbehalte zügig in Luft auflösten.

Frau Müller war gern Mutter, damals wie heute. Aber als das letzte Kind auszog, nach Hamburg, eine Stadt, dessen Hype sie nie verstehen würde, schmiss Frau Müller eine große Party. Als ihre Kinder von diesem Plan erfuhren, reagierten sie zu zwanzig Prozent amüsiert und zu achtzig Prozent empört. Irgendwann würden sie verstehen. Die Party hingegen war ein magisches Ereignis gewesen, es wurde noch heute davon berichtet. Frau Müller war eine großartige und sich immer am Rande des Vorbereitungs-Burn-outs bewegende Gastgeberin. Als der Sonnenuntergang der schwarzen Nacht wich, präsentierte Frau Müller die selbst gemachte Sommerbowle im schicken 70er-Jahre-Geschirr-Set. Eiswürfel und kleine Obststückchen schwammen in der karibisch wirkenden Flüssigkeit. Dass sich in der Bowle eine Mikrodosis MDMA befand, musste jedoch niemand unbedingt wissen. Die Rezeptur hatte Frau Müller natürlich sehr verantwortungsvoll durchgerechnet. Keiner bekam einen Nachschlag, außer sie selbst, und sie hatte die Monate im Vorfeld damit verbracht, sich eine Liste anzulegen, welcher Gast welche Medikamente einnahm. Im Schwarzwald wussten die Leute wirklich alles voneinander. So konnte Frau Müller für die überraschend gesunde Partybevölkerung kein Risiko erkennen. Die Leute tanzten und feierten die ganze Nacht, obwohl die Substanz nach allerhöchstens zwei Stunden ihre Wirkung verloren haben musste.

Frau Müller war verheiratet. Mit »ihm«. Ihren Mann sah sie als Teenager zum ersten Mal. Herr Müller bestritt das allerdings, so viel Zufall könne es ja gar nicht geben. Sie hingegen war sich sicher. Mit den Jahren war es stillgeworden um sie beide als Paar. »Wie das halt so ist, wenn man schon lange zusammen ist.« Wie oft hatte sie diesen Satz gehört, aber von anderen. Von den Unglücklichen, den Getrennten. Sie zählte sich zu keiner dieser Gruppen. Oder streng genommen vielleicht zu beiden.

Das Geräusch seiner durch eine Fehlstellung der Nasenscheidewand etwas zu lauten Atmung liebte sie einst. Es vermittelte ihr Sicherheit, heute machte es sie wahnsinnig. Seine Anwesenheit übrigens auch. Frau Müller konnte sich nicht an das letzte richtige Gespräch mit ihrem Mann erinnern. Dass sie sich längst kein Schlafzimmer mehr teilten, musste Frau Müller jedoch sich zuschreiben. Sie schnarchte. Gäbe es eine Definition, ab wann man eigentlich kein Paar mehr ist, sie hätte sie gern nachgeschlagen.

Verborgen blieb allerdings bisher, dass Frau Müller jeden Tag spätabends das Zimmer ihres Mannes aufsuchte und sachte die Tür öffnete. Sie schlich sich zu seinem Bett und hauchte ihm einen Kuss auf die Wange, während seine Nase leise und regelmäßig pfiff. Herr Müller, der auf Knopfdruck tief und fest schlief, bemerkte das nicht.

Da das Leben von Erwachsenen größtenteils aus Warten bestand, wartete Herr Müller. Auf alles und jeden, falls notwendig. Das machte ihm nichts aus. Er war ein Wartender und hatte sich Tricks ausgedacht, die die Zeit wie in einem Science-Fiction-Roman beschleunigten.

»Bodenständig« und »zufrieden«: Wenn diese oft als Worthülsen genutzten Parameter schon Brechreiz auslösten, war die Bezeichnung »feiner Kerl« nicht weit. Im wunderschönen Schwarzwalddörfchen hatte er, wie er selbst sagte, alles, was er brauchte. Urlaube und Reisen wurden »absolviert«. Angemessen viele Urlaubsreisen wurden durchgeführt, denn das gehörte dazu, als Statement sozusagen. Diese dienten Herrn Müller bisher jedoch lediglich zur Vergewisserung, dass es zu Hause am schönsten war.

Kam das Gespräch auch nur in die Nähe einer Selbsteinschätzung, benutzte er mit Vorliebe den Begriff »scheckheftgepflegt«. Dann lachte er, was einem Ausbruch gleichkam. Eskalationsstufe zehn. Seine Späße waren durchschnittlich, seine Art zu lachen eine kleine Sensation. Auf Feierlichkeiten war Herr Müller gern gesehen für seinen Dominoeffekt der Ekstase. Die dreijährige Enkelin des Nachbarehepaars erschrak eines Nachmittags so sehr, dass sie zusammenzuckte und unaufhörlich weinte.

»Der könnte so gut aussehen …«, scherzte die Damenwelt, stünde Herrn Müller seine Kleiderauswahl doch etwas weniger im Weg. Er war ein praktischer Typ und liebte Westen und Cargohosen, denn sie erlaubten die Mitnahme wichtiger Utensilien. Und davon hatte er viele. Dass seine herrlich funktionalen Westen optisch nicht ganz in der Zeit lagen, darüber hatten ihn seine Kinder ungefragt und regelmäßig informiert. Aber hätte er ein so praktisches Kleidungsstück nur im Ansatz erfinden können, er hätte es getan, Patent angemeldet und die Weste auf ewig salonfähig gemacht. Wärme für den Körper, Freiheit für die Arme.

Herr Müllers Vorname hatte sich mit den ersten erfolgreichen Berufsjahren seiner Frau aufgelöst. Er wurde ausnahmslos »Herr Müller« gerufen. So hatte sich schon vor vielen Jahren der Nachname Müller als Marke für beide etabliert, auch wenn er ursprünglich von seiner Frau stammte. Herrn Müller machte das nie etwas aus, ganz im Gegenteil. Dass beide sich gegenseitig auch mit Nachnamen ansprachen, war ein gekonnter Running Gag. Seinen eigenen Beruf dafür so gut es ging zu verheimlichen, bezeichnete Herr Müller als sportliches Vergnügen. Elegant lenkte er die Unterhaltung auf das Thema, schlug dann jedoch einen Gesprächshaken wie ein junger Hase. Ein vorsätzlich wohlgehütetes Geheimnis. Fast unwirklich in einer Zeit, in der das Internet alles preisgab.

Vor wenigen Jahren feierten die Müllers eine große Party, nachdem auch Nummer zwei, das jüngste Kind, den Schutz des elterlichen Hauses verlassen hatte. Das Fest hatte alle je da gewesenen Feierlichkeiten überragt. Nie war die Stimmung ausgelassener gewesen. Gerechnet hatte er damit nicht, er vermisste seine Kinder so sehr und hatte alles andere im Sinn, als eine Party zu veranstalten.

Das Ehepaar Müller hatte ihre Liebe in den frühen Jahren gefeiert und jede Sekunde genossen. All die ersten Male, die es gemeinsam zu erleben gab. Das erste Mal zusammen vor dem Badezimmerspiegel die Zähne putzen, in den Urlaub fahren ... Die Kunst, an den ersten Streitigkeiten nicht zu zerbrechen, überlaufende Suppe zum Sofa zu tragen für den fiebrigen und schnäuzenden anderen. Dann Eigenheim, dann Kinder, dann Routine. Er hatte nichts gegen Wiederholungen, im Übrigen nicht mal gegen Langeweile. Mittlerweile hatte sich jedoch eine Art Anonymität in ihre Beziehung eingeschlichen. Das Vertraute war vollkommen fremd geworden.

Und so zog Rauhaardackel Hildegard wenige Zeit später in das Haus der Müllers ein. Das vermeintlich letzte Kind hatte Fell. Er war ein drolliger Rüde, verspielt und faul zugleich. Die vorherige Familie musste ihn leider abgeben, da eines der Kinder eine Allergie entwickelt hatte.

Vielleicht nicht grundlos war es jener Spross, der Hildegard einst seinen Namen verlieh. Die Eltern hatten dem Jungen versprochen, ihm freie Wahl zu lassen. Nun ergab es sich kurz zuvor leider, dass die schon betagte Patentante des Jungen, Hildegard, unerwartet verstarb. Ist ein Fünfjähriger in Trauer und gleichzeitig beauftragt mit der Namenssuche für einen Hund, dann werden möglicherweise ungewöhnliche Entscheidungen getroffen. Irgendwie gefiel Herrn Müller die Geschichte viel zu gut, um Hildegard nochmals umzutaufen. Er freute sich über das neue Familienmitglied und hatte sich schon mit Frau Müller auf gemeinsamen Spaziergängen an schönen Sommertagen gesehen.

Natürlich war er irritiert gewesen, als Frau Müller erstmals Gespräche abgebrochen hatte, um sich einer Meditation zu widmen. Tiefes Brummen war zu vernehmen gewesen, dann die Lippenbremse. Der daraufhin alarmierte Notdienst hatte sich von Frau Müller ebenfalls fortbilden lassen müssen. Ein Schamgefühl mit nie da gewesener Stärke hatte ihn in diesem Moment beinahe überwältigt, gefolgt von einem schlechten Gewissen. Die Coolness seiner Frau hingegen war kaum aufzuhalten. Stark und wunderschön, so war sie immer schon gewesen. Sie meisterte wahre Mammutaufgaben und war bekannt wie der sprichwörtliche bunte Hund.

Die Erstellung einer Beziehungsbilanz war oft keine gute Idee. Anfangs war noch »mehr Paarzeit« eingeplant worden, um wieder zusammenzurücken. Allerdings hatte es sich angefühlt, als wäre man mit einer fremden Person unterwegs gewesen. Eine fremde Person, die auf eine Weise störte, wie es eine fremde Person eigentlich nie könnte. Die alte Wie-du-mir-so-ich-dir-Politik, die bei Paaren so gern stattfand, hing wie ein Damoklesschwert über der erzwungenen Zweisamkeit. Wer war hier eigentlich den ersten Schritt gegangen?

Frau Müller wirkte mittlerweile unerreichbar, zumindest für ihn. Der nächste logische Schritt schien die Trennung. Diese Erkenntnis fuhr ihm durch Mark und Bein, machte ihn schwindelig. Seine Erinnerungen spulten Jahrzehnte zurück. Eine Frau Müller, die eigentlich zu cool war, und ein Herr Müller, der sich viel zu enthusiastisch gab. Köln, Karneval. Ein kleines Wunder war an diesem Abend geschehen. Eine Verbindung, die halten würde. Der Gedanke schmerzte jetzt, Jahre später.

# DER ANFANG

Still lag das Haus am Rande der kleinen Gemeinde. Ein Forststück mit tiefgrünen Tannen und Hölzern schmiegte sich an die Straßen und Einfamilienheime. Etwas höher gelegen schien der Wald alle Geräusche zu verschlucken. Die Temperaturen waren in den vergangenen Tagen gestiegen. Der Asphalt strahlte unablässig Wärme ab, als wolle er die Glut der Luft übertrumpfen.

Das Ehepaar Müller hatte sein Eigenheim ursprünglich in einem anderen Ort errichten wollen. Der Zufall aber hatte sie zu der Annonce der in der Umgebung monopolhaltenden Bank geführt. Das vorgestellte Baugrundstück war groß genug und solide. Sie wollten nicht noch mehr Zeit für die anstrengende Suche aufbringen. Die Häuser standen eng zusammen, jedoch erstreckte sich hinter dem Gebäude ein wunderschöner Garten, der sogar alte Baumbestände umschloss. Lavendel und Mohnblumen erblühten jedes Jahr zuverlässig. Vor allem der Mohn hatte sich schleunigst vermehrt und in jeder Lücke ausgesät. Dem Grundstück verlieh dies eine mediterrane Optik, die eigentlich nicht zu dem weißen Putz und den dunklen, an Fachwerk erinnernden Balken der Gebäude passte.

Die Touristen fuhren die Straßen mit Vorliebe nervenzerreißend langsam entlang und streckten ihre Köpfe neugierig aus dem Autofenster. Echte Sehenswürdigkeiten ließ das beschauliche Örtchen jedoch missen. Eine Bäckerei und ein in die Jahre gekommenes Restaurant mit deftigen regionalen Spezialitäten bildeten die Attraktionen. Damit lagen die kulinarischen Highlights ferner bei Kohlenhydraten und Fleisch.

Die Bauwerke im Dorf glichen sich allesamt. Wie ein Chamäleon fügte sich das Haus der Müllers nahtlos ein. Vor dem Hauseingang ließ sich der üppige SUV in der Auffahrt in keiner Weise übersehen. Der edle schwarze Autolack verströmte einen Duft, der nur an besonders heißen Sommertagen in der Luft lag. Man entkam der wüstenartigen Klimazone, sobald man das Haus betrat. Dass es bewohnt war, zeigten Bilder von Familienausflügen und nicht näher bekannten Vorfahren. Überbleibsel aus dem Kunstunterricht, über die sich einst ein Elternteil hatte freuen dürfen und müssen, hingen an den Wänden. Stille durchflutete die Räume. Es ließ sich vermuten, dass sich dieser Umstand auf der Terrasse fortsetzte.

An dem weißen Rahmen, der ins Freie führte, hing ein Fliegenvorhang aus Holzperlen. Die Glastür stand offen. Draußen war es deutlich kühler, vermutlich dank der gelborange gestreiften Markise. Vor der Schwelle lag eine offensichtlich ausgetretene Bastmatte in Goldgelb mit dem Aufdruck *Home sweet Home*. Gern erhältlich in Discount-Sonderpostenmärkten. Bei genauerem Hinsehen befand sich auf der Terrasse ein weiteres borstiges Objekt, direkt neben der Bastmatte. Es wies zwar eine andere Farbe auf, doch auch von diesem strubbeligen Bündel standen zahlreiche Härchen ab. Und es bewegte sich. In regelmäßigen Abständen hob sich der kleine Haufen für eineinhalb Zentimeter, um sich gleich wieder zu senken. Plötzlich zuckte das struppige Knäuel, als eine schwarze Stubenfliege auf ihm Platz nahm. Rauhaardackelrüde Hildegard öffnete die Augen. Anders als bei Menschen, deren Blick sich nach dem

Schlaf erst schärfen musste, war der Hund sofort hellwach. Er rollte sich umgehend über den Bauch auf seine vier Pfoten und trabte zügig zum runden Plastiktisch. Spiralen aus bunten Apfelschalen plumpsten in regelmäßigen Abständen auf die sechseckigen Terrassensteine.

Das Ehepaar Müller widmete sich gerade dem 16-Uhr-Apfel. Eine Tradition, die sich vor vielen Jahren im Tagesablauf der Familie etabliert hatte. Dem Nachwuchs hatte das Obst auf diese Weise ohne Geschrei und Sanktionsankündigung einverleibt werden können. Nun waren die Kinder aus dem Haus, der Apfel aber war geblieben. Eine Veränderung hatte sich trotzdem ergeben. Die zum Verzehr vorgesehenen Früchte unterschieden sich optisch kaum, lagen jedoch deutlich getrennt in zwei Lagern auf der Wachstischdecke. Frau Müller beschrieb die Äpfel von Herrn Müller als konventionell. Ein pestizidbelastetes Kernobst, das nicht nachhaltig angebaut wurde und die Marktpreise nach unten drückte. Herr Müller bezeichnete die Äpfel seiner Frau als unverhältnismäßig teure Prestigeobjekte für Menschen, die sich für etwas Besseres hielten. Das Thema hatte sich zu einer Art Glaubensfrage entwickelt, bei der hitzige Wortgefechte so unvermeidlich schienen wie das Amen in der Kirche. Reportagen und Zeitungsartikel wurden zwecks Bekehrung an die jeweilige Gegenseite geschickt.

An Hildegard war diese Diskussion völlig vorbeigegangen. Jeden Tag, sobald das Messer ins Fruchtfleisch schnitt, war er zur Stelle, um mindestens zwei Schalenkringel zu verspeisen. Dem Hund reichte Herr Müller stets heimlich das Bio-Produkt, man konnte ja nie genau wissen.

»Guck mal, da weiß er gleich, dass er was bekommt«, sagte Herr Müller voller Stolz. »Dackel sind einfach schlauer als andere Hunde. Die treffen ihre eigenen Entscheidungen.«

Frau Müller überlegte, ob sich ein Kommentar lohnte. Sie entschied sich dagegen und berichtete stattdessen über die neuesten Entgleisungen im Personalkarussell ihrer Arbeitsstelle. Seit die frisch ernannte Schulleitung ihren Dienst aufgenommen hatte, überschlugen sich die Ereignisse. Ein Kollege kam, wenn überhaupt, grundsätzlich zu spät, drei Lehrerinnen fielen wegen Schwangerschaft kurzfristig aus. Dazu waren zwei Posten schon seit Langem unbesetzt. All das war nicht neu. Neu war aber die Energie, mit der sich die Rektorin ihren Affären zuwandte, statt sich den weniger amüsanten Defiziten zu widmen.

»Stell dir vor, die hat zwei Typen gleichzeitig, jede Wette. Und ich frage mich echt, was die an der finden. Die sieht doch aus wie eine Kellerassel. Du kennst sie ja.« Frau Müller krümmte sich, um das benannte Insekt darzustellen.

Herr Müller überlegte, ob sich ein Kommentar zu den Kapriolen der frisch ernannten Schulleitung lohnte, entschied sich jedoch dagegen und schälte lieber schweigend seinen konventionellen Apfel.

Plötzlich zuckte seine Frau zusammen. »Warte mal. Ob die wohl was zu dritt am Laufen haben? Ach, du Scheiße! Mir wird richtig schlecht gerade. Oder wissen Matthias und Helmut überhaupt nichts voneinander? Aber das kann nicht sein, das weiß die ganze Schule! Und wir baden das aus, das sage ich dir. Ich bade das aus! Ich reiße mir echt den Arsch auf.«

Den letzten Satz hatte Frau Müller nur geflüstert. Dann fühlte sie abrupt ihren Puls und legte das letzte Viertel ihres Bio-Obststücks auf die Wachsdecke, um eine dringend notwendige Atemmeditation vorzunehmen. Die half ihr besonders schnell. Sie bemühte sich wirklich sehr, ausgelassen und entspannt zu sein.

Herr Müller kannte diese Reaktion. Er kannte ebenso sein daraus resultierendes Gefühl, das zwischen Irritation und dem Wunsch schwankte, helfen zu wollen. Er angelte eine weitere Apfelspirale vom Tisch, die von Hildegard bereits sehnsüchtig erwartet wurde. Das Schmatzen des Rüden entzückte ihn so sehr, dass ein breites Grinsen über sein Gesicht zog. »Ja, wer ist hier der beste Hund? Wer ist hier so brav? Ja, ja, ich bin gleich fertig, dann können wir los.«

Frau Müller hatte sich schon daran gewöhnt, dass Sätze dieser Art nicht ihr galten. Ärgern tat es sie dennoch, deswegen hing sie lieber noch eine Minute Meditation dran.

»Bis gleich!«

»Hmm, bis später!«

Herr und Frau Müller wappneten sich innerlich, denn heute stand eine außergewöhnliche Aufgabe an: Das Ehepaar musste gemeinsam einkaufen. Diese Situation war schon lange nicht mehr eingetreten. Sonst gingen sie meist getrennt in »ihre Läden« oder besorgten Kleinigkeiten auf dem Heimweg.

Da jedoch Kind eins und Kind zwei aus ihrer jede Individualität auflösenden Wahlheimat Hamburg anreisten, musste diese Mission wohl oder übel durchgeführt werden. Jutebeutel und Körbe warteten im Kofferraum auf ihren Einsatz. Auch die antiken Gefrierguttransporttüten, deren Verschlüsse längst porös und brüchig waren, mussten bei den hohen Temperaturen ihren Dienst erweisen.

Es sollte eine Studie geben, die aus dem Einkaufsverhalten von Paaren Rückschlüsse auf die Beziehung zieht.

Da wäre zum Beispiel die Familie mit zwei bis fünf Kindern, deren Supermarktbesuch trotz Einkaufszettel und Niedrigpreis-App in einer lautstarken, mittelschweren Krise endet. Spätestens an der Kasse knickt ein Elternteil ein. Es folgt der Ärger über die als Entsolidarisierung aufgefasste Schwäche des jeweils anderen. Die Auf-Augenhöhe-Pärchen verfügen über die höchste Einkaufseffizienz. Sie probieren diplomatisch abgestimmt jedes neue Produkt aus, um aus *FOMO* wirklich nichts zu verpassen. Das Bezahlen des Einkaufs erfolgt genauso abwechselnd wie das Kochen der Mahlzeiten. Die dritte Gruppe bilden die von allen Gehassten: verliebte junge Leute, schätzungsweise zwischen dreizehn und dreißig Jahren. Sie brauchen ohnehin keine Lebensmittel, da sie sich auf Luft-und-Liebe-Diät befinden. Das Ziel besteht lediglich darin, an jedem einzelnen Regal eng umschlungen herumzuknutschen. In verschiedene Richtungen zu gehen, das ist ihnen nicht möglich. Denn dann müssten sie den hormonumnebelten Körperkontakt aufgeben, nur um sich einen Gang weiter überschwänglich zu begrüßen und nochmals zu küssen. Mit Zunge und Erektion versteht sich.

Das Ehepaar Müller befand sich im Vergleich dazu eher im Minusbereich. Wie konnten sich zwei Menschen, die sich so lange gut kannten, derart ungelenk gemeinsam fortbewegen? Sie waren sich uneins über das Tempo, die Richtung und sogar über die Fahrweise des Einkaufswagens. Ausgiebiges Augenrollen und Prusten sprachen für sich. Die Spannung zwischen beiden erhöhte sich von Gang zu Gang. Das Finale fand schlussendlich in der Getränkeabteilung statt. Wie zwei fremde Passanten standen sie sich gegenüber. Es wurde sich mimisch abgestimmt, wer geht links, wer rechts. Angetäuschte Körperzuckungen und richtungsweisende Kopfbewegungen sollten dem jeweils anderen Hilfestellung geben. Sollte das nicht funktionieren, stünde grundsätzlich die Königsklasse der Evolution für den Notfall bereit: die Öffnung im Gesicht, der Wörter zur Abstimmung entspringen konnten. Wenn man denn wollte.

»Ich geh links!«

»Jo.«

Der Interpretationsspielraum für diese Aussagen schien bei den Müllers besonders groß zu sein. Im Ergebnis donnerten beide mit Schwung gegeneinander.

»Pass doch auf!«

»Scheiße.«

»Du hast total meinen Kopf getroffen.«

»Du wolltest doch da langgehen, selbst schuld.«

Sie sahen einander nicht an.

Wenige Augenblicke später schob Herr Müller den überladenen Einkaufswagen mit aufeinandergepressten Lippen in Richtung Ausgang. Frau Müller balancierte nach einer Drei-Sekunden-Meditation ein Dutzend dringend benötigter Weinflaschen zur Kasse, in deren Nähe auch die große elektronische Schiebetür des Supermarktes Entlastung versprach.

Die Klimaanlage im Wagen hatte auf dem Weg nach Hause die Luft in kürzester Zeit und zuverlässig heruntergekühlt. An die Wärme, die ihr beim Verlassen des Autos entgegenschlug, musste sich ihr Kreislauf erst wieder gewöhnen.

In der Küche öffnete Frau Müller den Kühlschrank, um die konventionellen Äpfel ihres Mannes in die linke Obstschublade hineinzulegen. Das machte sie lieber selbst. Er hatte sich bereits zwei Mal versehen und das Supermarktobst zu den Bioprodukten gelegt.

Die Tür fast geschlossen, hielt Frau Müller inne. Ihr Blick fiel auf die sich gegenüberliegenden Obstschubladen. Komisch, dachte Frau Müller, die Äpfel werden sich niemals begegnen, sie kämen nie im selben Kuchen vor. Sie sind einsam. Genau wie wir.

Der Kühlschrank machte durch lautstarkes Piepen deutlich, dass es an der Zeit war, die Tür wieder zu schließen.

Herr Müller öffnete die Augen und wusste sofort, dass er hervorragend geschlafen haben musste. Er schlug die Decke zur Seite und schwang beide Beine gleichzeitig aus dem Bett. Hildegard wartete ungeduldig darauf, endlich in den Morgen zu starten. Auch der Hund schien sich auf den Tag zu freuen, für den sich der große Besuch angekündigt hatte.

Durch das Fenster mitsamt löchrigem Fliegengitter erblickte er Frau Müller auf ihrem Outdoor-Yogaplatz im Garten. Ein komisches Gefühl regte sich in seiner Magengegend. Was für eine Pleite war das gestern gewesen? Herr Müller stellte sich vor, wie fremde Personen die Überwachungsvideos im Supermarkt sichteten und dabei ihre Beziehung als längst abgelaufen enttarnten.

Als Herr Müller die Terrasse betrat, war der Frühstückstisch bereits gedeckt. Wie an jedem Tag. Frau Müller bereitete alles vor, Herr Müller räumte alles wieder ab.

»Guten Morgen!«

»Ja, guten Morgen. Schon so fleißig?«

»Das Wetter ist toll, es ist noch schön frisch. Das wollte ich unbedingt ausnutzen.«

»Schön, ja. Wann, wenn nicht jetzt. Dann gehe ich eben mit Hildegard raus.«

»Ja, gut. Hattest du die Weinflaschen gestern eigentlich kalt gestellt?«

»Ja, hab ich direkt gemacht, als wir zurückgekommen sind.«

Was sich als empörend langweiliger Dialog darstellte, gehörte nun mal zu einem Erwachsenenleben dazu. Trotzdem, irgendetwas stimmte nicht. Frau Müllers Einsilbigkeit verriet, dass auch sie etwas beschäftigte. Normalerweise redete sie gern und viel. Gab es nichts Neues, wiederholte sie einfach alte Geschichten. »Wieso, ist doch gut«, behauptete sie in diesen Fällen. »Dadurch weißt du immer, an was ich denke.«

Gedankenversunken bog Herr Müller von der schmalen asphaltierten Straße auf einen Feldweg ab, der leicht bergauf zu einem Waldstück führte. Das war seine Lieblingsstrecke, die von Hildegard ebenfalls. Zu dieser Jahreszeit standen die Kornblumen in voller Blüte. Sie bildeten prachtvolle Farbtupfer, die Herr Müller heute jedoch nicht beachtete.

Unterdessen wuchtete Frau Müller zwei Gartenstühle aus dem Verschlag hinter dem Haus. Das Mobiliar wollte auf der Terrasse ausgeklappt und von Spinnengeweben befreit werden. Sie freute sich sehr auf den Besuch der Kinder. Erreichte der Nachwuchs erst einmal die Zwanziger, war es für Eltern schwierig, den Überblick zu behalten. Liebschaften, Unternehmungen und Jobs wechselten so rasant, dass das Ehepaar Müller schon scherzhaft über ein Notizheft nachgedacht hatte.

Und dann ging alles ganz schnell. Rein mit Menschen und Hund in den SUV, und das Trio begab sich auf den

Weg, um Ben und Caro abzuholen. Unanständig hohe Parkgebühren wurden am Bahnhof entrichtet. Das teuer renovierte Gebäude vermittelte ankommenden Passagieren sofort den Eindruck, dass hier die Welt noch vollkommen in Ordnung sei. Frau Müller war aufgeregt. Beim Gehen entschlüpften ihr zwischendurch kleine Hüpfer.

»Mamaaaa, Papaaaa!«

Diese Stimmen kannte Frau Müller nur zu gut. Sie drehte sich um und schaute in grinsende Gesichter.

»Wow, seid ihr alt geworden, hätte euch fast nicht erkannt.« Ben und Caro fielen ihren Eltern abwechselnd um den Hals.

»Ja, Mensch, und ihr seid ganz schön dick geworden. Schmeckt's so gut in Hamburg?« Frau Müller schaute Tochter und Sohn fragend an.

Nach einer kurzen Irritation folgte ein halbgenervtes: »Ha, ha, ha! Wie lustig, Mama.«

Allein dafür hatte sich der Besuch der Kinder gelohnt.

»Ich sitz vorne mit Mama und Hildegard!« Ben teilte mit seiner Mutter die Vorliebe für überdimensionale Autos. Die Leidenschaft für den Hund jedoch gleichermaßen mit seinem Vater. Lachend fragte Ben, ob er ans Steuer durfte. Eine rhetorische Frage, das wussten alle.

»Komm, Papa, die Coolen sitzen doch sowieso immer hinten.« Caro zwinkerte ihrem Vater zu und hakte sich für die letzten Meter zum Auto bei ihm ein.

Zu Hause eroberten Ben und Caro umgehend wahlweise die Toiletten oder die ehemaligen Kinderzimmer. Fast wie früher. Auch das Tragen der Rucksäcke blieb wie einst den Eltern überlassen. Mit der Umgestaltung ihrer einstigen Kinderzimmer hatten Caro und Ben sich nur langsam anfreunden können. Gern hätten sie die Museen der eigenen Kindheit erhalten, um von Zeit zu Zeit lustig-sentimentalen Gedanken nachzuhängen.

Nachdem Ben und Caro das komplette Haus nach erinnerungsraubenden Veränderungen durchsucht hatten, nahmen alle auf der angenehm schattigen Terrasse Platz. Natürlich mit einem biologisch wertvollen 16-Uhr-Apfel, der entkernt und in kleinen Stücken serviert wurde.

Zwischen dem »Was macht denn die so?« und dem »Wo wohnt der jetzt eigentlich?« verschwand die Sonne hinter dem Horizont. Die Kaffeetassen wurden währenddessen langsam, aber sicher durch Weingläser ersetzt. Noch wurde allerdings nicht zu großzügig eingeschenkt, denn das gemeinsame Kochen stand erst bevor. Wenn man es denn als solches bezeichnen wollte. Das Gericht, das Herr Müller scherzhaft »Darmverschluss 3000« nannte, bestand aus Kartoffeln, Nudeln, Sahne und zwei Sorten Käse plus Röstzwiebeln. Zum Wetter passte diese Zusammenstellung allerhöchstens aufgrund des Beilagensalats. Vor allen Dingen aber ermöglichte dieser kulinarische Skandal den Verzehr unendlicher Mengen an Wein und anderer alkoholischer Kaltgetränke. Wer sich nachsagen lassen wollte, »unglaublich viel zu vertragen«, konnte das Rezept als geheime Superkraft nutzen.

Als der alkoholbedingte Hunger größer wurde, beschleunigten sich die Vorbereitungen. Die Spezialität des Hauses stand schließlich erleichternd schnell und dampfend auf dem Gartentisch und wurde ebenso rasant verspeist. Selbst Frau Müller pausierte in ihrem Veganerinnen-Dasein.

Als die Kerzen die Terrasse in gemütliches Licht tauchten, waren die leeren Teller mit deutlichen Gebrauchsspuren behaftet und die Weinkelche dafür gut gefüllt. Herr

Müller hatte durch sein ruckartiges Vorbeugen beim Lachen bereits zwei Gläser auf dem Gewissen. Wann war es eigentlich passiert, dass man sich mit den eigenen Kindern plötzlich auf der viel zitierten Augenhöhe unterhalten konnte?

»Ey, wisst ihr eigentlich noch, Caros Zimmer?«, fragte Ben amüsiert.

Herrn und Frau Müller entfuhr gleichzeitig ein von Verzweiflung durchzogener Seufzer.

»Der Horror! Das habe ich nie verstanden«, platzte Frau Müller hervor. »Ich meine, wie kann das passieren? Innerhalb von Sekunden konnte sie den ganzen Raum vollmüllen!« Sie lachte begeistert. »Alles lag einfach herum. Klamotten, Essensreste … Von der Haustür bis in ihr Zimmer. Ein Pfad der Zerstörung.«

Sogar Caro stimmte zu: »Ich nannte es immer ›Schneise der Entspannung‹.«

Schallendes Gelächter brach aus.

Herr Müller erhob sich und machte sich auf den Weg zur Vorratskammer, um Nachschub zu besorgen. Während er verschwunden blieb, wurde auf der Terrasse der Durst größer. Frau Müller wusste aus jahrelanger Erfahrung, dass Herr Müller mit Sicherheit irgendetwas nicht finden konnte. Sie hegte sogar eine starke Vermutung darüber, was er suchte, und vermutlich würde sie die Schokolade in weniger als fünf Sekunden aufstöbern. Sie lief durch die Küche und bog den gewohnten Weg nach rechts ab.

Da stand er, ihr Ehemann. Er drehte sich um die eigene Achse und schien die Regale und deren Produktvielfalt zu bewundern. »Hier könnte man locker einen Monat überleben …«

»Wie sieht es aus mit dem Wein?«, unterbrach sie seine gedankliche Lebensmittelsafari.

Nach einem kurzen Schreckensmoment präsentierte er die Flasche wie ein Kellner in einem vornehmen Lokal. »Der ist schon an Bord. Er sehnt sich aber nach einer süßen Mitfahrerin.«

Frau Müller drängte sich in den winzigen Raum hinein und zwängte sich zwischen Herrn Müller und den kleinen Kühlschrank, der Getränken vorbehalten war, wenn sie Gäste erwarteten. Ein kurzer Griff ins Regal und Frau Müller hielt die Schokolade in ihrer Hand. Traube-Nuss.

»Ach, da ist sie. Hatte schon gesucht.«

»Ich weiß.«

Die Kammer war viel zu eng. Unter der schwach leuchtenden Glühbirne standen sie dicht beieinander und sahen sich an. So nah waren sie sich lange nicht mehr gekommen. Abgesehen vom Zusammenstoß gestern im Supermarkt. Wie Fremde hatten sie sich eine Armlänge Abstand angewöhnt. Frau Müller hätte eigentlich gehen und die unbeschwerte Umtriebigkeit auf der Terrasse genießen sollen. Aber irgendetwas hielt sie zurück.

»Ist irgendwas?«, wollte sie wissen. Die Frage war weingeschwängert zu eilig aus ihr herausgeplatzt. Sie bekam Angst vor der Antwort.

Herr Müller schwieg kurz. »Wieso, ist doch alles gut«, antwortete er schließlich fahrig.

Diese Formulierung entlockte Frau Müller ein wütendes Schnauben. »Ja, genau«, murmelte sie.

»Wieso? Was meinst du denn *genau*? Dann sag doch mal«, gab Herr Müller zurück. Seine Körperspannung hatte sich verändert.

»Was soll ich denn da noch sagen? Das ist doch Scheiße!«, flüsterte Frau Müller.

Traurigkeit überfiel sie. Unsicher tastete sie über einige Gegenstände im Regal. Der Kühlschrank surrte leise vor sich hin.

Herr Müller nickte fast unmerklich. »Bitte nicht heute, bitte nicht. Lass uns einfach ... Die Kinder sind doch da.« Seine Stimme klang flehend.

»Haaaaallo, wir verdursten gleich. Was ist denn das für ein Service?«

Das Rufen drang wie aufs Stichwort zu ihnen herüber. Die Erlösung.

»Siehst du, Caro, da ist man mal ein paar Monate weg und schon wird man nicht mehr geliebt«, feixte Ben, als Frau und Herr Müller hintereinander wieder ins Freie traten.

»Ja, ja, ihr armen Kinder. Ich war so kurz davor, euch damals ins Heim zu geben, weil ihr nur genervt habt.« Frau Müller hielt Daumen und Zeigefinger wenige Zentimeter auseinander, um zu verdeutlichen, wie knapp diese Entscheidung ausgefallen war.

»Ach, Mama, du musst immer gleich übertreiben. Das ist nicht witzig«, bemerkte Caro.

»Doch, ist es. Ich lache doch«, widersprach Frau Müller vehement.

Caro verdrehte die Augen und sah dann ihren Bruder an. Sie zwinkerten sich freundlich zu und schienen sich geheim abzustimmen.

»Also«, Ben legte eine dramatische Pause ein, »wir haben etwas für euch.«

»Holst du's?« Caro lächelte ihren Bruder voller Erwartung an.

Ben lief zielsicher ins Haus und erschien mit seiner Umhängetasche, aus der er einen großen braunen Umschlag angelte.

»Von uns beiden. Nachträglich zum Geburtstag. Aber auch irgendwie insgesamt als Dankeschön für alles«, erläuterte Caro.

Ben bekräftigte: »Ja, wir haben … Glück mit euch gehabt, ehrlich. Ihr habt uns immer geholfen und … Naja, das war vermutlich auch nicht immer einfach für euch.«

Zögernd nahm das Ehepaar das Präsent entgegen. »Ein brauner Briefumschlag, wow, danke schön.«

Den Witz von Frau Müller ignorierend drängten beide Sprosse zum Auspacken.

»Ihr müsst uns doch nichts schenken …«, murmelte Herr Müller freudig überrascht.

Frau Müller wusste die Dankbarkeit ihrer Kinder zu schätzen, jedoch hatte sie solche Umschläge schon gesehen. Zu runden Geburtstagen und zu Hochzeitstagen, die durch fünf teilbar sind. Darin war keine Klangschale enthalten. Und auch kein neues genderneutrales Halsband für den Dackelrüden Hildegard. Flach und in Umschlägen verpackt wurde lediglich eine Art von Geschenken präsentiert: Aktivitäten. Gemeinsame Aktivitäten. Der Puls von Frau Müller beschleunigte sich. Im Haus lagen mindestens noch zwölf uneingelöste Gutscheine für ein gemeinsames Abendessen beim Italiener, einen Schwimmbadbesuch, eine Tantra-Paarmassage und vielerlei weitere Verlegenheitspräsente, die niemals eingelöst werden würden. Dieses jedoch kam von ihren Kindern, nicht von irgendwelchen Nachbarn oder Bekannten.

Sie überließ das Öffnen des unheilversprechenden Umschlags ihrem Mann. Ein DIN-A4-Blatt wurde herausgezogen. Viel zu viel Blau war erkennbar, dann zu viel Gelb. Blau und Gelb, Himmel und Sand. Ganz schlecht. Eine groß gedruckte Vier, noch schlechter, gefolgt vom Wort »Übernachtungen«. Eine angehängte Rechnung, und die düstere Ahnung wandelte sich zu einer unumstößlichen Gewissheit: ein Geschenk mit einer viel zu hohen Verbindlichkeitsforderung.

Erwartungsvoll sahen Caro und Ben ihre Eltern an.

»Das ist ja toll. Wow, Mensch.«

Alle erhoben sich und drückten einander.

»Das ist so lieb von euch, vielen Dank.«

»Da könnt ihr euch ein paar schöne Tage zu zweit machen, soll super sein!«

Ein Glück, dass der Abend ohnehin fast vorüber war. Auf diese Weise musste die Fassade nur noch wenige Minuten halten. Jetzt bloß nicht einknicken.

Kurze Zeit später verabschiedeten sich Caro und Ben in ihre Schlafgemächer.

»Ostfriesland, igitt. Wie kommen die darauf? Wer will denn da freiwillig hin?« Es hatte ungewöhnlich lang gedauert, bis Frau Müller begonnen hatte zu sprechen.

Herr Müller starrte in den fahlen Schein der niedergebrannten Kerzen. »Meine Tante war da mal, das soll ganz furchtbar gewesen sein. Da ist es immer windig und immer kalt«, flüsterte er kreidebleich.

»Ich weiß gar nicht, wo ich das zeitlich unterbringen soll. Und was soll ich denn da essen? Wissen die dort überhaupt, was vegan bedeutet? Dann muss ich ja Äpfel mitnehmen, die haben da sicher nur diesen Supermarktscheiß.«

Herr Müller weitete erschrocken die Augen. »Und Hildegard? Wo soll der denn hin? Salzwasser mag der bestimmt nicht. Das frisst sich doch richtig in die Pfoten rein. Der darf bestimmt auch gar nicht ins Hotel.«

»Die Nachbarn können ihn bestimmt ein paar Tage versorgen«, murmelte Frau Müller.

»Ja, oder du fährst ohne uns?«

Da staunte Frau Müller nicht schlecht. Sie musste oft mit Hildegard konkurrieren. Doch ohne jegliche Diskussion den Urlaub absagen? Das überraschte selbst sie. Ein Hauch von Erleichterung regte sich allerdings ebenfalls in ihr.

Regel Nummer eins: Verletzungen vor dem Gegenüber bloß nicht zugeben.

»Die Kinder wären bestimmt sauer. Aber gut, an den Hund haben die bestimmt nicht gedacht. Ich frag Karin, die hat bestimmt Lust mitzukommen.«

»Ja. Irgendwas fällt uns schon ein. Geht ja nicht anders«, murmelte Herr Müller angestrengt.

»Hm, ja.«

Herr Müller hatte im Wohnzimmer schon alles vorbereitet, da er Ben die Nächte in seinem Jugendzimmer gönnen wollte. Er holte sich ein Glas Wasser aus der Küche. Sein Blick fiel auf den Gutschein, er nahm ihn in die Hand. Er mochte ohnehin keine Ausflüge und war sich sicher, dass seine Frau und er einander auch nicht mehr mochten. Aber es war leichter gewesen, die Bedenken hinter Lästereien über den flachen Landstrich zu verstecken. Es würde bald schon losgehen. Doch nicht für ihn.

Nach Frau Müllers knallhartem Beschluss, dann doch lieber Freundin Karin mitzunehmen, hatte er ohnehin genug. Ostfriesland war wirklich fast wie Hamburg, nur noch schlimmer. Sie hätten zumindest gemeinsam im Hotel anrufen können, um nachzufragen, ob Hunde mitreisen dürften. Frau Müller jedoch hatte nicht schnell genug einen Ersatz für ihn finden können. Er atmete tief durch und trottete zu seinem Schlafplatz. Der Wein führte ihn schnell in wirre Träume.

Den Gewohnheiten folgend, stand wenig später Frau Müller im Türrahmen. Hildegard hob den Kopf, als hätte er sie bereits erwartet. Doch Frau Müller ging unvollendeter Dinge zurück ins Schlafzimmer. Sie bevorzugte, das Pflaster in kleinen Etappen abzureißen. Nach einem Zentimeter benötigte sie eine Pause, um den Schmerz zu verarbeiten. Ein Kapitel ihres Lebens war dabei, sich zu schließen.

»Es war so schön, wir kommen schnell wieder.« Caro schlang ihre Arme um den Hals ihres Vaters.

»Oder kommt doch noch mal nach Hamburg und besucht uns«, schlug Ben vor.

Ein Brummen und Murmeln entfuhr dem Ehepaar Müller.

»Niemals, wir hassen Hamburg.«

»Mama, du bist überhaupt nicht lustig und wirst es niemals sein.«

»Das hättest du wohl gern. Habt ihr auch wirklich alles?«

»Ja-ha!«

Ben und Caro drückten ihre Eltern herzlich und lange. Die Luft war immer noch warm, jedoch waren ein paar kühlende Wolken aufgezogen.

Die Geschwister stiegen mit ihren Rucksäcken in den Zug. »Ach, und viel Spaß im Urlaub, tut euch bestimmt gut, mal wieder zusammen, nur ihr zwei.«

Vier Köpfe nickten.

Eine Sekunde später schlossen sich die Türen mit einem lauten Zischen. Stumm winkte das Ehepaar dem Zug hinterher, bis er nicht mehr zu sehen war.

Sie waren ertappt worden. Die Kinder hatten offensichtlich eine Bewertung ihrer Ehe vollzogen, die nicht sonderlich gut ausgefallen war. Frau und Herr Müller waren sich ausnahmsweise einig, was diese unsägliche Anmerkung verdiente: stille Ignoranz. Weitermachen und abwarten. Es war alles gesagt.

# ANREISE

Frau Müllers beste Freundin war sofort Feuer und Flamme gewesen.

»Ich weiß aber nicht, ob wir die Menschen dort gut verstehen können. Die reden da ja so komisch«, flüsterte Karin.

»Ja, wirklich. Alles hört sich automatisch ein bisschen dumm an.«

»Dafür sieht der Strand echt toll aus, das muss man schon zugeben.«

»Ja, okay, irgendwas müssen die dort ja auch haben«, stimmte Frau Müller mit ein. »Noch besser wäre es, wenn das Wetter mitmachen würde.«

Frau Müller freute sich auf die letzten Schultage. Ihre neue Regenkleidung würde ihr Kollegium vor Neid erblassen lassen. Es war kein Geheimnis, dass man für den ostfriesischen Sommer ein gesamtes Sortiment an Sommer-, Herbst- und Wintermode benötigte. Außerdem einen Schirm. Oder eher zwei, weil mindestens einer dem böigen Wind nicht standhalten würde. Man konnte nicht früh genug anfangen zu packen.

Herr Müller hatte indes in den letzten Tagen eine Liste mit Filmen zusammengestellt, die Hildegard und er sich in der nächsten Woche gemeinsam anschauen würden. Das würde ihm und seiner Frau guttun, getrennte Zeit. Ein perfektes Paargeschenk. Endlich ohne Reibungen den Alltag genießen.

Herr Müller sammelte gerade im Garten einige Mohnblüten ein. Er schwitzte und die Unkrautmesser klirrten in den ausgebeulten Taschen seiner Cargohose. Die Anzahl der Mohnblumen schien sich jährlich mehrfach zu multiplizieren.

Das Handy seiner Ehefrau klingelte schrill und schien das gesamte Haus mit Lärm zu füllen. Herr Müller konnte Karins Stimme sofort entnehmen, dass etwas mit der Freundin seiner Frau nicht stimmte. Gesprächsfetzen waren meterweit zu hören. Frau Müller hatte die Angewohnheit, immer über die Lautsprecherfunktion zu telefonieren.

»Die ganze Nacht nicht von der Toilette runtergekommen« – »Immer so schwindelig« – und als Krönung: »Läuft wie Wasser raus.«

Na, toll!

»Frag ihn noch mal, vielleicht wird es ja doch gut zusammen«, schlug Karin vor, nachdem sie ihre Krankheitsgeschichte in jedem Detail geschildert hatte.

Im puren Wetteroptimismus hatte Frau Müller soeben im Badezimmer nach der Sonnencreme gesucht. »Weißt du, letztes Jahr hätte ich dir noch zugestimmt. Aber jetzt reicht schon sein Nasenpfeifen, und ich brauch 'ne Tavor, um wieder runterzukommen.« Karin lachte, während Frau Müller amüsiert Fahrt aufnahm. »Oh Gott, hoffentlich will der nicht mit mir schlafen!«

Beide prusteten los.

Karin fuhr lachend fort: »Ach was, in Ostfriesland dürfen das nur Geschwister. Hab ich mal gehört.«

Das Gelächter steigerte sich.

»Hach, jetzt geht es mir gleich ein bisschen besser«,

seufzte ihre Freundin. »Schreib mir, wie du es schlussendlich machst. Sonst fahr doch einfach allein.«

Frau Müller wurde kurz von einem schlechten Gewissen übermannt. Sie wollte nicht ausfallend über ihren Mann sprechen. Das hatte er nicht verdient. Zudem hielt sie es schon immer für einen schlechten Charakterzug, wenn andere über ihren Partner herzogen. »Dann trenn dich!«, pflegte sie daraufhin zu sagen. Das taten die Angesprochenen nie, und sie konnte jetzt verstehen, warum.

Vor dem Badezimmerfenster wuchs im selben Moment keine einzige Mohnblume mehr.

Herr Müller kam spät vom Spaziergang mit Hildegard nach Hause. Frau Müller saß am Küchentisch und aß. Sie hatte auch für ihn eingedeckt. Er setzte sich dazu und befüllte schweigend seinen Teller.

»Karin ist krank.« Frau Müller schaute zu ihrem Mann. Keine Reaktion. »Die kommt auf jeden Fall nicht mit.«

Das Lustige daran war, dass genau diese Ausrede eigentlich den Kindern präsentiert werden sollte, um zu erklären, warum Karin und nicht Herr Müller auf die Insel mitfahren sollte.

Herr Müller war selten richtig wütend gewesen in seinem Leben. Er hatte die letzten drei Stunden gebraucht, um nachzudenken. Seinen schnellen Schritten hatte Hildegard kaum folgen können. Er kannte den Humor von Frau Müller zur Genüge, aber das war nicht in Ordnung. Sein Vater hatte immer gesagt: »Sei ein guter Ehemann, dann hast du auch eine gute Ehefrau.« Er hatte die letzten Stunden überlegt, wie es so weit hatte kommen können. War er ein guter Ehemann? Er musste die Frage mit Nein beantworten. Er war es viele Jahre gewesen, ja, er war es allerdings schon lange nicht mehr. Er hatte aufgegeben, hatte aufgehört zu investieren, in der Befürchtung, selbst längst abgeschrieben zu sein.

»Okay. Was hat sie denn?«

Frau Müller erzählte ausführlich. Ob er vielleicht doch Interesse an einem Inselbesuch hatte, fragte sie vorsichtshalber nicht.

Schrilles Klingeln ertönte. Beide zuckten zusammen, als hätten sie einen Geist gesehen. Caro.

Frau Müller nahm ab, natürlich über Lautsprecher. »Papa ist auch hier, sag mal hallo.«

»Hallo, Papa! Na, seid ihr schon aufgeregt? Morgen geht es los. Voll das noble Hotel. Ich will uns ja nicht loben, aber das ist voll die Gönnung. Und es sind Sommerferien, *hallo*!«, flötete Caro.

»Das sieht echt wunderschön aus dort. Wir freuen uns total. Papa hat leider richtig doll Magen-Darm, der kam die ganze Nacht nicht vom Klo. Kommt nur Wasser raus.«

»Oah, oh, nein! Und igitt. Und wie, was macht ihr denn jetzt? Das wäre ja voll Scheiße, wenn ihr das abblasen müsst.«

»Das ist richtig doof, ja. Zur Not fährt Mama allein. Dann hat zumindest einer von uns was davon. Karin bekommt so schnell bestimmt keinen Urlaub. Es tut mir wirklich leid.«

Herr und Frau Müller sahen sich zum ersten Mal an diesem Abend in die Augen.

Das Gespräch endete schnell. Caro wollte es sich nicht anmerken lassen, aber die Enttäuschung war ihr deutlich anzuhören gewesen. Es brach Herrn Müller das Herz. Für das noble Hotel hatten die Kinder in der Hauptsaison sicher ein kleines Vermögen zahlen müssen. Daneben sorgten sie sich offenbar um die Beziehung ihrer Eltern. Wehmütig dachte er an ihre lachenden Gesichter.

Der Wecker klingelte viel zu früh für einen Urlaubstag. Frau Müller schälte sich aus dem Bett. Sie hatte kaum geschlafen. Abends schienen ohnehin alle möglichen Gedanken in ihrem Kopf umhergewirbelt zu werden. Arbeit, Eheprobleme und jegliche Nichtigkeiten des Tages. Erst spät bemerkte sie den Kaffeeduft, der in ihre Nase stieg, während sie die Treppe hinunterging.

»Ich komme mit.« Herr Müller stand abfahrbereit im Flur und wirkte fest entschlossen, während er seine neue Weste zuknöpfte. »Das kann ich den Kindern nicht antun. Irgendwie werden wir das ja wohl hinkriegen.«

An diesem Punkt trat Regel Nummer zwei in Kraft: bloß keine Freude zeigen über gemeinsame Zeit für den Fall, dass die andere Partei nicht das Gleiche empfand. Einfach überspielen und einen emotionalen Vorsprung bewahren.

Frau Müller sammelte sich. Sie war zwar auf *Me-Time* eingestellt, aber ihr Mann hatte recht, ein paar Tage würden sie schon miteinander auskommen. Danach würde sich alles klären, egal in welche Richtung.

Der SUV flitzte erhaben über die Autobahn. Die Umgebung um sie herum wurde zunehmend flacher, die Fahrbahn immer geradliniger. Herr Müllers Fluchtgedanken hatten bereits nachgelassen, trotzdem schien ein unheilvolles Unwohlsein seinen gesamten Körper zu lähmen. Er erinnerte sich an seine Tochter und ihre am Telefon vor Enttäuschung leise gewordene Stimme. Er tat das Richtige, das wusste er. Schließlich konnten Caro und Ben am allerwenigsten etwas dafür, dass ihre Eltern sich auseinandergelebt hatten.

Herr Müller drehte sich zu Hildegard um, der es sich in seiner Hundebox gemütlich gemacht hatte. Vierbeiner waren herzlich willkommen in dem Hotel. Die Kinder hatten natürlich mitgedacht.

Frau Müller konzentrierte sich derweil auf die Fahrbahn. Ein Podcast ertönte über das Autoradio. Diese neuen Medien wurden mit höchster Wahrscheinlichkeit für Paare mit besonders langer Haltbarkeitsdauer hergestellt. Wer sich alles gesagt hatte, spielte einfach ein Hörbuch oder eine Playlist auf irgendeinem beliebigen Streamingdienst ab. Passend dazu gab das blau-weiße Autobahnschild an, sich in trauter Entzweisamkeit Richtung ostfriesische Scheidungshauptstadt zu bewegen.

Frau Müller fühlte sich grundlegend beschädigt von der Gesamtsituation. Sie hatte sich vor Monaten erkundigt, wie eine Scheidung überhaupt ablief. Frau Müller hatte das Treffen mit der Anwältin eigentlich einberufen, um sich zu informieren, ob und wie sie finanziell eigenständig auskommen würde. Natürlich gut, wie die Juristin ihr bestätigt hatte. Herr Müller konnte, sofern er wollte, das Haus behalten. Sie selbst würde möglichst wieder nach Köln ziehen. Von ihrem Nachwuchs als »Scheidungskinder« zu sprechen, das war von Alters wegen her schon etwas am Thema vorbei. Das Wort »Versetzungsantrag« drängte sich dafür kurz, aber haarsträubend in den Vordergrund.

Auf dem Beifahrersitz pfiff lautstark die Nase von Herrn Müller. Bereits jetzt war es eine Zerreißprobe für ihre Nerven. Das Geräusch fügte ihr fast körperliche Schmerzen zu. Und wie er zwischendrin einfach loslachte. Richtig debil wirkte er dabei. Ihr fiel wirklich kein anderes Wort dafür ein. Und dann diese jede Sexualität zerstörenden Westen. Ihr Mann würde nach einer Trennung vermutlich für immer allein bleiben.

Frau Müller drehte die Musik lauter.

Herr Müller hatte bereits an ihrem Gesichtsausdruck erkannt, dass der Kopf seiner Frau schwer arbeitete. Aha, sie hatte ihre üblichen *Fantasies*, dachte er. Frau Müller führte im Geiste irgendein Streitgespräch – oder vermutlich mehrere gleichzeitig –, währenddessen sich ihre gesammelten Möchtegernfakten der letzten Wochen entluden.

Er war immer noch wütend wegen der entwürdigenden Äußerungen am Telefon. Als würde er mit ihr schlafen wollen, das hätte sie wohl gern! An ihrer Gürtelschnalle kam ohnehin niemand vorbei. Das bronzefarbene Schutzschild prangte kurz unterhalb ihres Bauchnabels und behütete lebenswichtige Organe. Gut, dass Hildegard dabei war. Er würde sich mit ihm ein paar schöne Tage machen.

»Die Alte«, er hasste es, wenn Männer diesen Ausdruck für Partnerinnen, Mütter oder jegliche Frauen in ihrem Umfeld verwendeten. Jetzt gerade gefiel ihm der Begriff trotzdem gut.

Regel Nummer drei: Partnerinnen und Partner immer schön durch Aussagen und Handlungen abwerten, dann stand man doch selbst gleich viel besser da.

Die Umgebung um sie herum war immer unansehnlicher geworden. Auch das Wetter fügte sich in das alles umschließende Grau ein. Irgendwie hatte sich das Ehepaar insgeheim an die Hoffnung geklammert, zumindest eine reizvolle Komponente während der Fahrt zu entdecken. Ein Vorgeschmack, der darauf einstimmte, dass alles nicht so schlimm werden würde. Wenn die Ehe schon am seidenen Faden hängen sollte, dann zumindest in einem schönen Ambiente. Aber die Bilanz war simpel: Ostfriesland wurde romantisiert. Verregnete Tage, schlechtes Essen und Lücken im kulturellen Angebot wurden im Nachgang schnell vergessen. Ähnlich wie eine leidige Kindheit mit leidigen Eltern zu fünft auf sechzig Quadratmetern. Das wurde rückblickend betrachtet meist als »gemütlich« und »hat uns nicht geschadet« bewertet.

Frau und Herr Müller kreisten gefühlte Stunden um Parkplätze aller Art, die deutlich zu klein erschienen. Sie waren schon jetzt spät dran.

»Das ist dann der Nachteil vom SUV!«, lallte Herr Müller vom Beifahrersitz. Von der Kurverei war er ganz grün im Gesicht geworden.

»Das hilft mir jetzt echt nicht, danke!«, entgegnete Frau Müller genervt.

Irgendwie war »er« einfach für nichts zu gebrauchen. Es schien, als hätte ihr Mann seine Funktion und Notwendigkeit verloren.

»Lass mich raus!«, sagte er mit ungewohnt scharfer Betonung.

Frau Müller zweifelte kurz, ob sie den Gedanken versehentlich laut ausgesprochen hatte, doch ihm war anzusehen, dass er sich am Rande der ertragbaren Übelkeit bewegte und das Auto unbedingt verlassen musste.

Folglich trottete er dem SUV hinterher, bis sie eine Parklücke fand. Endlich. Der graue Schotter knisterte unter den Reifen, während sie den Wagen hineinmanövrierte. Vermutlich existierte auf dem gesamten Areal kein Parkplatz, der weiter weg vom Fähren-Terminal lag. Sie mussten sich sputen. Frau Müller ärgerte sich kurz über den Umstand, dass die Kinder ihrer bekennenden SUVvernarrten Mutter einen Urlaub auf einer autofreien Insel geschenkt hatten.

Umständlich entluden sie die Koffer und den Hund. Hildegard hatte es eilig, zum nächsten Baum zu kommen. Die Pinkelstelle musste jedoch sorgfältig ausgesucht werden.

Frau Müllers Nerven lagen blank. »Kommst du jetzt endlich?«

»Er muss sich noch eben erleichtern, kann er auf der Fähre ja nicht. Geh einfach vor«, entfuhr es Herrn Müller nun ebenfalls genervt.

»Witzig, du hast die Karten, die lassen mich gar nicht einsteigen.«

Herr Müller hielt sichtbar die Luft an. »Ich hab die Karten?«

»Jaaaa …?« Frau Müller zog das Wort in die Länge, drohend und mit einem kleinen Fragezeichen verziert.

»Die, ähm, hatte ich dir auf den Koffer gelegt«, sagte Herr Müller vorsichtig, aber bestimmt.

»Nein.«

»Doch …« Dann fiel der Groschen bei Herrn Müller.

»Das kann doch wohl nicht wahr sein«, brummte Frau Müller.

»Wir gehen los, komm. Wir können da auf jeden Fall noch irgendwie mitfahren, mir fällt schon etwas ein«, schlug ihr Mann vor.

»Es ist *Hauptsaison*! Viel Spaß dabei«, zischte sie.

Die Müllers eilten mit angestrengten und wütenden Gesichtern zum Fähranleger. Die schlechte Laune wurde mit jedem Schritt größer. Schnaufend standen sie schließlich am Ticketschalter. Die kleine Halle war menschenleer.

»Moin!«

Du liebe Güte, die Menschen hier benutzten diesen abgenutzten Ausdruck ja wirklich.

»Guten Tag! Zwei Tickets bitte und ein Hund.«

»Fähre ist voll.« Der beleibte Reedereiangestellte mit einem vom Bluthochdruck gekennzeichneten Gesicht schien vollkommen gleichgültig.

»Was?«

»Die Fähre ist voll.«

»Danke, das habe ich verstanden. Aber es muss doch noch Platz sein, wir sind ja nur zwei Leute. Wir kommen den weiten Weg aus dem Schwarzwald.«

Keine Reaktion.

»Und wenn ich meine Frau auf den Schoß nehme?«

Etwas Dümmeres hatte Frau Müller aus dem Mund ihres Mannes wohl nie gehört, da staunte selbst der Ostfriese.

Aber er setzte noch mal an: »Wir haben eigentlich Tickets, die haben unsere Kinder gekauft. Allerdings liegen die zu Hause. Also die Tickets, nicht die Kinder.«

Herr Müller lachte los, und Frau Müller verdrehte die Augen in einem womöglich nie vorher da gewesenen Maße.

Der Mann hinter dem Tresen hob seine buschigen Augenbrauen. »Ach, Müller?«

»Ja!«, entfuhr es dem Ehepaar.

»Schwein gehabt, steht bei Onlinebuchungen immer dabei. Okay, dann da lang. Gute Reise.«

Das Ehepaar rannte erleichtert los und betrat wenige Sekunden später verschwitzt den Seiteneingang der Fähre.

»Wow, das wird kuschelig«, murmelte Herr Müller und ließ seinen Blick schweifen. Alle Sitze schienen besetzt und der Geräuschpegel entsprach einem Klassenfahrtsniveau. Nur mit Glück fanden sie Platz in einer kleinen Nische.

Sie saßen sich schweigend gegenüber, getrennt durch einen Tisch, der schon mit belegten Brötchen der Sitznachbarn in Beschlag genommen war.

»Ich hol mal was zu trinken.« Herr Müller bahnte sich den Weg durch das Gewirr. Es dauerte lange, bis er mit einem alkoholfreien Bier und einem Schälchen Wasser zurückkam.

»Das ist ja nett«, blaffte Frau Müller.

»Wieso, du hast ja nichts gesagt. Soll ich Gedanken lesen?«, rechtfertigte sich Herr Müller.

»Das kann man sich doch wohl denken, ich bin schließlich die ganze Zeit gefahren!«

»Ich habe mehrmals erwähnt, dass ich dich ablösen könnte.«

Regel Nummer vier: Egal, was du machst, es ist falsch.

Er hatte sich abgewöhnt, ungefragt etwas mitzubringen. Es war entweder zu ungesund, nicht vegan oder sonst etwas. Einmal hatte sie ihn genervt angezischt: »Aber ich wollte doch gar nichts!« Das Getränk hatte sie unberührt stehen lassen. Mit der sprichwörtlichen Quittung musste sie nun leben.

»Ich geh mal nach oben an Deck.« Frau Müller nahm ihr Handy aus der Tasche und verschwand über die grün lackierte Treppe nach oben.

Was sie wohl jetzt wieder ihrer Freundin erzählte, fragte sich Herr Müller.

An Deck erhielt Frau Müller eine Abkühlung durch den Wind und die Gischt, die nach oben spritzte. Sie stellte sich an die Reling und sah in die Ferne. Das schlammgrüne Wasser bäumte sich zu niedrigen Wellen auf, die Wolken schienen sich etwas zu lichten. Die Fahrt war anstrengend gewesen und ihr Mann noch viel mehr. Doch das mit den Tickets, das hatte er gut gelöst. Sie war fast friedlich gestimmt gewesen. Und dann vermasselt »er« die gute Stimmung mit seiner rachsüchtigen Getränkeaktion, typisch.

Die Menschen um sie herum hatten einen sichtbaren Entspannungsvorsprung. Um in Sachen Erholung aufzuholen, legte Frau Müller eine kurze Atemmeditation ein. Ihr Nacken entkrampfte sich. Sie öffnete die Augen und blinzelte der sich Platz schaffenden Sonne entgegen.

Sie schmunzelte über die mäßig gekleideten Passagiere. Es war klar zu erkennen, dass sie sich nicht auf dem Weg nach Sylt befanden. Aber, oh, là, là, was war denn das? Ein hochgewachsener Mann mit Jeans und dunkelblauem Hemd lächelte sie an. Er stand ebenfalls an der Reling und lehnte lässig am Geländer. In einer Fernsehserie würde er definitiv den sexy Tierarzt spielen. Einen kleinen Boost für das Selbstbewusstsein konnte Frau Müller gut vertragen. Würde ihr Mann sich doch nur eine Scheibe von dem Typen abschneiden. Schöne Hose, gut sitzender Pulli, was war denn daran so schwer? Sie hatte für Herrn Müller unzählige Kleidungsstücke gekauft. Er hätte ihr einen netten Gefallen tun können, sie in der Öffentlichkeit zu tragen oder zumindest an ihrem Geburtstag. Das wollte er offenbar nicht. Verkleidet fühlte er sich, hatte er sich verteidigt.

Frau Müller machte ein paar Fotos für die Kinder und erschrak, als sie die Uhrzeit im Display ihres Handys erblickte. Sie musste ihre Sachen holen und Herrn Müller mit Hund und Koffer zum Ausgang bugsieren. Es war merkwürdig. In seinem Job musste ihr Mann als Organisationstalent diverse Anforderungen gleichzeitig ausüben.

Telefonate erledigen, Akten pflegen und Termine koordinieren sowieso. Privat war davon nichts zu sehen. Er erledigte alles im Schneckentempo und ließ für Planungen lieber ihr den Vortritt. Allein beim Gedanken daran fühlte sich ihr Brustkorb wie zugeschnürt an.

Die grüne Treppe führte sie wieder hinunter in den Besucherraum. Es hatte sich unter Deck ein feuchtwarmer Nebel mit dem Geruch von hart gekochten Eiern, Salami-Sticks und billigem Kaffee gebildet. Sie war froh, dass sie das Schiff gleich verlassen konnte.

Herr Müller erkannte seine Frau schnell. Sie steuerte zielsicher auf ihren Tisch zu und sah erfrischt und wütend aus, also fast wie immer. Vermutlich hatte sie mit ihrer Freundin telefoniert. Seiner Meinung nach musste Karin nicht jedes Detail ihrer Ehe kennen. Sie schaute ihn schon lange mitleidig und vorwurfsvoll an. Als würde er seiner Frau das Leben zur Hölle machen. Wenn die wüsste …

Auf den Tischen lagen ostfriesische Lokalzeitungen aus. Ein perfekter Zeitvertreib, um sich ein wenig in die Politik und Kultur des Reiseziels einzulesen. Unbedeutendste Geschehnisse wurden aufgeblasen und umständlich arrangiert dargestellt. Er betrachtete ein Foto, auf dem größtenteils Strand und Wasser zu sehen waren. Im Sand lag ein Päckchen, ungefähr in der Größe eines Lexikons, wie er es damals in der Schule im Englischunterricht genutzt hatte. Es war straff umwickelt mit einer schwarzen Folie, die möglicherweise mal geglänzt hatte. Herr Müllers Blick glitt zur Überschrift des Artikels: »Bereits 40 Kilo Kokain angeschwemmt«. Lauter kleine Drogenpakete waren gefunden und bei der Polizei abgegeben worden. Herr Müller fragte sich, woher die wohl gekommen waren. Eine Gänsehaut bildete sich auf seinem Arm.

Frau Müller war derweil am Tisch angekommen. »Wir sollten die Sachen zusammenpacken und uns an den Ausgang stellen.«

Da war sie, die nervige Reiseeffizienz seiner Frau. Als ob es dann schneller gehen würde. Gern behauptete sie immer, sie müsse an alles denken, alles machen und sich um jeden kümmern. Herr Müller jedoch hatte das Prinzip durchschaut. Sie war anderen stets einen Schritt voraus, ja, das war allerdings ein Resultat ihrer Ungeduld und ihres Anspruchs an Perfektion und nicht der mangelnden Hilfsbereitschaft ihres Umfeldes.

Herr Müller wollte gerade von dem ungewöhnlichen Treiben auf der Insel berichten, da wurde Frau Müller von hinten angerempelt und musste sich auf dem Tisch abstützen.

»Geht's noch?«

»Sorry«, nuschelte das Teenagermädchen beiläufig.

Das wäre Frau Müller im Schwarzwald nicht passiert.

»Ich hasse Ostfriesland jetzt schon so dermaßen, mir ist richtig schlecht. Ich glaube sogar, dass ich einen Ausschlag bekomme«, wütete Frau Müller.

Sie machten sich gemeinsam auf den Weg durch das voll besetzte Unterdeck. An den Seiten waren Sitzbänke montiert, auf denen sich mehrere Elternpaare drängten, um die vor ihnen stehenden Kinderwagen hin und her zu bewegen.

Herr und Frau Müller standen wenig später als Einzige vor dem Ausgang und wurden von den anderen Fahrgästen irritiert beäugt.

»War vielleicht ein bisschen früh«, sprach Frau Müller leise vor sich hin.

Sie lächelten sich kurz an.

»Dafür kommen wir als Erste an die frische Luft, das ist doch was. So ein Eier-Mief da drin. Ich dachte erst, Hildegard hätte einen zum Besten gegeben.«

Herr Müller wedelte mit der Hand vor seinem Gesicht. Er sah es als ein Friedensangebot von ihm als Überlegenen, sich nicht über die Ungeduld seiner Frau zu echauffieren. Minuten später füllte sich der Raum vor den Türen langsam.

Frau Müller blickte sich um. Mit wem war denn wohl der sexy Tierarzt hier? Sollte er in Sichtweite kommen, würde sie in jedem Fall zu Hildegard abtauchen, um ihm ausgiebig die Ohren zu kraulen. Er musste ja nicht sofort sehen, dass sie in Begleitung war.

Sie richtete ihre bronzefarbene Riesengürtelschnalle neu aus. Ein plötzlicher Ruck brachte alle Menschen ins Wanken. Jetzt öffnete sich die Außentür, und die Passagiere strömten von Bord. Das Rollen der Koffer hüllte sie vollständig ein.

Hildegard tapste mit großen Augen und kleinen Schritten neben dem Ehepaar her. Das Klima war angenehm. Die Temperatur war deutlich niedriger als im Schwarzwald und dazu war die Luft mit einer wohltuenden Brise versehen. Erst jetzt fiel ihnen der frische und salzige Geruch auf. Wie ein gutes Nasenspray traf der Luftzug auf die Nasenschleimhaut.

»Diese Bahn fährt direkt in die Stadt, hab ich gelesen. Dann wollen wir mal …«, sagte Herr Müller, eher an sich selbst gerichtet.

Die merkwürdige Bimmelbahn brachte die Meute in den beschaulichen Ort der Insel. Viele Menschen tummelten sich in dessen Straßen. Meist mit Hund, Kind oder Eis in der Hand.

Sie passierten Fischrestaurants und Souvenirläden, die unnötige Mitbringsel verkauften. Sogar das Meer konnte man von hier aus erkennen. Braungrün und wenig einladend sah die Suppe aus.

Eine Gruppe von etwa acht Personen näherte sich mit schnellen Schritten. Männer und Frauen im mittleren Alter. Sie wirkten auf seltsame Weise energiegeladen. Mit starren Augen, die sofort an zu großzügig verabreichte Psychopharmaka erinnerten. Sie sprachen etwas zu laut und wirkten hektischer, als es auf einer ostfriesischen Insel notwendig war. Herr und Frau Müller blickten der Gruppe fasziniert hinterher. Sogar Hildegard schien etwas irritiert.

Hinter dem Ehepaar machte sich eine freundliche Stimme bemerkbar. »Kann ich Ihnen mit dem Gepäck helfen?«, fragte ein junger Mann mit einnehmendem Lächeln.

»Äh, ja. Gern. Das ist lieb«, stotterte Herr Müller verlegen.

»Wir sind die Müllers«, fuhr Frau Müller fort.

»Das dachte ich mir«, sagte der junge Mann, »ich habe Sie direkt am Hund erkannt.«

Bereits von außen fiel auf, dass es sich um ein nobles Hotel handelte, die Kinder hatten sich wirklich nicht lumpen lassen. Ein blassroter Teppichläufer führte in den Eingangsbereich. Am dunklen Holz des Rezeptionstresens angekommen, wurden prunkvolle Gemälde sichtbar, die die Wände verzierten. Sie zeigten das Meer innerhalb verschiedener Jahreszeiten und Windbedingungen.

»Hatten Sie denn eine gute Überfahrt?«, erkundigte sich der Rezeptionist, der sich zwar in den Dreißigern befinden musste, mit dem dünnen Haar und dem Seitenscheitel jedoch wie ein Schuljunge wirkte.

»Puh, also es war ganz schön was los. Dann hatten wir noch die Tickets vergessen, und der Hund musste so lange pinkeln …« Herr Müller verlor sich in seinen Ausführungen. Er war aufgeregt.

Der Hotelangestellte moderierte die Situation fachgemäß. »Also, das Ehepaar Müller aus dem Schwarzwald. Herzlich willkommen!«

»Ja, genau. Und das ist meine Frau.« Frau Müller grinste, während sie auf Herrn Müller deutete.

»Oh, wie witzig, ich bin eine Frau. Ganz toll«, schnaubte er ärgerlich. Langsam reichte es.

»Und das muss Hildegard sein?« Der Mann schaute am Tresen vorbei nach unten. »Wohl die wichtigste Person. Noch nie haben mich drei Leute derselben Familie angerufen und gefragt, ob das Haustier mitdarf.«

»Hast du auch angerufen?« Herr Müller sah seine Frau überrascht an.

Sie vermied den Blickkontakt und wirkte ertappt. Das war Antwort genug.

»Wenn Sie dieses Formular ausfüllen, kann ich Sie direkt zu Ihrem Zimmer bringen.«

So gingen sie gemeinsam in den ersten Stock und nahmen dafür die Treppe. Frau Müller hörte, wie sich in ihrem Rücken der Fahrstuhl öffnete. Sie drehte sich beiläufig um und machte einen Satz nach hinten. Da war er wieder, der Tierarzt von der Fähre. Sie würden sich unweigerlich beim Frühstück sehen und ihr schöner Sommerflirt wäre vorüber, bevor er angefangen hatte. Ihr Mann würde ihr gründlich die Tour vermasseln.

Frau Müller entging fast, dass sie ihre Unterkunft erreicht hatten. Der Hotelangestellte führte sie mit stolzgeschwellter Brust hinein. Das Zimmer war geräumig und ausgestattet mit allem, was das Herz begehrte. Der moderne Holzfußboden passte gut zum breiten Bett, das eher herrschaftlich wirkte. Eine Flasche Sekt stand einsam auf dem kleinen Schreibtisch. Statt Gläsern war wohl eher der Bauchnabel der Gäste zu benutzen. Alles in diesem Raum schrie förmlich das Wort Flitterwochen.

»Eines unserer besten Zimmer, Sie können sogar das Meer sehen. Für die zweite Dame des Hauses steht ebenfalls ein Bett bereit.« Der Mann zeigte auf das überdimensionale Körbchen in der Ecke und dann auf den Hund.

»Hildegard ist ein Rüde.« Herr und Frau Müller hatten nahezu gleichzeitig gesprochen. Die Augen des Mannes wanderten sofort zu Hildegards Genitalbereich.

»Lange Geschichte …«, kürzte Herr Müller ab. Vermutlich war er noch sauer wegen des Kommentars an der Rezeption.

»Dann lasse ich Sie jetzt mal allein. Ach, bevor ich's vergesse, Handtücher und Bademäntel für den Spa-Bereich finden Sie im Schrank.« Lächelnd schloss er die Tür und warf einen letzten Blick auf Hildegard.

Und da waren sie nun.

Langsam packten sie die Koffer aus und inspizierten das schöne Zimmer. Mittlerweile war es fast Zeit für das Abendessen, aber es war noch freundlich und hell draußen. Wie sollten sie jetzt weitermachen? Jeder allein rausgehen? Das war ja nun auch Quatsch.

»Schönes Zimmer!«, begann Herr Müller.

»Ja, der Wahnsinn.«

»Was hast du denn noch so vor heute?«

»Ich will mir auf jeden Fall noch ein bisschen die Beine vertreten. Und etwas essen«, sagte Frau Müller bestimmt.

»Hätte ich jetzt auch gedacht … Ist es okay, wenn ich mich anschließe?«

»Sicher. Warum nicht?«

Herr Müller verließ das Hotel vor seiner Frau. Er hatte den Eindruck, dass Hildegard das Eiland noch mal offiziell taufen wollte und dabei etwas Ruhe benötigte. Das ständige Gehetze seiner Frau wollte er dem Hund nicht zumuten.

Sie wollten sich vor dem Haupteingang treffen. Frau Müller hörte ihren Mann schon von Weitem laut lachen. Sofort stieg Ärger in ihr auf. Hoffentlich bahnte sich keine große Blamage an, schließlich waren sie gerade erst angekommen.

Erstaunt hielt sie im Flur inne, um sich die ihr offenbarende Überraschung zu beobachten. Ein weiblicher Klon von Herrn Müller stand ihm gegenüber. Die beiden scherzten und mussten aufpassen, beim Lachen nicht mit den wackelnden Köpfen aneinanderzustoßen. Offenbar gehörte sie zum Hotelpersonal. Miriam irgendwas stand auf ihrem Namensschild. So schnell geht das also, dachte Frau Müller.

Sie setzte sich entschlossen in Bewegung. Hildegard bemerkte sie mit deutlichem Vorsprung.

»Ja, nee, dann erst mal vielen Dank«, säuselte ihr Mann herzlich.

»Sehr, sehr gern. Ich bin die nächsten Tage im Dienst, falls sie noch Fragen haben.« Die Hotelangestellte himmelte ihn offenkundig an.

Sehr, sehr, sehr unprofessionell, fand Frau Müller, sich gleich an den neuen Gast ranzuschmeißen.

»Na, habt ihr euch gut unterhalten?«, fragte Frau Müller scharf, während sie das Hotel verließen.

»Ja, ich habe mich erkundigt, ob ein Restaurant vegane Gerichte anbietet.«

Was für eine unterhaltsame Anekdote es sein würde, wenn Herr Müller seinem Bekanntenkreis das Kennenlernen mit seiner neuen Freundin beschreiben würde. »Du, wo die Liebe hinfällt«, würden diese dann entgegnen.

Sie drehten eine Runde durch den Ort. Vegan hieß hier im Übrigen: Pommes oder Salat.

Herr Müller hatte indes gute Laune.

Sie kamen dem Meer immer näher. Die meisten Menschen hatten sich schon zum Abendessen in den Lokalen eingefunden. Sie schienen ausgelassen zu sein, und selbst Frau Müller machte nach einiger Zeit einen entspannten Eindruck, zumindest waren noch keine Meditationsanbahnungen zu erkennen.

Als sie sich der Promenade näherten, konnten sie die Wellen der Nordsee hören. Am Strand spielte eine Gruppe junger Leute Beachvolleyball. Aber mit was für einem Einsatz! Mein lieber Scholli, dachte Herr Müller. Die Teams bestärkten sich durch Zurufe. Jeder Punkt wurde von einem »Whoo« begleitet und mit Umarmungen gefeiert.

Sie beobachteten die merkwürdig ambitionierte Truppe schweigend, bis der Hunger sie zu einem Restaurant mit Meerblick führte.

»Sorry, wir sind voll«, rief der Kellner im Vorbeigehen.

»Ja, gut, nächstes Mal vielleicht.«

Keine Panik, nächster Versuch.

»Haben Sie reserviert?«, fragte die aufwendig tätowierte Servicekraft im nächsten Restaurant.

Ihre Mägen knurrten jetzt.

»So in 'ner Stunde könnte es klappen«, murmelte die Kellnerin in der Pizzeria.

Die Unterzuckerung nahte. Schier unendlich schien die Auswahl, jedoch waren die anderen Gäste ebenfalls hungrig und blockierten alle Plätze.

Fast zwei Stunden später steuerten sie auf einen rettenden Imbiss zu, dessen ungepflegter Eindruck sie in ihrer Not nicht abschreckte. Die roten Adern in Frau Müllers Augen traten bereits deutlich hervor.

»Ich lade dich ein.« Er zwinkerte seiner Frau zu. Ein Standardwitz, der sich darauf bezog, dass Herr Müller weniger verdiente als seine Frau.

Und so saß Frau Müller wartend vor dem Kiosk auf der Bank. Neben sich Hildegard. Der Dackel schien vom Fritteusen-Duft hypnotisiert und bewegte sich kaum.

Herr Müller stolperte mit zwei dicken Pommestüten und zwei Flaschen Bier unter seinem Arm ins Freie und lächelte stolz. Zum Glück hatte seine Frau nicht sehen können, dass das Frittenfett auch zum Erwärmen diverser tierischer Speisen genutzt wurde. Was für ein Genuss sich in den goldgelben Kartoffelstäben finden ließ. So einfach und doch so köstlich. Ohne ein Wort ließen sie sich ihr Abendessen schmecken.

Mittlerweile war es beinahe dunkel und darüber hinaus viel zu kalt. Die leeren Papiertüten landeten im Papierkorb.

»Das war lecker. Du, ich würd jetzt dann noch eben 'ne Runde in den Spa-Bereich. Ich muss noch ein bisschen runterkommen.«

»Jawohl, *vamos*!« Herr Müller klatschte in die Hände und erhob sich schwerfällig.

Im Hotel angekommen, bemerkte Frau Müller, wie der Blick von Herrn Müller durch den Eingangsbereich schweifte. Er würde sie Miri nennen, da war sie sich sicher. Wütend stapfte sie voraus, sollte er doch.

Das Hotel hatte Badetaschen bereitgestellt. Sie schnappte sich einen Schlüssel und ihren Bikini.

»Dann gute Nacht!«, sagte sie tonlos und verschwand in Windeseile.

Herr Müller machte es sich bequem und wunderte sich nicht über den zügigen Abgang seiner Frau. Das war doch ganz gut gelaufen für den ersten Tag, dachte er. Den Kommentar an der Rezeption würde er ihr zu Hause heimzahlen. Er hatte ein bewährtes Mittel für sich aufgetan, das an schöner passiver Aggressivität nicht zu toppen war: Fuhren sie gemeinsam Auto, was nicht oft vorkam, sich allerdings nicht immer vermeiden ließ, schnallte er sich für die ersten Meter nicht an. Der SUV begann daraufhin zu piepen. Erst langsam. Dann schneller. Das Pulsieren von Frau Müllers Schlagader schien sich mit dem steigernden Piepen zu synchronisieren. Kurz bevor sie entnervt und den Tränen nahe darum bitten konnte, sich endlich anzuschnallen, klickte er den Gurt in die Halterung ein. Das machte er nicht gern.

Aber Regel Nummer fünf besagte: Es muss ein Gleichstand an Gemeinheiten bestehen, also a) sofort die Ärgernisse heimzahlen und b) Gemeinheiten nie als solche erkennen lassen.

Herr Faust lag auf seinem Hotelbett und starrte an die Decke. Sie hatten ihn schon weitaus schlimmer untergebracht. Nicht das beste Zimmer, aber strandnah und mit gutem Frühstück. Sogar das Wetter spielte mit und verlieh seinem Einsatz einen Hauch von Urlaub.

Er kratzte sich am Kinn und stellte fest, dass er sich morgen früh rasieren sollte. Er sah ansonsten noch besser aus, und das erschwerte die Ermittlungen. Er lachte kurz über den Gedanken und wusste gleichzeitig, dass er recht hatte. »Verhaftet wegen sexy«, hatte er irgendwo gehört und es traf nun mal auf ihn zu.

Die Überfahrt war gut verlaufen. Er hatte schon immer eine Faszination für Schiffe und Boote verspürt, obwohl er in Köln geboren und erst der Liebe wegen nach Ostfriesland gezogen war. Wobei, Liebe … Von wegen. Er warf das Papier seines Schokoriegels in den Mülleimer.

Mal schauen, was sich auf der Insel ergeben würde. Sein Aussehen und sein Beruf wirkten auf die Ladies wie Aphrodisiaka. Leider gehörte er zu den Menschen, die Versuchungen nur schwer widerstehen konnten. Er war ein Kuchen, von dem jede ein Stück abhaben wollte. Und da er schließlich ein guter Mensch war, bedachte er alle Bedürftigen großzügig. Bis er vor vielen Jahren mit den eigenen Waffen geschlagen wurde. Dabei hatte seine Frau gar keine Ahnung gehabt von seiner Nebentätigkeit als Liebes-Heiliger. Es hätte andere Gründe gegeben. Gleichgültigkeit und fehlende emotionale Scheißverfügbarkeit zum Beispiel. Allerdings war er sehr wohl da gewesen, hatte sie immerhin immer angerufen. Seine Ex-Frau aber sah das anders. Er vermisste sie. Würde ihn das jemals jemand fragen, würde er es jedoch nicht zugeben.

Mit einem Ruck fuhr er vom Bett hoch und angelte seine Badetasche aus dem Schrank. Er wollte ein paar Bahnen ziehen, den Kopf freikriegen.

Als er geduscht und mit seiner Schwimmshorts bekleidet aus der Zwischentür in das Hallenbad trat, sah er, dass sich noch eine Person im Becken befand. Eine Frau.

Er sprang mit einem Hechtsprung in das Wasser und kraulte ein paar Züge. Erst mal das Revier markieren. Seine Rückenmuskulatur war ansehnlich und seine Haut von der Sonne wohlgebräunt. Er war froh, dass er seine eng anliegende Schwimmhose gegen Shorts eingetauscht hatte. Eine Erektion ließ sich dadurch viel besser verbergen. Und Erektionen hatte er viele.

Die Frau rekelte sich unter einer Massagedusche. Ihre Augen waren in sinnlicher Entspannung geschlossen. Er mochte Frauen, die es sich gut gehen ließen. Bloß keine von diesen nörgelnden und gestressten Weibern, ups, das durfte er ja laut seinem Vorgesetzten nicht mehr sagen.

Das hatte er nicht verstanden. Bisher hatte sich noch keine Kollegin beschwert, wenn er Ausdrücke wie diese benutzte. Das waren doch nur kleine Späße. Hätten ihn ja auch direkt ansprechen können. Am liebsten, bevor sie seinen Chef informiert hatten.

»Sind Sie heute angekommen?«

Die Frau öffnete die Augen. Er bemerkte etwas in ihrem Blick. »Ja. Genau wie Sie. Habe ich recht?« Sie schmunzelte neckisch.

»Da bin ich aber gespannt.« Er zog unwillkürlich die Augenbrauen hoch.

»Sie waren heute auf der Fähre. Auf der war ich ebenfalls. Oben an Deck.«

»Ach nein, das gibt es ja nicht.« Er erinnerte sich.

»Verfolgen Sie mich?«, wollte sie wissen.

»Nein. Doch ich könnte. Dazu bin ich ausgebildet, ganz offiziell.«

Sie hatten einen Draht zueinander.

»Was machen Sie hier?« Die Frau stellte die richtigen Fragen.

»Ich ermittle in einem Fall. Bin von der Polizei. Viel mehr darf ich nicht sagen.« Er grinste und strich sich seine blonden Haare zurück. »Und Sie, bleiben Sie noch ein paar Tage?«

Die Frau nickte. »Vier Nächte.«

Perfekt, das richtige Stichwort.

Er schwamm zum Beckenrand und stieg betont langsam über die Treppe aus dem Wasser. »*Very nice.* Dann sehen wir uns noch.«

Er zwinkerte ihr zu, schlüpfte in seinen Bademantel und verschwand durch die Tür.

Wow, was war das denn? Ein Gefühl von Leichtigkeit breitete sich in ihr aus. Da hatte sie sich aber einen dicken Fisch an Land gezogen. Zu gern hätte sie in Ruhe die Massage weitergeführt, die sie im Schwimmbad begonnen hatte. Masturbation war gewissermaßen auch eine Entspannungsübung.

Im Hotelzimmer war es bei ihrer Ankunft bereits dunkel gewesen, und sie war auf Zehenspitzen ins Badezimmer geschlüpft. Im Negligé zog sie nun die Badtür leise hinter sich zu und näherte sich dem Bett. Als sich ihre Augen an die Dunkelheit gewöhnt hatten, konnte sie die Konturen seines Gesichts erkennen. Der Mond schien hell, sein Licht drang gedämpft durch die dünnen Vorhänge. Ihr Mann sah friedlich aus, fast jungenhaft. Sie hauchte ihm unbemerkt den üblichen Gute-Nacht-Kuss auf die Wange und drehte sich auf die Seite.

Sie hatte gerade ihre Schlafmaske aufgesetzt, da vernahm sie bereits das »Pfff, pffft« auf der Nachbarmatratze. Ihr Herzschlag beschleunigte sich sofort, also musste eine Meditation her. Sie begann mit einem Gedankenspaziergang im Wald, imaginierte den Duft und die Geräusche, ein Eichhörnchen. »Pfff, pffft.«

Sie spürte den sanften Boden unter ihren Fußsohlen. Er fühlte sich weich an und gab bei jedem Schritt etwas nach und … »Pfff, pffft.«

Oh, mein Gott, wie sollte sie das die ganze Nacht aushalten?

Auf der schmalen Straße vor dem Hotel hörte sie Stimmen. Dann setzte lauter Gesang und Grölen ein. Kurz bevor sie sich wieder über das Fiepen aus Herrn Müllers Kolben ärgern konnte, schien sich die nächste Partytruppe zu nähern. Was war denn hier los? Es war immerhin erst Donnerstag!

Bloß nicht auf die Uhr schauen, das erhöhte den Druck, endlich einzuschlafen.

Der letzte Gedanke, der Frau Müller in dieser Nacht durch den Kopf schwirrte, widmete sich dem trainierten Rücken des Polizisten. Er schwamm, ohne den Mund zum Atmen zur Seite zu neigen, in die unendliche Weite. Frau Müller war eingeschlafen.

# TAG EINS

Hildegard kratzte sich ausgiebig hinter seinem linken Ohr, als Herr Müller die Augen langsam öffnete. Er hatte zwar durchgeschlafen, dennoch fühlte er sich unausgeruht. Er blickte zur Seite. Von der hellen Bettwäsche bedeckt, lag seine Frau neben ihm. Den Mund sperrangelweit geöffnet, machte sie jedem Arbeitsgerät aus dem Tief- und Rohrleitungsbau Konkurrenz. Wie hatte er bei dieser Geräuschkulisse denn überhaupt ein Auge zumachen können?

Er war als Erster eingeschlafen, das machte viel aus. Wann seine Frau zurück ins Zimmer gekommen war, hatte er nicht bemerkt. Auf der Straße tummelten sich bereits munter die ersten Fußgänger. Er zog sich leise an, um mit Hildegard einen kurzen Morgenspaziergang zu unternehmen. Frau Müller sollte ruhig noch liegen bleiben. Sie war unausstehlich, wenn sie zu wenig Schlaf gefunden hatte.

Mit federnden Schritten lief er dem Ausgang des Hotels entgegen. Ein bisschen Zeit allein war durchaus angenehm. Seine Frau musste aber auch immer alles kompliziert machen.

»Guten Morgen, Herr Müller«, rief eine freundliche Stimme. Die dazugehörige Person war die aufmerksame Hotelangestellte von gestern.

»Haben Sie noch ein Lokal gefunden und gut gegessen?«, fragte sie.

Mensch, die war ja auf Zack, toll, dachte Herr Müller.

»Wir hatten eine richtig leckere Portion Pommes, war auch mal wieder schön.«

Die junge Frau schaute ihm so tief in die Augen, dass ihm kurz schwindelig wurde.

Herr Müller wurde bei der Arbeit häufiger angeflirtet. Einige Damen versprachen sich davon vielleicht einen Vorteil. Aber das hier, das war echt.

Er zog die Schultern unmerklich ein wenig zurück. »Ja, ähm, wir gehen mal 'ne Runde.« Er zeigte auf Hildegard, der schwanzwedelnd das bunte Treiben auf der Straße beobachtete.

»Kommt denn Ihre Frau nicht mit?« Sie betonte den Satz mit einem überdeutlichen und vorwurfsvollen Fragezeichen.

»Die schläft noch.«

»Also, ich würde mir das nicht entgehen lassen.« Sie reichte ihm die Hand. »Sie können Miri zu mir sagen.«

»Äh, danke. So, dann werd ich mal. Bis gleich.« Er lächelte sie an.

Miri, dachte Herr Müller, schöner Name.

Frau Müller wachte auf. Das Bett neben ihr war leer. Sie konnte sich also in Ruhe anziehen und musste keine Pseudogespräche mit ihrem Mann führen. Sie wollte in jedem Fall heiß aussehen. Etwas in der Farbe Senfgelb würde fast ein Selbstläufer sein. Polizist Faust, so hatte er sich ihr vorgestellt, wie testosteronhaltig konnte ein Name überhaupt sein! Er sollte sich schön nach ihr umschauen.

Im Frühstücksraum dürfte er sich nicht mehr befinden, da er sicherlich früh in den Dienst hatte starten müssen. Während sie sich duschte, überlegte sie, wie sie sich auf freundliche Weise von Herrn Müller abseilen konnte. Da öffnete sich bereits die Hotelzimmertür, wie passend.

Herr Müller erschrak fast ein wenig, als er die rot geränderten Augen seiner Frau bemerkte. Das verhieß nicht Gutes, sie musste schlecht geschlafen haben. Er wollte etwas Positives sagen, um sie aufzubauen.

»Guten Morgen, die Luft ist toll draußen. Wir waren schon Pipi machen.«

Immer dieses Gesülze, dachte sich Frau Müller. Sie antwortete nicht.

Herr Müller rollte mit den Augen. Das war ja eine nette Begrüßung.

»Ich gehe jetzt zum Frühstück«, fuhr er unbeirrt fort.

»Ich komme mit«, entgegnete sie.

Immerhin.

Kurz bevor sie das Zimmer verließen, musterte sie ihn von oben bis unten.

Wenn sie sich jetzt erkundigte, ob er das Outfit wirklich anziehen wollte, würde es ihm endgültig reichen. Aber sie fragte nicht, der abschätzige Blick sprach ohnehin Bände. Dabei hatte sich Herr Müller am Morgen für eine seiner schicksten Westen entschieden. Cremefarben mit vielen praktischen Taschen. Und karierte Hemden waren ohnehin zeitlos. Ganz im Gegensatz zu Gürtelschnallen, die durchaus als »Schale« für die Meisterschaft in der Bundesliga genutzt werden konnten.

Das Ungleichgewicht musste jedoch akzeptiert werden. Frauen kommentierten die Kleidung ihrer Männer, umgekehrt war das nicht möglich. So weit war die Emanzipation dann doch noch nicht gekommen.

Regel Nummer sechs: Dem oder der anderen bloß nicht sagen, dass er oder sie gut aussah. Sonst kam das Gegenüber noch auf dumme Gedanken.

Aber Frau Müller, die hatte sich heute echt herausgeputzt, das musste er sich eingestehen. An seiner Anwesenheit konnte es vermutlich nicht liegen.

Der Kaffeeduft leitete ihnen den Weg zum Frühstücksraum. Die frischen Brötchen lagen zahlreich in den Körben. Silberfarbene Behälter ließen kleine Dampfschwaden durch ihre Öffnungen entweichen, was Rührei mit Speck und andere Leckereien ankündigte. Unter großen Glasdeckeln lagen viele Sorten Aufschnitt aus. In Weckgläsern portionierte Salate und Puddings standen daneben.

Ihnen lief das Wasser im Mund zusammen.

Herrn und Frau Müller wurde ein Tisch zugewiesen. Natürlich von Miriam. Sie kam direkt angeschwirrt, als sie das Ehepaar erspähte, oder vielmehr Herrn Müller. Sie ließ ihn nicht aus den Augen.

»Was kann ich denn zu trinken bringen?«

Mit Argwohn schaute sie Frau Müller an, als sie sich einen Kräutertee bestellte.

»Und du?«

Herr Müller spürte eine kurze Irritation zum fehlplatzierten »Du«, jedoch überwog die Freude dann doch. »Einen Milchkaffee.«

»Kommt sofort«, flötete Miriam und verschwand.

»Aha, Miri, oder was? Ihr seid ja schnell.« Frau Müller wirkte ernsthaft verärgert.

»Wir haben heute Morgen kurz miteinander gesprochen.«

»Freut mich für euch.« Frau Müller kaute weiter.

Sie war nicht eifersüchtig, war sie nie gewesen. Er nahm eher an, dass sie gar nicht verstehen konnte, wie eine Frau einen Mann mit seinem grotesken Kleidungsstil überhaupt attraktiv finden konnte.

An den übrigen Tischen befanden sich überwiegend Paare in verschiedenen Altersklassen. Das konnten sie damals richtig gut, schön über andere ablästern und sich selbst zum perfekten Duo erklären. Das Blatt hatte sich vor Jahren bereits gewendet. Nun waren sie diejenigen, die kritisch beäugt wurden.

Drei Tische weiter nahmen eine junge Frau und ein junger Mann Platz. Er zog seiner Begleitung den Stuhl zurück. Sie lächelte ihn an mit einem Glanz in den Augen, der »Heirate mich« förmlich schrie. Ihr Ausschnitt war tief. Sehr tief. Die beiden fixierten und küssten sich unentwegt.

Die junge Frau drei Tische weiter strahlte eine nervige Art der Post-Jugendlichkeit aus, dachte sich Frau Müller. Saftig, war der erste Begriff, der ihr dazu in den Kopf schoss. Die Brüste waberten bei der kleinsten Bewegung und die Haut sah derart zart aus, als müsse sie berührt werden, um sich der feinen Struktur zu vergewissern. Die Augen ihres Freundes rutschten unentwegt ein Stockwerk tiefer. Das Paar erinnerte sie schmerzlich an das, was sie und ihr Mann verloren hatten. Das war alles seine Schuld, wusste Frau Müller mit Sicherheit. *Er* hatte sich distanziert und sich Hildegard für eine gleichgeschlechtliche Ehe zugelegt, der sich gern als Keil zwischen sie drängte.

Die beiden Turteltauben tuschelten und schauten immer wieder zu ihnen hinüber. Mittlerweile waren sie und Herr Müller das Forschungsobjekt, anhand dessen düstere

Zukunftsvisionen für Ehepaare ausgemalt wurden. Die Konversation lief vermutlich so ab:

»Boah, die sind brutal genervt voneinander. Sie so: nörgel, nörgel, und er schaltet auf Durchzug. Die sind beide innerlich tot.«

Dann würden sie lachen.

»Das passiert uns hundertprozentig nicht. Die haben bestimmt nur aus Verpflichtung geheiratet, weil sie schwanger war. Das musste man ja damals so machen.«

Frau Müller sah ihren Mann an und hoffte, an seiner Reaktion seine Gedanken ablesen zu können.

Herr Müller indes dachte ebenfalls an den Dialog der Verurteilenden, den Frau Müller und er viele Jahre zuvor genau so geführt hatten. Er rutschte nervös auf seinem Stuhl hin und her und wusste, dass sie gerade als Ausstellungsstück für Hass und Verfall herhielten.

Er legte seine gründlich mit Käse ausstaffierte Brötchenhälfte ab und atmete durch. »Können wir Ihnen irgendwie helfen?«, fragte Herr Müller mit einem unerwartet scharfen Tonfall und richtete sich damit an das unablässig kichernde Duo.

Das erschrak sichtlich.

»Nein, äh, nein. Ich dachte nur, ich kenne Sie vielleicht irgendwo … her«, erwiderte der junge Mann.

»Gut, dann möchten wir jetzt gern in Ruhe frühstücken, danke!«, entgegnete Herr Müller knapp. Die Diskussion war offenbar beendet.

Jetzt war Schluss mit Sexyness und Saftigkeit. Das junge Paar schaute konzentriert auf seine Teller und aß schweigend weiter.

Der Anblick der Frischverliebten hatte also auch etwas in ihm ausgelöst.

Schlecht gelaunt und übernächtigt saßen sie auf ihren Stühlen und hofften, dass sich schnell ein Sättigungsgefühl einstellte, damit sie aufbrechen und getrennte Wege gehen konnten.

»Sagen Sie, das Obst im Obstsalat – ist das konventionelles Obst?«, wollte Frau Müller von einer der Bedienungen wissen.

Herr Müller hätte sich am liebsten unter dem Tisch verkrochen. Zum Glück war es nicht Miri, die sie angesprochen hatte.

»Was ist mit dem Obst?«, hakte die Hotelangestellte unsicher nach.

Okay, einfache Worte für einfache Menschen, dachte sich Frau Müller. »Ist das Obst aus dem Supermarkt?«

»Das kann ich Ihnen leider nicht sagen. Wir bekommen das Obst von unserem Lieferanten.«

Witzig, natürlich.

»Ich frage mich nur, ob das aus biologischem Anbau kommt?«

»Puh, das weiß ich leider nicht«, stotterte die junge Servicekraft.

»Na gut, dann danke erst mal.« Frau Müller lachte.

»Na, das ist ja wohl nicht die hellste Kerze Ostfrieslands. Obwohl, vielleicht ja doch. Wer weiß, was uns an Konversation noch erwartet.« Frau Müller lächelte ihren Mann an, der ihren Witz scheinbar gar nicht lustig fand.

»Soll ich mich mal für dich bei Miri erkundigen?«, fragte er betont lässig.

Frau Müller zog die Augenbrauen verwundert hoch. Eine Provokation, interessant. Wenn er Krieg wollte …

»Ja, super. Ihr könnt euch ja 'nen schönen Tag machen. Am besten kaufst du ihr noch 'ne schöne Weste, so schön funktional mit Gebimmel dran. Für Hildegard auch eine, und dann macht ihr ’nen schönen Familienausflug zusammen. Ihr bekommt mit dem Look bestimmt überall Ermäßigung.«

»Witze über Menschen mit Beeinträchtigungen macht man nicht mehr. Haben die dir das beim Yogakurs nicht gesagt. Oder am Gemüsestand für bessere Menschen?«

»Du kennst dich damit überhaupt nicht aus«, erwiderte Frau Müller. Ein Totschlagargument.

»Stimmt. Mir reicht der Fakt, dass da alle politisch korrekt mit dem SUV anreisen.«

»Du bist nur neidisch!«, zischte Frau Müller.

»Wegen eines Autos? Das hättest du wohl gern.«

Herr und Frau Müller gaben sich Mühe, ihr Streitgespräch bestmöglich flüsternd durchzuführen. Es musste jedoch deutlich zu erkennen sein, denn alle Personen drehten sich zu ihnen um.

Frau Müller hielt kurz inne. Auch das frisch verliebte Paar schaute wieder herüber.

»Mensch, jetzt guckt nicht so …«, blaffte Frau Müller die beiden an.

Zu allem Übel hatte nun Miriam offenbar den Streit registriert. Sie schien die Kontrolle über ihre Körpersprache verloren zu haben, denn sie rieb sich tatsächlich die Hände, als stünde sie vor einem Topf voller Gold.

»Ich habe eine Idee«, führte Herr Müller genervt an. »Ich hole jetzt den Hund und zwei verschiedene Hemden oder T-Shirts. Du auch. Wir gehen zum Strand und machen Fotos, die wir zeitversetzt den Kindern schicken, als hätten wir die Fotos an verschiedenen Tagen geknipst. Als hätten wir einen richtig tollen Urlaub miteinander. Und danach machen wir einfach getrennt weiter. Dann kann jeder machen, was er will. Ich nehme mir ein eigenes Zimmer, und dann kannst du so viele Bio-Äpfel essen, wie du willst.«

Frau Müller zögerte kurz, da Regel Nummer sieben gerade Anwendung fand: Immer der Unzufriedenere sein. Immer etwas mehr kritisieren, als man kritisiert wurde. Den Spieß schön umdrehen.

Sie musste also einen draufsetzen.

»Sehr gut. Und dann überlegen wir zu Hause, wie es weitergeht. Also insgesamt. Mit uns. Ich hab echt die Nase voll.«

»Toll.«

»Toll!«

Herr Müller wickelte noch eine Scheibe Wurst als Röllchen auf. Er hatte Hildegard ein Mitbringsel versprochen, der beim Frühstück gemäß der Hausordnung nicht dabei sein durfte.

Dann folgten sie ihrem Plan und begaben sich mit vor Wut stampfenden Schritten in ihr Hotelzimmer.

Sobald die Zimmertür ins Schloss gefallen war, öffneten sie die Schränke und zogen hastig verschiedene Strandoutfits mitsamt Accessoires heraus. Hildegard hatte die Wurstrolle sofort mit einem lauten Schmatzen verschlungen und leckte sich nun die Lefzen, um seine Geschmacksknospen so lange wie möglich mit dem wohlschmeckenden Aroma zu versorgen. Danach ließ er seinen Blick fortwährend zwischen Frau und Herrn Müller pendeln, während sie wütend ihre Taschen packten. Die Situation war ihm offenbar nicht geheuer.

Der Dackelrüde freute sich trotzdem, als Herr Müller nach der extra langen Flexi-Leine griff und diese an seinem Halsband einklicken ließ. Die Müllers wollten diesen fürchterlichen Tag auf dieser gruseligen Insel hinter sich bringen. Sie polterten die Treppe hinunter und steuerten schnellen Schrittes auf den Ausgang zu.

Der Hotelangestellte von gestern saß wieder hinter der Rezeption. »Moin! Haben Sie sich gut eingelebt?«

»Hmm, ja, danke«, brummten beide im Vorbeigehen und hatten keinerlei Ambitionen, das Gespräch zu vertiefen.

Als sie aus der Tür traten, strahlte die Sonne hell. Sie blinzelten und sahen sich orientierungslos um. Die Situation und das Wetter passten nicht zusammen, wie auf Beerdigungen, wenn man unter blauem Himmel dem Sarg zur letzten Ruhestätte hinterhertrottete. Etwas hatte ein tragisches Ende gefunden, und die Welt drehte sich respektlos weiter, als wäre nichts geschehen.

Die erste Sitzung verlief gut. Die Ermittlungen zu den vielen »Fundstücken« wurden vorangetrieben. Da sich auf der Insel lediglich anderthalb Beamte aufhielten, konnte das »aktuelle Problemchen«, wie es der Haus-und-Hof-Polizist vor Ort nannte, natürlich nicht eigenständig behoben werden. Deswegen war Unterstützung vom Festland angefordert worden. Das neu zusammengestellte Team wurde mit der Aufgabe betraut, die Mengen der Päckchen und die Fundorte genau zu dokumentieren. Darauf folgten natürlich die Archivierung und bestenfalls die Feststellung der eigentlichen Ausgangslage.

Polizist Faust war gespannt, wie gründlich seine Truppe vorgehen würde. Meistens wurde die Fundmenge etwas nach unten korrigiert, um für den privaten Hausgebrauch noch ein paar Tütchen abzustauben. Schnee, Puder, Schubi,

Schönes ... Den meisten Menschen war der Inhalt vermutlich eher geläufig unter dem Namen Kokain.

Genau wie leckeres exotisches Obst, welches nicht einfach auf Knopfdruck in der Auslage des Supermarktes lag, mussten auch Rauschmittel aller Art sich zunächst mühsam auf dem Wasserweg zum Zielort machen, um zum Endverbraucher zu gelangen. Am Strand des hochfrequentierten Reiseziels wurden in den letzten Tagen zahlreiche Pakete angespült, die das weiße Gold enthielten. Vermutlich waren sie bei einer Kontrolle über Bord geworfen worden. Die Polizei musste nun sicherstellen, dass diese Päckchen brav eingesammelt wurden. Wenn möglich, war natürlich zu ermitteln, wem die teuren und üppig befüllten Fundstücke gehörten. Wer zufällig beabsichtigte, seine Kasse wieder aufzufüllen, indem er den Inhalt eines gefundenen Pakets in Portionsbeuteln verpackt auf Partys verscherbelte, sollte zudem von diesem Plan dringend abgehalten werden. Nachfolgende Straftaten vermeiden, hieß das im Fachjargon. Das nahm Polizist Faust zumindest an.

Denn wie so eine Ermittlung im Detail vonstatten lief, hatte er noch nie wirklich überblicken können. Eher gleichgültig nahm er Aufgaben entgegen und führte diese absichtlich möglichst langsam und ungründlich durch. Zugegeben, er hatte in seiner Ausbildung selten aufgepasst. Diese Sache mit den Gesetzen war einfach *very* langweilig. Aber im Schießen war er wirklich gut.

Es war somit sehr erleichternd, dass für alle Einsätze eine höherstehende Leitung eingeteilt wurde, die ihm genau sagte, was er tun sollte. Sobald eine Ahnung bestand, welche Teams mit welchen Aufgaben betreut wurden, schloss er sich einer Gruppe an. Und zwar exakt der, die am wenigsten Arbeit zu erwarten hatte.

»Ich habe hier schon öfter Urlaub gemacht, ist quasi ein Heimspiel für mich«, hatte er erklärt.

Von wegen. Gerade weil er in der Nähe lebte, fuhr er natürlich ein anderes Ziel an, wenn er Spaß und Erholung suchte.

»Sehr gute Idee, danke für den Vorschlag.«

Und dann danken die ihm auch noch!

Kommunikation war einfach seine Stärke. Übersetzt hieß das, dass er in der Lage war, egal wem ein X für ein U zu verkaufen. Er konnte dominant sein, was »auf Streife« besonders wichtig war. Aber Kooperation konnte er auch, zumindest vortäuschen, was dann eigentlich das Gegenteil von Kooperation war.

Jedenfalls war es ihm gelungen, im Team zur Sichtung und Sicherung der gefundenen Pakete zu landen. Für ihn würde demnach Ziel dieser Übung sein, einen Strandspaziergang in der Sonne zu unternehmen. Und wo ein Meer war, da war auch die leicht bekleidete Damenwelt zu finden. Für einen Polizisten um die fünfzig würde einiges an Beute unterwegs sein. Außerdem würde er sich mit kalten Getränken und Vanilleeis ausstatten. Vielleicht konnte er das ja sogar absetzen. Das hörte sich gut an, schön auf dem Nacken des Steuerzahlers einen kleinen Urlaub machen. Er musste unwillkürlich lächeln.

Es befanden sich mit ihm zwei Männer und zwei Frauen im Team. Sie alle hatten ausnahmslos kein Potenzial für die Dinge, die nicht als Arbeit deklariert waren. Sie waren Sklaven, die dem System und ihren nicht enden wollenden Aufgaben hinterherrannten. Der dickbäuchige Polizist und die völlig profillose junge Ermittlerin würden sich mit Sicherheit als Streber der Gruppe herausstellen. Reine Zweckmenschen waren das. Für ihn und seine Mission waren sie perfekt. Durch ihre aufdringliche Strebsamkeit hatte er weniger zu tun, konnte jedoch ihre Bemühungen untergraben, indem er kurz vor der nächsten Besprechung alle Informationen bei ihnen einholte und sie dann als seine eigenen Erkenntnisse verkaufte. Wenn für beide dennoch ein Lob abfiel, würden sie seine Manipulation nicht einmal bemerken.

Alle erhoben sich und entnahmen den zahlreichen Stapeln von Papieren die Dokumente, die sie für ihre jeweiligen Tätigkeiten benötigen würden. Faust schaute sich das Vorgehen bei dem Dicken und der Graupe ab.

Sie konnten für die raumgreifende Ermittlung netterweise das Gemeindehaus der Insel nutzen. In diesem Jahr wurden so viele Kirchenaustritte registriert, da musste schließlich mal wieder ein bisschen »Para« reinkommen. Besonders komfortabel waren die Räumlichkeiten dafür nicht. Eher klein und stickig. Es roch muffig, und alle Oberflächen sahen schmierig aus, ohne dass sie in irgendeiner Form schmutzig oder unordentlich gewesen wären.

»Nee, geht ihr mal ruhig in die Richtung. Ach was, allein gehen macht mir nichts aus. Ein paar Kilo Koks bekomme ich schon transportiert, hahaha. Ja, ja, morgen komme ich gern mit euch.« Blablabla. Er wusste, dass das nie geschehen würde. Die beiden Nichtssagenden waren maßgeschneidert füreinander und würden spätestens übermorgen in den Dünen ihren Trieben nachgehen, um bald die nächste Generation an Zweckmenschen aufzuziehen.

Das Noch-Ehepaar Müller befand sich auf dem Weg zum Hauptstrand. Sie passierten die quirlige Einkaufsmeile. Es war Freitag, und die gut gelaunten Wochenendtouristen reisten an. Das Rollen der Koffer war überall zu hören.

Herr Müller hingegen wollte einfach nur nach Hause. In seinen Garten, in seinen Wald. Dieses Bedürfnis hatte sich in jeder Faser seines Körpers verankert und war derart stark, dass er kurz mit dem Gedanken spielte, einfach die nächste Fähre zu nehmen. Mit Hildegard selbstverständlich. Im Schwarzwald war noch alles gut, was natürlich nicht der Wahrheit entsprach, sich aber so anfühlte.

Der Weg zur Promenade führte an Geschäften und Restaurants vorbei. Auf den zweiten Blick fiel vor allem die wild zusammengewürfelt erscheinende Architektur auf. Neben eleganten Bauten befanden sich graue Gebäude aus Waschbetonsteinen. Die Fassaden einiger Läden oder Lokale sahen minderwertig aus, sodass man gern den Abstand zu ihnen vergrößern wollte.

Frau Müller hätte indes gern ein wenig mit ihrem Mann über das Ambiente gelästert. Gemeinsam hätten sie sich Geschichten darüber ausgedacht, wie das fehlgeleitete Architektenteam die Gebäudeanordnung besprochen hatte. Bei einem mehr als offensichtlich bierseligen Abend wohlgemerkt. »Wenn man jetzt das dahin stellt, dann passt doch das hier super daneben«, hätten sie gelallt.

Den hier zuständigen Planungsmenschen musste jegliches Gefühl für Ästhetik abhandengekommen sein. Das sollte jährlich geprüft werden, fand Frau Müller und musste kurz lachen. So wie die Gesundheit von Menschen, die riesige Flugzeuge von Kontinent zu Kontinent fliegen. Einen Geschmackstest sozusagen. Das musste sie sich auf jeden Fall merken, falls sie und Herr Müller für die Rückfahrt doch noch ein Gesprächsthema benötigten.

Sie stiegen die Treppen hinab und kamen dem Strand näher. Es duftete nach warmem Sand und dem frischen Salzwasser des Meeres. Strandkörbe mit großer Nummerierung waren zu sehen. Am Vormittag befanden sich fast ausschließlich Familien mit kleinen Kindern auf dem breiten Sandstreifen. Es wurde fleißig eingecremt, und die in den Ferienwohnungen vollgestopften Brotdosen kamen ebenfalls zum Einsatz.

Herr Müller hatte den Eindruck, als könne er die Eltern erkennen, Männer wie Frauen, für die das Familienleben ein nicht wirklich zufriedenstellender goldener Käfig bedeutete. Der Mythos, wie »toll« alles werden würde, »wenn sie erst mal da waren«, schien einige der Erziehungsberechtigten nachhaltig enttäuscht zu haben. Gleichzeitig sah er auch Menschen, die in der Liebe zu ihrem Nachwuchs aufgingen. Ein Liebes-Boost war der Gewinn für ihre Mühen. Herr Müller war sich jedoch nicht sicher, ob sie merkten, dass der oder die andere sich mit Schnullern und Hausaufgaben nicht so wohlfühlte, wie ursprünglich geplant.

Bei ihnen war das anders gewesen. Er war sich hundertprozentig sicher, dass seine Frau ohne Kinder viele befriedigende und erfolgreiche Projekte für sich gefunden hätte. Vermutlich wäre sie berühmt geworden oder hätte für irgendetwas das Bundesverdienstkreuz verliehen bekommen. Für ihn wiederum war es so genau richtig gewesen, wie sie es gemacht hatten. Ihre Ehe, das Haus, die Kinder. Das musste er seiner Frau unbedingt noch mal sagen, bevor sie sich trennten.

Sie zogen sich die Schuhe aus und wateten durch den Sand, der sich warm um ihre Füße schmiegte. Ein grünweiß gestreifter Strandkorb kreuzte ihren Weg und schien unbesetzt.

»Hier, schau mal, den können wir doch für ein paar Minuten benutzen.«

Das hörte sich auch aus Frau Müllers Sicht clever an.

Sie setzten ihre Sonnenbrillen auf und holten ihre strandtypischen Accessoires heraus. Beide schossen ein paar Selfies und knipsten sich gegenseitig lässig sitzend im Strandkorb oder auf dem Weg zum Wasser.

»Reicht, oder?«

Herr Müller hob den Daumen.

Sie packten wieder alles zusammen und entfernten sich barfuß vom gut besuchten Hauptstrand. Wichtig waren authentische Fotos. Normalerweise würden Herr und Frau Müller in jedem Fall einen ruhigen Abschnitt ohne Gekreische und fußballspielende Jugendliche vorziehen. So mussten sie noch ein gutes Stück ortsauswärts weiterlaufen, um einen geeigneten Ort für weitere Fotos zu finden. Woher kam eigentlich dieser viel zu kalte Wind? Umso mehr sie den bebauten Inselteil verließen, desto zugiger wurde es. Mit der für den Tag angekündigten großzügigen Temperatur hatte das ja wohl nichts mehr zu tun!

Ein wenig beeindruckt war Frau Müller jedoch schon von der Umgebung. Mittlerweile waren kaum noch Menschen zu sehen. Die Wellen verliefen sich romantisch am Strand und hinterließen feuchten Sand mit spiegelnder Glätte. Ein perfekter Ort für eine kurze Yoga-Session oder eine Gehmeditation …

Ihre Gedanken wurden jäh unterbrochen. Ein komischer Ort für ein Telefonat, ihrem Noch-Mann schien das allerdings nichts auszumachen.

»Ja, Müller mein Name. Ja, genau. Seit gestern, ja. Ich wollte mich mal eben erkundigen, ob Sie vielleicht noch ein Zimmer frei haben. Nee, das Zimmer ist toll. Also wir brauchen ein zweites, muss auch nicht groß sein. Klingt ein bisschen komisch, aber ich schnarche. Haha, ja, fragen Sie mal meine Frau. Ja, ja, ich warte, danke. Ach wirklich, da hab ich ja Glück. Ja, darf ruhig kleiner sein. Ab morgen erst. Auch gut, auch gut. Nehme ich, danke. Ja, tschüss.«

Er zog das also tatsächlich durch.

»Diese Nacht müssen wir noch und dann kann ich umziehen.«

Frau Müller hob ihre Augenbrauen. »Müssen wir noch? Ja, okay.«

»Ja, wieso, hatten wir doch gesagt? Und dann wolltest du ›weitersehen‹?«

»Immer will ich nur was. Du willst das doch auch, oder nicht? Ich kann nicht ewig so weitermachen«, betonte Frau Müller eindringlich.

Herr Müller blieb genervt stehen. »Also ich wollte zu Hause bleiben. Ganz einfach.«

»Natürlich, was für eine Überraschung! Schön zu Hause sein. Mit Hildegard. Warum bist du denn eigentlich mitgekommen, wenn das alles so furchtbar ist?« Sie schrie gegen den Wind an.

»Weil wir so tief in der Scheiße sitzen, so tief.« Herr Müller streckte seinen Arm und hielt die Hand deutlich über seinen Kopf, um den Pegelstand zu verdeutlichen. Er schrie nun ebenfalls. »Und keine Angst, ich will überhaupt nicht mit dir schlafen. Im Leben nicht mehr, das hättest du wohl gern.«

Frau Müller wurde kurz blass. Jetzt bloß nicht zurückrudern. Sie nahm neuen Anlauf. »Du siehst halt aus wie ein Opa mit deiner Weste, und dann dieses ständige Alles-ist-gut-Getue. Nichts ist gut, und das weißt du ganz genau!«

Herr Müller lachte wütend. »Jetzt mach aber mal halblang!« Er zeigte auf Frau Müllers überdimensionale Gürtelschnalle. »Wer hat dir denn weisgemacht, dass das gut aussieht? Und die Meditation. Immer dieses ›Uhhh, uhhh‹. Das ist so peinlich. Und weißt du, was das Schlimmste ist? Du denkst, du bist etwas Besseres. Deine blöden Äpfel und das ganze Bio-Getue, das nimmt dir doch keiner ab!«

»Peinlich? Ich? Sagst ausgerechnet *du*? Wie der Loser in 'nem schlechten Film lachst du über die bescheuertsten Witze.«

»Warte mal. *Du* hast *mich* damals angesprochen, schon vergessen? Scheint ja nicht so schlimm gewesen zu sein. Jedes Wochenende bin ich nach Köln geeiert, um dich zu besuchen«, rief Herr Müller empört.

»Ja, und dann musste ich in den Schwarzwald ziehen für den Heimscheißer. Vielen Dank auch.«

»Jetzt tu mal nicht so, 'ne Großstadt würdest du doch gar nicht mehr aushalten bei dem Stress, den du dir immer einredest.«

Dicke Tränen kullerten Frau Müller über die Wangen.

Beide atmeten keuchend, als hätten sie einen Fünfzig-Meter-Sprint hinter sich. Ihre Blicke mieden sich. Viel zu intensiv war die traurige Mischung aus Wut und Enttäuschung, die ihnen ins Gesicht geschrieben stand. Die Geräuschkulisse aus Möwengeschrei, Wind und sich am Ufer brechenden Wellen hatten beide vollkommen ausgeblendet.

»Ich war beim Anwalt.« Die Worte schienen nur widerwillig ihren Mund zu verlassen.

Herr Müller verlor indes innerhalb eines Wimpernschlags seine vollständige Körperspannung. »Was? Warum?«, stotterte er.

»Weil … Ach, Müller, ich kann so nicht mehr weitermachen. Und du auch nicht.«

Hildegard stand regungslos zwischen ihnen. Hätte er gekonnt, er hätte ebenfalls geweint.

Ein tiefes Schluchzen entfuhr Herrn Müller. »Das ist so … ungerecht.«

Frau Müller legte ihrem Mann zögerlich die Hand auf die Schulter. Sie hoben steif die Arme und umklammerten sich, zuerst ungelenk, dann lange, für eine Trauer, die nur sie verstehen konnten. Eine Windböe erfasste das Paar, und feine Sandkörner trübten die Sicht von Frau Müller. Sie lösten die Umarmung.

»Dieser scheiß Wind«, fluchte sie und rieb sich die Augen. Ihr Blick klärte sich und hielt an den Dünen inne. »Ey, und was will der dahinten eigentlich von uns? Der guckt blöd rüber. Wir sind doch hier nicht im Zoo!« Frau Müller machte eine forsche Kopfbewegung in Richtung Dünen und streckte ihre beiden erhobenen Mittelfinger nach oben.

Regungslos verharrte die unbekannte Person zwischen den sandigen Hügeln.

In regelmäßigen Abständen ermöglichten Mündungen am Strand, wieder ins Inselinnere zu gelangen. An jener Stelle war jedoch keine dieser Schneisen. Schilder wiesen drauf hin, die Dünen nicht zu betreten, da sie zum Naturschutzgebiet gehörten.

»Das ist nur ein Tourist. Beobachtet Vögel oder so«, beschwichtigte Herr Müller. »Jetzt lauf mal zum Wasser und dann drehst du dich um und winkst eben«, schlug er vor.

Frau Müller nahm diesen Vorschlag dankbar an. Sie spürte, wie sich ihre Anspannung löste. Also zurück zum ursprünglichen Vorhaben des Strandausflugs.

Klick.

»Und noch eben Hildegard und ich.«

Klick.

Das letzte Urlaubsfoto in dieser Besetzung war geschossen.

»Ich geh spazieren, mein Kopf ist voll«, sagte Frau Müller erschöpft. Sie rieb sich die Augen und setzte sich ihre Sonnenbrille auf.

»Ja, ich schau auch mal. Irgendwo soll ein Hundestrand sein.«

Sie zögerten kurz und liefen dann in die entgegengesetzte Richtung davon.

Hildegard blickte Frau Müller kurz nach, folgte dann aber doch bereitwillig dem anderen Ende der Leine.

Der Sand hatte sich bereits überall hereingeschlichen. Sogar der Boden seines Rucksacks war zu einem großen Teil vom körnigen Material übersät. Dieses blöde Zeug, dachte sich Herr Müller und tippte verärgert auf sein Handy, auf dessen Display eine Karte der Insel angezeigt wurde. Nach deren Beschreibung musste jetzt der Hundestrand auftauchen, welcher direkt in den FKK-Abschnitt münden sollte. Die Küste schien allerdings derart weitläufig, dass er weder Vierbeiner noch nackte Menschen entdecken konnte. Der helle Sand wirkte wie eine Wüste. Auch Hildegard war zu faul, sein Trotten zugunsten eines höheren Tempos aufzugeben. Die Distanz schien einfach endlos. Herr Müller versuchte, sich auf die Umgebung zu konzentrieren und sich zu beruhigen.

Sie hatten sich alles gesagt, sogar mehr als das.

Wer hatte das Gerücht vom Glück eigentlich in die Welt gesetzt und die Erwartungshaltung der gesamten Weltbevölkerung versaut? Verglich Herr Müller die guten Jahre mit den schlechten, überwogen doch eindeutig die guten. Gesundheit, Stabilität und Ruhe, das waren die wichtigen Dinge.

Er starrte im Gehen vor seine Füße, die abwechselnd in sein Blickfeld traten. Ein kleiner Ruck in der rechten Hand riss ihn aus seinen Gedanken.

»Hildegard!«

Die Leine hatte sich bis auf ihre maximale Länge abgewickelt. Das schien dem Dackel trotzdem nicht zu genügen. Er buddelte und schnüffelte unaufhörlich. Das machte er manchmal, wenn er eine Wühlmausbehausung im Garten fand. Er ignorierte Herrn Müller so lange, bis dieser Hildegard vorsichtig am Halsband wegzog.

»Aus! Komm jetzt her!«

Herr Müller war schon einige Schritte weitergelaufen, da drehte er sich noch mal um und starrte auf die Stelle, an der Hildegard gebuddelt hatte. Irgendetwas hatte ihn irritiert. Er lief die wenigen Meter zurück und kniete sich hin, um ein merkwürdiges Fundstück zu betrachten. Ein schwarzer Balken war zu erkennen. Er tastete danach und dachte unwillkürlich an die unterste Schublade des Müllerschen Küchenschranks. Dort lagen dunkle Müllsäcke, die sich ähnlich anfühlten. Nach wenigen Handgriffen lag ein schwarzes Paket vor ihm. Was auch immer darin enthalten sein mochte, war fest eingewickelt und relativ schwer für seine Größe. Plötzlich fiel ihm der Zeitungsartikel ein, den er auf der Überfahrt gelesen hatte. Hatte das abgebildete Päckchen nicht genauso ausgesehen? Form und Farbe stimmten in jedem Fall überein. Die Feuchtigkeit des Sandes zeigte zudem, dass das Meer bis hierhin vorgedrungen war.

Hildegard saß neben ihm und schaute ihn sichtlich erwartungsvoll an.

Herr Müller tätschelte ihm den Kopf. »Ja, fein.«

Der Stolz war dem Dackelrüden förmlich anzusehen.

Nach neurologischem Wissensstand war erwiesen, dass ein Teil des menschlichen Gehirns einen Entscheidungsvorsprung besaß. Der Entschluss war meist schon gefasst, bevor sich der Akteur dessen bewusst war. Herr Müller jedenfalls machte sich mit Hildegard auf den Weg zum Hundestrand. Sein Rucksack war jetzt deutlich schwerer als noch vor wenigen Minuten.

Das Wasser war kalt. Sie musste beinahe die Luft anhalten, als sie sich Zentimeter für Zentimeter in die Wellen wagte. Nachdem sie Brust und Arme vorbildlich mit dem kühlen Nass befeuchtet hatte, sank ihr Körper klimatisch optimal vorbereitet in das Meer. Frau Müller spürte, wie sich ihre Gliedmaßen in den Wogen bewegten. Sie war fast bis zum äußersten Punkt der Insel gelaufen und befand sich im Nichts. Lediglich der Wind und die Wellen waren zu hören. Die merkwürdige Person auf den Dünen hatte sich, kurz nachdem ihr Mann gegangen war, ebenfalls zurückgezogen. Ein Glück, denn weit und breit war keine Hilfe in Sicht.

Frau Müller drehte sich auf den Rücken und ließ sich vom Wasser tragen. Diese Insel wollte offensichtlich gerade angeben.

»Hallo!«

Es war einfach herrlich.

»Hey, Sie da. Kommen Sie sofort da raus!«

Was war das? Frau Müller stellte sich auf den sandigen Untergrund und blickte zum Strand. Ein Mann stand neben ihrem unordentlich zusammengeschobenen Kleidungshaufen.

»Sind Sie wahnsinnig? Raus da! Die Strömung ist hier viel zu stark.«

Ehrlich gesagt hatte sie selbst an diesen Umstand einen kurzen Gedanken verschwendet. Aber das Meer hatte zu einladend ausgesehen.

Der Mann winkte sie heran. Ihr BH musste direkt neben seinem linken Fuß liegen. Da sie in all den Irrungen und Wirrungen des Vormittags keine Badekleidung eingepackt hatte, war sie nackt ins Wasser gegangen.

»Drehen Sie sich um.«

»Was?«

»Los, umdrehen.« Befehle konnte sie ebenfalls austeilen.

»Ungern.« Er lachte und wandte sich widerwillig ab. Frau Müller watete ans Ufer und hüllte sich bestmöglich in ihr für einen Strandbesuch viel zu knappes Handtuch.

Auch in der Uniform hatte sie den athletischen Körperbau und die blonden Haare schnell der Stimme zuordnen können, die sie gestern im Schwimmbad kennengelernt hatte.

»Sie dürfen«, sagte Frau Müller.

Der Mann wirbelte herum. »Sie schon wieder, hätte ich mir ja denken können.«

»Stehe ich etwa unter Beobachtung?«

»Wenn Sie wollen.« Der Polizist lächelte frech. »So, dann umziehen bitte und Cocktails schlürfen. Mit mir.«

»Zu Befehl.« Frau Müller lachte herzlich und zog sich an, während er dezent in eine andere Richtung schaute.

Der Weg zurück zum Hauptstrand würde einige Zeit in Anspruch nehmen. Doch sie hatte nichts vor und genoss den Flirt, der ihr schmeichelte und etwas Abwechslung versprach. Obwohl ihr der selten dämliche Soft-Porno-Dialog von eben bereits peinlich war.

»Was möchten Sie mir denn ausgeben dafür, dass ich Ihr Leben gerettet habe?«

»Ich weiß nicht, Ihre Vorgesetzten würden sicherlich Kaffee oder Tee empfehlen. Mir hingegen empfehle ich Alkohol«, scherzte Frau Müller augenzwinkernd.

»Ach was, mein Dienst ist eh fast zu Ende«, erwiderte der Polizist und unterstrich seine Aussage mit einer ausladenden Handbewegung.

»Aber es ist erst 14 Uhr, wann haben Sie denn heute angefangen?«

»Um 12. Spätschicht.« Er lachte laut und forderte ein High Five von Frau Müller ein.

»Okay. Also ich gehe schwimmen und mache Urlaub. Und was ist Ihr Auftrag auf dieser Insel?« Sie deutete mit der ausgestreckten Hand zum Meer und anschließend in die Weite.

»Ich fahnde.«

»Nach was?«

Der Polizist stutzte. »Können oder wollen Sie nicht lesen?«

»Ich bin Lehrerin. Deutsch und Englisch.«

»*Very* geil, verbeamtet«, rief der Polizist begeistert.

Er forderte noch mal ein High Five ein. Was für eine Energie und Lebenslust dieser Mann ausstrahlte. Das machte sogar diesen offensichtlichen Tick wett, dass er überall ein *very* einschob.

»Drogen.«

Frau Müller war scheinbar anzusehen, dass sie nicht folgen konnte.

»Kokain. Liegt überall an der Küste rum. Hat wohl

jemand verloren oder war dabei, erwischt zu werden. Hier ist seitdem die Hölle los.«

»Weil sich alle 'ne dicke Party erhoffen?«

»Auch das. Seit den ersten Funden wird hundertpro 'ne Menge davon verkauft. Das spricht sich rum«, erklärte der Polizist.

»Verstehe. Und dann benehmen sich die Leute mal so richtig daneben!«, schlussfolgerte Frau Müller.

»Richtig, eins plus! Dann wollen alle ihr Zeug verticken oder kommen sich ins Gehege oder so was Ähnliches.« Er lächelte sie von der Seite an. »Aber eigentlich ist das Problem, dass die Pakete ordentlich was wert sind. Wer so etwas verliert, will das wiederhaben. Und diese Leute sind meistens nicht *very* höflich und kompromissbereit.« Damit schloss er seine Ausführungen ab und zeigte zu einer unauffälligen Schneise in den Dünen. »Wir biegen ab. Da ist 'ne Bar.«

»Da?« Ungläubig linste Frau Müller zu dem Weg hinüber, der in das Inselinnere führen sollte.

Wenn sie jetzt getötet und verscharrt werden würde, würde zuallererst Herr Müller verdächtigt werden. Sollten sie ihm mal einen richtigen Denkzettel verpassen, dachte Frau Müller wütend und folgte dem Mann.

»An jedem FKK-Strand ist irgendwo 'ne Bar«, sagte der Polizist.

»Na, Sie kennen sich ja aus. Waren Sie hier schon öfter?«

»Nee, heute Vormittag zum ersten Mal! Danke, ihr lieben Steu-erzah-ler.« Er betonte das letzte Wort und betrat dann mit einem lauten Klatschen die tatsächlich vorhandene Bar.

Die nicht korrekte Silbentrennung jagte ihr einen kurzen Schauer über den Deutschlehrerinnenrücken. Ein schönes Plätzchen war das hier allemal. Die Sitzbereiche waren durch üppige Bepflanzungen abgetrennt. Für eine Beachbar angemessen, befanden sich Tonnen von Sand auf dem Fußboden. In einem überschaubaren Holzverschlag waren Bestelltresen und Mikroküche untergebracht. Auf einem Schild stand in bunter Schrift geschrieben, dass ausschließlich das Prinzip der Selbstbedienung galt.

Ihre Begleitung hatte zwei riesengroße Cocktails bestellt und trug diese zu einem gemütlichen Eck im Halbschatten einer großblättrigen Palme.

»Zahlen müssen Sie«, rief er ihr zu und lachte. »Das war der Deal«, schloss der hochgewachsene Polizist selbstbewusst an.

Frau Müller steuerte auf den Tisch zu, an dem er sie erwartete. Ein Drittel seines Cocktails schien er in Windeseile getrunken zu haben.

»Haben Sie Durst oder ein Alkoholproblem?«, fragte Frau Müller unverblümt.

Der Polizist ließ die Frage unbeantwortet und zwinkerte erneut frech. Frau Müller lächelte. Sie erhoben ihre Gläser und sahen sich tief in die Augen.

»Auf einen wundervollen Tag!«

»Heute Abend setzen wir rüber, und ich schwöre euch, wenn ihr das irgendwie versaut ...«

»Nun lass doch. Das bekommen wir hin. Richtig, Leute?«

Zwei Männer saßen den beiden Frauen gegenüber. Sie nickten bemüht engagiert, damit die beiden jungen Damen keinen Zweifel an ihren Fähigkeiten hegen konnten.

»Hört zu. Es ist alles geregelt. Die provisorische Asservatenkammer auf der Insel ist ein Witz, die ist kaum gesichert. Außerdem sind wir den Gezeitenkalender durchgegangen. Die meisten Pakete müssten bereits angespült sein, oder sie kommen gar nicht mehr an. Die Polizei und die Bevölkerung suchen auch schon eine Weile. Also müssten fast alle Pakete eingesammelt worden sein.«

»Und die werden wir uns wiederholen!«

Die blonde, bildhübsche Frau versuchte, in den Gesichtern der Männer abzulesen, ob die Informationen in ihren Gehirnen angekommen waren. Sie und ihre Geschäftspartnerin hatten all ihr Erspartes in das Start-up gesteckt, das sie kurz nach ihrem BWL-Studium gegründet hatten. Sie hatten einen effizienten Geschäftsplan ausgearbeitet und sich zum Thema nachhaltige Personalführung coachen lassen. Bei jeder Besprechung gab es frische Salate oder Smoothies mit Obst und Gemüse. Das war Linas Idee gewesen und sollte die Haltung der beiden Chefinnen unterstreichen, dass ihnen die Gesundheit und das Wohlergehen der Mitarbeitenden wichtig waren.

Lara hingegen wollte die Motivation der Angestellten anders herstellen. »Wenn ihr das noch mal irgendwie verkackt … Dann ist nicht nur Schluss mit Cash und Rolex, sondern …«

»Hört zu, Leute. Wir wollen am selben Strang ziehen, richtig? Wir wollen doch Geld für unsere Zukunft. Oder für die Klassenfahrten der Kids. Stimmts, Marlon?«

Ein wichtiger Trick war das, so hatten Lina und Lara es gelernt: Sich ein paar private Details über die Mitarbeitenden zu merken, war ein wesentliches Bindungselement zwischen der Vorgesetzten und dem Team. Auch Personen, die dealten, Drogen verschoben und andere umbrachten, wollten als Mensch gesehen und dementsprechend behandelt werden. Als Individuum mit eigenen Interessen und Fähigkeiten.

»Wir haben Späherinnen beauftragt, die Strände und den Ort zu checken. Verdächtige Personen werden sofort observiert«, erklärte Lina.

Lina und Lara hatten sich im Studium der Betriebswirtschaft kennengelernt. Beide verfügten über einen ausgeprägten Geschäftssinn und waren bereit, etwas zu riskieren. Lange Zeit hatten sie Witze über das sagenumwobene Drogengeschäft gemacht. Sie würden es viel cleverer aufziehen als in diesen Serien, die die Streamingdienste fluteten. Die jungen Frauen selbst würden auf keinen Fall verdächtigt werden. Dafür waren sie viel zu attraktiv. Noch ein Polohemd und Perlenohrringe dazu, dann wirkten sie wie die unschuldigen Unternehmertöchterchen, die sie nicht waren.

Sie wussten aber ebenfalls, dass sie ein paar Leute für die Drecksarbeit benötigten. Ein paritätisch besetztes Team mit gemischten Erfahrungswerten sollte es sein. Die zwei Angestellten hatten bei der ersten Dienstbesprechung große Augen gemacht. Zwei junge Frauen Mitte zwanzig hatten sie offenbar nicht erwartet. Und dann auch noch von dem Kaliber. Schnell wurde den Männern jedoch klar, dass sie es mit Vollprofis zu tun hatten, die schnell ungemütlich werden konnten.

»Weiß jeder, was zu tun ist?«, fragte Lara scharf.

Einstimmiges Nicken.

»Hier sind neue Prepaidhandys und Karten. Wer braucht Munition? Stattet euch ausreichend aus. Wir müssen davon ausgehen, dass auch andere Firmen unsere Päckchen abgreifen wollen. Also seid vorsichtig. Um 20.30 Uhr fährt unser Boot.«

Die jungen Männer verließen den Besprechungsraum, der an eine kleine Lagerhalle angrenzte. Lara und Lina hatten ihn unter dem Vorwand gemietet, nachhaltige Kinderkleidung aus ökologisch hergestelltem Baumwollstoff nähen zu wollen. Im skandinavischen Design natürlich. Das war so glaubhaft und so langweilig, dass niemals wieder jemand nachfragen würde.

Sie verließen das eng bebaute Industriegebiet und fuhren zu ihren Wohnungen, um ihre Reisetaschen zu packen. Die Hotels waren bereits gebucht. Um das Angenehme mit dem Nützlichen zu verbinden, hatten sie die Informationen der Späherinnen gleich eingearbeitet. Für die Observation hatten Lina und Lara ausschließlich Frauen angestellt. Diese waren aufmerksamer, hatten ein breiteres Blickfeld und führten ihre Notizen sorgfältiger. Daher entging ihnen auch nicht das angebliche Paar, das mehr schlecht als recht eine Ehe vortäuschte und sich im besten Hotel der Insel eingemietet hatte. Zur Hauptsaison, das roch schon nach Geld. Die mussten in derselben Branche tätig sein. Aber nicht mehr lange. So viel stand fest.

Hunde waren einfach toll. Herr Müller hatte es mehr als ein Mal bereut, dass sie sich nicht früher ein Haustier angeschafft hatten. Die Kinder hätten sich in jungen Jahren sicherlich über einen treuen Gefährten gefreut.

Im ausgewiesenen Abschnitt durften die knuffigen Fellnasen offiziell am Meer frei herumlaufen. Es gehörte zum Hundestrand-Knigge, eventuelle Häufchen sofort einzusammeln und Konflikte zwischen den Vierbeinern zu schlichten. So kamen die Beteiligten auch schnell ins Gespräch und lernten nette Leute kennen. Gemeinsam schaute Herr Müller Hildegard und seinen neuen Freunden beim Toben und Spielen zu. Fast alle Tiere waren vollständig paniert vom feinen Sand.

»Die können so in die Pfanne«, witzelte Herr Müller. Er lachte an diesem Nachmittag viel, was ihm guttat.

Sein erster Lachdurchlauf war in neuer Runde zunächst immer als Experiment zu betrachten. Er konnte den körperlichen Reflex einfach nicht abstellen. Es war bereits vorgekommen, dass Personen, nachdem sie damit konfrontiert worden waren, Abstand suchten, um nicht mit in die Peinlichkeitsspirale hineingezogen zu werden.

Heute hatte sich eine kleine Gruppe gebildet, die überwiegend aus Touristen, aber auch aus Einheimischen bestand. Seinen Rucksack hatte Herr Müller im Sand abgestellt, so hatten es die anderen ebenfalls getan.

»Soll ich eigentlich mal ein paar Döschen holen? Oder lieber Tee?«, fragte jemand.

»Hat den schon mal jemand probiert hier?«

»Nee. Bloß nicht.«

»Nur im größten Notfall, das ist kein Tee, was die den Touristen unterjubeln«, schimpften die Inselbewohner vehement. »Wir trinken hier nur Kaffee. Oder 'nen Lütten.« Alle kicherten.

»So, Schwarzwald, dann hilf mir mal tragen!«

Herr Müller schloss sich dem Hünen aus Dresden an. Auf Bier konnten sich dann alle einigen, der sonnige Spätnachmittag schien wie für dieses Getränk gemacht.

Die steife Brise erforderte jedoch allmählich eine Aufrüstung. Das Kokainpaket wurde kurz sichtbar, als Herr Müller den Pullover aus seinem Rucksack hervorholte und vom Sand befreite. Er erschrak bei dem Anblick und musste gekonnt um Fassung ringen, damit niemand die Entgleisungen seiner Gesichtszüge bemerkte. Er musste das Päckchen unbedingt loswerden. Es hatte seinen Zweck erfüllt und ihn kurzfristig mit Drogenmilieuromantik abgelenkt. Der Nervenkitzel hatte sich belebend angefühlt. Den traurigen Rest musste er ohne Drogen bewältigen. Wieso hatte er es überhaupt eingesteckt?

Die Gruppe zog späterhin in ein kleines Strandlokal um, welches sich an der Hauptpromenade befand. Dort wurden überteuerte Speisen angeboten, die vermutlich nicht überzeugen würden. Besondere Mühe mussten sich Restaurants mit Blick aufs Meer nicht geben.

Eine im besten Fall sehr fetthaltige Mahlzeit hatten alle mittlerweile bitter nötig. Es waren dann doch mehrere Döschen Bier geworden, und Herrn Müller schwirrte nach dem langen Tag, der vermutlich sein gesamtes Leben umgekrempelt hatte, der Kopf. Er entschied sich für einen Burger und eine dicke Portion Pommes. Die Hunde schliefen währenddessen unter dem Tisch den Schlaf der Gerechten. Sie waren sogar zu müde, um auf herunterfallende Schnitzelstückchen zu hoffen.

Hans und sein Münsteraner-Mischling wohnten ebenfalls im Schwarzwald, was für ein Zufall. Sie hatten bereits Nummern ausgetauscht, um sich fernab der Insel noch mal zu treffen. Wir, das bedeutete in Herrn Müllers Erzählungen ab sofort: Hildegard und ich. Auf Nachfrage hatte er vorgegeben, allein angereist zu sein. Viel wohler fühlte er sich jedoch mit der Geschichte über Hildegards Namensgebung, die gerade ihren Höhepunkt erreicht hatte, als ein Neuzugang sich mit an den voll beladenen Holztisch setzte: Miriam, die freundliche Angestellte des Hotels.

Offenbar wollte sie ihren freien Freitagabend zum ausführlichen Ausgehen nutzen, denn sie hatte sich richtig in Schale geworfen. Sie trug einen knielangen schwarzen Rock und dazu Schuhe mit höherem Absatz. Die beigefarbene Bluse wirkte frisch gebügelt. Ihre glänzend hellbraunen Haare endeten kurz über ihren Schultern. Ihr Alter war kaum ermittelbar. Sie sah jung aus. Ihre Bewegungen und ihre Sprache schienen jedoch von einer Steifheit geprägt, die eigentlich erst ab einem Lebensalter von fünfundvierzig Jahren authentisch abrufbar war.

»Hallo, Simone!«

Aha, sie besuchte offenbar ihre Freundin, die auch Teil der Hundestrand-Gang war.

»Miriiiii, da bist du ja! Super. Komm her, Schätzchen, setz dich zu uns«, rief die als Simone benannte Frau.

»Hallo zusammen. Und Prost!«

Miriam hatte sich an der Bar bereits mit einem Getränk ausgestattet. Eine Zitronenscheibe und einige Eiswürfel schwammen in der transparenten Flüssigkeit. Alle am Tisch erhoben ihre Gläser und rutschten auf der Holzbank näher zusammen. Aus dem Gespräch konnte Herr Müller heraushören, dass Miri und Simone sich verabredet hatten, um den sonnigen Tag mit einem erfrischenden Sundowner abzuschließen.

Herr Müller führte seine Ausführung zu Hildegards Namensgebung weiter aus. Die Anekdote zog immer. Auch Miriam lachte herzlich und ließ Herrn Müller nicht aus den Augen.

Herr Müller ließ seinen Blick über den Strand zum Sonnenuntergang schweifen und fragte sich plötzlich, ob sein eben verzehrter Beilagensalat wohl aus ökologischem Anbau stammte. Im selben Moment passierten zwei uniformierte Personen den Weg, der an der Promenade entlangführte. Sie inspizierten konzentriert die Umgebung, während sich der Herzschlag von Herrn Müller sofort beschleunigte.

»Hoher Besuch auf der Insel.« Ein freundlicher junger

Mann räumte den Tisch ab, um Platz für die Abschlussgetränke zu machen. Er zeigte auf die Polizisten. »Schon die fünfte Streife in meiner Schicht!«

»Hier gibt's ja auch was zu holen«, rief Hans etwas zu laut und lachte.

Carsten aus irgendwo in Schleswig-Holstein wedelte mit seiner linken Hand, als hätte er etwas sehr Heißes berührt. Gertrud, ihres Zeichens Ureinwohnerin der Insel, kommentierte Hans' Aussage in dieser merkwürdigen Sprache, die eine Mischung aus Deutsch, Niederländisch und Englisch sein musste. Mindestens die Hälfte der am Tisch sitzenden Personen konnte sie unmöglich verstanden haben.

Ein leichter Schweißfilm bildete sich auf dem Rücken von Herrn Müller. In seinem Job konnte er unmöglich mit einer eingetragenen Vorstrafe arbeiten. Als wäre eine Scheidung allein nicht schlimm genug, würde er bald vermutlich von der Polizei enttarnt werden und hinter schwedische Gardinen wandern.

»So denn, wir düsen los.« Carsten und Gertrud erhoben sich und setzten sich mit einem alkoholbedingten Ausfallschritt in Bewegung. Die nächsten folgten bald.

»Kommt mir nicht unter die Räder!«

Herr Müller hatte bereits bezahlt und zum wiederholten Male auf sein Handy geschaut. Sie hatte sich nicht gemeldet.

»Hilly, wir gehen los!« Herr Müller machte die Leine am Halsband des Dackelrüden fest.

»Jetzt schon? Och nee«, schallte es sofort aus Simones Mund.

Miri und ihre Freundin waren gerade richtig in Fahrt gekommen. Sie rutschten weiter zu ihm heran.

»Ein Getränk noch? Komm schon!«, raunte Miriam.

»Nee, ich muss jetzt echt los, tut mir leid. Aber wir sehen uns ja vielleicht wieder?«, fragte Herr Müller vorsichtig.

»Auf jeden Fall. Das neue Zimmer macht der Kollege fertig. Soll er besonders schön machen, hab ich ihm gesagt«, erzählte Miriam nicht ohne Stolz.

»Ja, super, da freue ich mich.«

»Also wir sind noch ein bisschen hier, falls du es dir noch anders überlegst«, polterte Simone.

»Das ist lieb, ich komme bei Gelegenheit drauf zurück!« Herr Müller winkte und warf den Damen einen kecken Handkuss zu. Miriams Finger schnappten zu wie die Krallen einer Katze.

Er lief schnellen Schrittes ein Stück die Promenade entlang und bog dann in die mit roten Backsteinen bepflasterte Straße ein, die wieder zum kleinen Ortskern und somit zum Hotel führte. Irgendwo musste er hier doch sein Paket loswerden können!

Ein grüner Mülleimer tauchte am Wegesrand auf. Er nahm seinen Rucksack ab und ertastete die schwarze Folie im Inneren, als plötzlich sein Gesicht hell beleuchtet wurde.

»Können wir Ihnen helfen?«

Herr Müller blickte zur Seite und konnte sich nur mit größter Anstrengung auf den Beinen halten. Eine Polizistin streckte ihren Kopf durch das Fenster des Wagens. Herr Müller richtete sich wieder auf. Sein auf dem Boden abgestellter Rucksack drohte derweil umzukippen.

»Äh, ja, nee. Kotbeutel. Mein Hund hat … Sie wissen schon«, stotterte Herr Müller und rang dringend um Fassung.

Er zeigte auf den Seitenstreifen. Die Polizistin leuchtete mit ihrer Taschenlampe in das Grün des kurzen Grases.

»Aha«, entfuhr es ihr knapp.

Herr Müller widerstand dem Impuls, einfach loszurennen.

»Durchfall. War eher Durchfall, also so 'ne Mischung. Ist kaum zu sehen. Aber trotzdem nicht schön, wenn da morgen jemand reintritt. Muss ja nicht sein.«

Die Polizistin verzog kaum merklich den Mund und gab ihrem Kollegen ein Zeichen, um die Fahrt wieder aufzunehmen. »Gute Nacht.«

Er zitterte am ganzen Körper.

Das Polizeiauto fuhr im Schritttempo, sodass auch er sich wieder auf den Weg machen musste. Alles andere wäre zu verdächtig gewesen. Unverrichteter Dinge setzte er den Rucksack wieder auf.

Herr Müller erreichte den Ort. An diesem lauschigen Freitagabend waren auffällig viele Menschen unterwegs. Der nächste Mülleimer wurde von einer Gruppe von Frauen umzingelt, die gerade ihre Prosecco-Dosen leerten. Vermutlich waren sie Teil eines jung gebliebenen Kegelklubs, jedoch schien etwas mit ihnen nicht zu stimmen. Sie wippten hin und her, traten unruhig auf der Stelle oder liefen unkoordiniert herum.

Eine der Frauen telefonierte, ihre Augen waren rot gerändert. »Bist du doll sauer auf mich oder so normal sauer?«

Der nächste Mülleimer stand zwar in einem schlecht einsehbaren Bereich der belebten Straße, quoll jedoch mit Imbissmüll über. Es würde sich keine Chance bieten, darin noch ein Paket Kokain unbemerkt unterzubringen. Herr Müller war nun fast beim Hotel angekommen und die Gelegenheiten schienen ihm auszugehen.

Hildegard bemerkte seine Artgenossen zuerst. Der Rauhaardackel blieb wie angewurzelt stehen und starrte am Hoteleingang vorbei die Straße hinauf. Zwei Polizisten liefen auf Herrn Müller und Hildegard zu. Die Beamten wurden von zwei stattlichen Schäferhunden mit Maulkörben begleitet. Letztere schnüffelten unaufhörlich und taxierten die Personen, die ihnen entgegenkamen.

Herr Müller gab sich große Mühe, betont langsam zu gehen. So bald wie möglich enterte er den Eingang des Hotels und beschleunigte sofort seine Schritte, als er die Schwelle überwunden hatte, um atemlos die Treppe zum ersten Stockwerk hinaufzueilen. Im Flur blieb er stehen und rang nach Luft. Das alles konnte doch gerade nicht wirklich geschehen!

Er lehnte sich gegen die Wand, Hildegard blickte ihn ratlos an. Herr Müller vernahm plötzlich weit entfernt ein leises Kichern, während eine Männerstimme sang. Na, wenigstens hatte hier überhaupt irgendjemand Spaß.

Umso überraschter war Herr Müller, als die Tür zu seinem Zimmer geöffnet wurde. Heraus trat beschwingt seine Frau, die in einen Bademantel eingewickelt war und sofort ihren Weg in die entgegengesetzte Richtung einschlug. Herr Müller hielt die Luft an. Ein hochgewachsener Mann stolperte Frau Müller aus dem ehelichen Hotelzimmer hinterher. Sein Bademantel war nur fahrlässig geschlossen und vermutlich ursprünglich eher für Herrn Müller vorgesehen. Sie verschwanden wenige Meter später hinter der Tür, die zum Spa-Bereich führte. Schlagartig war es wieder still.

Tränen der Wut und der Trauer liefen über sein Gesicht. Schauspieler der ganzen Welt investierten viel Geld und

Zeit in ein Training, das Gefühlslagen dieser Art authentisch wiedergeben sollte.

Wäre er doch nicht mitgefahren auf diese beschissene Insel! Er wollte zurückspulen, Tage, Jahre, alles auf Anfang. Nicht alles anders machen, aber vieles.

Hildegard machte sich mit einem leisen Fiepen bemerkbar. Seine Hundehaarantennen meldeten ihm, dass etwas nicht in Ordnung war. Herr Müller wollte das Hotelzimmer nicht betreten, allerdings musste er.

Er öffnete die Tür mit seiner Chipkarte, woraufhin ein leises Klicken zu hören war. Es war schon eine Weile her, doch Herr Müller wusste, wie ein Raum roch, in dem zwei Menschen miteinander Sex gehabt hatten. Er schloss die Augen und atmete mit widerwilliger Neugier tief durch die Nase ein. Nichts.

Er füllte nachlässig Futter in Hildegards Napf und die vier haarigen Beine trugen den Hund so schnell wie nie zu seinem Abendessen. Herr Müller warf derweil wütend seinen Rucksack in den Schrank und bedeckte ihn, sodass er nicht sofort zu sehen war. Gern hätte er die Schranktür zugeknallt, jedoch waren diese modernen Möbel mit Vorrichtungen ausgestattet, die dies verhinderten. Die helle Tür schien ihm einen wütenden Schubser nicht krummzunehmen.

»So, du Arschloch«, zischte Herr Müller leise. Haltlos öffnete er die Tür erneut und schmiss sie mit voller Wucht zu. Ohne Erfolg. Sie bremste sorgfältig ab, bevor sie sich vorbildlich schloss. »Scheiße!«, schrie er.

Hildegard zuckte zusammen und unterbrach sein Abendessen. Er starrte sein Herrchen ängstlich an.

»Entschuldigung. Ich meine nicht dich.« Er kraulte Hildegards borstigen Nacken und dachte nach.

Herr Müller wusste eines genau: Er würde bestimmt nicht warten, während Frau Müller ihre neue Freiheit in vollen Zügen genoss. Sie wollte ihm wohl Regel Nummer eins des Trennungseinmaleins unter die Nase reiben: Wer zuerst jemand Neues fand, besaß einen höheren Marktwert und war damit schöner und schlauer.

So machte sich Herr Müller innerhalb weniger Sekunden frisch und zog sich sein bestes Hemd und seine Ausgehweste an. Er tätschelte Hildegards Kopf zum Abschied und verließ das Hotel.

Beleuchteten Straßen folgte Herr Müller hastig Richtung Strand. Die letzten Meter rannte er, bis zwei Augenpaare ihn ungläubig anstarrten.

»Da isser ja!«

»Mensch, das ist eine Überraschung! Du kannst wohl nicht ohne uns.« Miriams Augen leuchteten. Sie stand mit einem Sprung auf und umarmte Herrn Müller etwas zu fest und etwas zu lange.

Das Publikum der Bar hatte sich verändert. Jüngere Menschen in unübersehbarer Partylaune hatten die gediegenen Strandbesucher des Tages ersetzt. Die Musik war lauter, einige Personen wippten bereits zum Takt der basslastigen Rhythmen.

»Nur ein Wort: Longislandicetea. Zum Aufholen. Jetzt.«, befahl Miriam mit gespielt strenger Stimme.

Herr Müller verstand, salutierte und erschien wenig später mit einem großen Glas hellbrauner Flüssigkeit am Tisch. »Schaut mal, sieht fast aus wie die Nordsee.« Er lachte. »Auf uns.«

»Auf dich!«, flüsterte Miri und blickte ihm tief in die Augen.

Die Masche mit der Strömung am Strand hatte sofort funktioniert. Er war in der Bar auf Tuchfühlung gegangen. Eine zufällige Berührung hier, ein kurzes Beintätscheln dort. Sie hatten zu Abend gegessen und den ein oder anderen Cocktail getrunken. Nachdem es zu kühl und dunkel geworden war, hatte er einen Umzug ins Hotel vorgeschlagen. Sie hatte immerhin, ohne zu zögern, zugestimmt, was seinen Verdacht der gegenseitigen Anziehung erhärtete – seinen Penis im Übrigen auch.

Faust gehörte nicht zu den geduldigsten Menschen auf diesem Planeten. Aber das hier war wirklich ein Prachtstück, welches das Warten wert sein könnte. Schön groß, sexy Figur – trotz der zwei Kinder –, die im Badeanzug besonders gut zur Geltung kam. Das bekamen nicht alle Frauen hin. Einige gingen nach der Geburt immer weiter aus dem Leim, bis sie eine vollkommen groteske Masse darstellten. Diese hingegen war anders. Und noch viel besser: Sie schien Gefallen an ihm gefunden zu haben. Es war einfach unwiderstehlich, für unwiderstehlich gehalten zu werden.

Das Finale stand noch aus. Sein »Opfer«, wie er seine Eroberungen häufig scherzhaft benannte, hatte allerdings für seinen Geschmack ein wenig zu oft auf sein Handy gestarrt, und das mochte er gar nicht gern. Die Frau sollte sich voll auf ihn und seinen hervorragenden Körperbau konzentrieren. Demonstrativ zog er seine Bahnen durchs kleine Becken des Spa-Bereichs, sodass sie seine Schultermuskulatur bewundern konnte.

Faust hatte sich im Hotel in Windeseile extra frische Unterwäsche angezogen und einige Dinge eingepackt, die wichtig werden konnten. Noch ein kurzer Blick in den Spiegel – wow, dann war er zum Zimmer seines heutigen

Fangs aufgebrochen. Die Hoffnung, ein bisschen fummeln zu können, trieb ihn eilig voran.

Als sie ihm die Tür geöffnet hatte, fand er eine kleine Überraschung vor: Sie schien sich das Zimmer zu teilen. Mit einem Hund und einem anderen nicht weiter definierbaren Mitreisenden. Zwei Betthälften schienen in Benutzung zu sein. Dann sollten sie umso schneller zur Sache kommen, bevor wer auch immer stören würde. Er setzte alle Hebel dafür in Bewegung.

Er konnte neben seinem fantastischen Aussehen mit einer wunderbaren Singstimme glänzen. Was im Tierreich funktionierte, verhalf den Menschen allemal zur Kopulation.

»*You don't have to be rich to be my girl …*«

Er küsste ihren Hals und umschlang ihre Taille. Bevor er ihren Hintern richtig zu fassen bekam, drängte sie sich an ihm vorbei.

»Lass uns losgehen.«

»Gut, aber du entkommst mir nicht«, hatte Faust mit tiefer Stimme geraunt.

»Vielleicht will ich das ja auch gar nicht«, hatte sie entgegnet und ihm zugezwinkert.

Im Schwimmbad angekommen, forderte sich Faust zur vollen Konzentration auf. Keuchend schwamm er durch das rechteckige Becken. Sein Jagderfolg an diesem Tag war von besonderer Bedeutung, denn heute hätten er und seine Ex-Frau eigentlich ihren Hochzeitstag gefeiert. Ausgerechnet ein guter Bekannter hatte sie ihm vor einigen Jahren ausgespannt, sie einfach weggenommen. Ein absolutes Downgrade hatte sie damit vollzogen. Er war deutlich attraktiver und besaß eine Uniform. Da wurden selbst die Emanzen schwach.

Sollte sie doch glücklich werden mit ihrem von Geheimratsecken geplagten Langweiler!

Die Beleuchtung im Spa war angenehm gedimmt. Er bot der Frau eine Massage an, die sie dankend annahm. Der Plan war eigentlich, sie in der oberen Etage anzufassen und zeitgleich die jeweils unteren in Kontakt zu bringen. Sie schnurrte förmlich, als er ihre Schultern mit kräftigen Griffen knetete, jedoch blieb ihr Untergeschoss unerreichbar.

Langsam wurde er ungeduldig. Nach der letzten Beschwerde wegen Belästigung hielt er ein zu forsches Vorgehen jedoch für riskant. Nichts durfte man als Mann noch sagen, geschweige denn tun.

Faust schwamm mit einem Zug um sie herum und versuchte sein Glück. Immerhin küsste sie mit mittelmäßiger Technik zurück. Fahrbereit, wie er es nannte, schaltete er einen Gang höher. Doch plötzlich war der Motor offenbar aus.

»Morgen geht's weiter, Cowboy.« Sie gab ein kurzes, aber lautes Lachen von sich, stieß sich von ihm ab und verschwand.

Es war mittlerweile fast drei Uhr in der Nacht. Eine halbe Flasche Sekt und eine halbe Erektion waren von diesem Tag übrig geblieben.

Das war wohl der traurigste und merkwürdigste Tag in ihrem gesamten Leben gewesen. Der Polizist hatte alles, was Herr Müller nicht hatte. Sich nicht zu kennen, war einfach entlastend und schön gewesen. Sie fühlte sich wie ein Teenager im Urlaub. Auch hatte sie sich auf den ersten Sex in ihrer neu gewonnenen Freiheit gefreut. Der Mann hatte Charme und eine Heiterkeit, um die sie ihn beneidete. Wie er jedoch Polizist hatte werden können, war ihr ein Rätsel. Es herrschten da doch recht strenge Zugangsbeschränkungen, oder nicht?

Das Hotelzimmer war leer gewesen, als sie sich für den Besuch im Spa umgezogen hatte. Vielleicht hatte ihr Noch-Mann eher als erwartet sein neues Quartier beziehen können. Frau Müller dachte kurz an die junge Frau am Empfang.

»Diese kleine Schlampe«, flüsterte sie, kurz bevor sie die Tür zu ihrem Zimmer öffnete.

Sie war selbst nicht mehr ganz nüchtern, doch die Dunstwolke, die ihr entgegenschlug, hätte ihr sofort eine Alkoholvergiftung verpassen können. Sie hielt die Luft an und öffnete das Fenster. Polizeilicht blinkte in der schmalen Straße unter ihr und erleuchtete den Raum für einen Moment in blauweißem Schein. Hildegard öffnete die Augen und klopfte mit seinem Schwanz wedelnd gegen den Rand seines Körbchens. Sie tätschelte seinen Kopf und schlich ins Badezimmer. Ein schlechtes Gewissen überkam sie. Noch vor wenigen Stunden hatte sie an dieser Stelle heftig mit einem anderen Mann geflirtet. Und nun lag dort der Mensch, mit dem sie verheiratet war.

Frau Müller gab sich größte Mühe, leise vorzugehen, damit Herr Müller trotz seines offenbar komatösen Zustandes nicht aufwachte. So albern es ihr erschien, sie wollte Abschied nehmen. Still und heimlich von einem Ritual, das nur sie kannte.

Bis heute.

Die Tür öffnete sich behutsam. Er erkannte seine Frau bereits an den minimalen Geräuschen, die sie unbewusst von sich gab. Kleine Ächzer und Stolperer, die sich tief in sein Gedächtnis gebrannt hatten. Sie versuchte, sich mucksmäuschenstill zu verhalten. Scheinbar wollte sie, wie auch er, jedem Gespräch aus dem Weg gehen. Deswegen stellte er sich schlafend.

Gern hätte er tatsächlich bereits tief und fest geschlummert, aber der Tag pulsierte unaufhörlich in seinem Gehirn. Eine viel zu schnelle Dia-Show mit Bildern der letzten vierundzwanzig Stunden sprang sofort an, sobald er nur an Schlaf dachte. Sein Blutalkoholwert hingegen musste sich fernab jedes realistischen Wertes befinden.

Simone, Miri und er hatten ein richtig gutes Party-Trio abgegeben. Sie hatten wild getanzt und gesungen, sich mit Nebensächlichkeiten aufgehalten und ihren Alltag vollständig ausgeklammert. Die vielen Cocktails hätten ganze Wochen der Erinnerung auslöschen können. Leider hatten sie es jedoch nicht geschafft, diesen beschissenen Tag zu eliminieren. Das musste am üppigen Burger gelegen haben, der den Alkohol wie ein Schwamm aufgesogen hatte. Oder an der Angst, die ihm wie ein ständiger Begleiter im Nacken saß. Selbst die Karaokebar war von Polizeistreifen aufgesucht worden. Es wimmelte nur so von Menschen und Hunden, die das Paket in seinem Schrank finden wollten. Bilder von Miris Lippen wichen in Lichtgeschwindigkeit Erinnerungen an den lauten Streit mit seiner Frau.

Frau Müller raschelte gleichzeitig an verschiedenen Stellen herum. Dann hörte er, wie ihre nackten Füße mit leichter Senk-Spreiz-Fehlstellung leise in Richtung Bett tappten. Das Geräusch führte jedoch zur falschen Seite. Sie näherte sich seiner Matratzenhälfte. Genauer gesagt: seinem Kissen. Er mochte den Geruch ihrer Nachtcreme nicht. Deswegen fiel ihm umso schneller auf, dass er sich intensivierte. Außerdem erschien ihm die Umgebung plötzlich dunkler, obwohl er die Augen fest geschlossen hielt. Was machte sie denn da bloß?

Etwas näherte sich seinem Kopf. Er versuchte kaum merklich, tiefer in die Matratze zu sinken. Wie ein Stromstoß schossen ihm Ausschnitte aus den derzeit beliebten Dokumentationen über ungelöste Mordfälle ins Gedächtnis. Meist hatte der Partner oder die Partnerin die Tat ausgeübt …

»Was machst du da?« Mit weit aufgerissenen Augen richtete Herr Müller seinen Oberkörper auf und drückte seinen Hinterkopf dicht an die Wand hinter ihm.

Frau Müller erschrak in dem Moment so sehr, dass ihr ein kleiner Schrei entwich und sie nach hinten taumelte. Sie musste über seine Badelatschen gestolpert sein, dafür sprach zumindest das anschließende Rumpeln. Als er seine Nachttischlampe einschaltete, fand er sie am Boden sitzend wieder.

»Was soll das denn, ich dachte, du schläfst!«, zischte Frau Müller atemlos.

»Äh, Entschuldigung. Ja, das wollte ich auch. Aber du turnst hier die ganze Zeit rum.«

»Ich muss mich ja wohl auch fertigmachen. Hier riecht es übrigens wie in einer Kneipe.«

Beide gaben sich keine Mühe zu flüstern.

Frau Müller stand auf und setzte sich auf ihre Hälfte des Bettes. Er konnte lediglich ihren Rücken sehen, der in ein weißes T-Shirt eingehüllt war.

»Bist du schon lange zurück?«, wollte Frau Müller wissen.

»Nein, eine halbe Stunde vielleicht.«

Beide schwiegen.

»Ich hab dich gesehen. Mit jemandem. In unserem Zimmer«, sagte Herr Müller tonlos.

Frau Müller hob den Kopf. Damit schien sie nicht gerechnet zu haben.

»Okay. Aber da war nichts … Wer weiß denn, was du den Tag über gemacht hast?«, blaffte sie.

Sie wollte sich nicht rechtfertigen.

»Ich sag doch gar nichts«, merkte Herr Müller an und hob genervt seine Hände, um sie zu beschwichtigen.

Frau Müller hielt inne. »Aha. Und warum nicht?«

»Wir sind getrennt, das Leben geht weiter.«

Da war er, der Satz. Zum ersten Mal laut ausgesprochen. Es überraschte Herrn Müller, dass ihm die Worte so leicht über die Lippen gekommen waren. Er dachte an den vergangenen Abend. Auch er war zu weit gegangen und durfte seiner Frau keine Vorwürfe machen. Aber trotzdem, *sie* hatte angefangen. Er hingegen wollte nur ausgleichende Gerechtigkeit.

»Hat das zufälligerweise etwas mit *Miri* zu tun?« Sie zog den Namen genervt in die Länge.

Herr Müller musste sich wirklich zurückhalten, um nicht nachzuhaken, woher sie diese Information hatte. »Naja …«

»Wusste ich's doch! Das war so peinlich offensichtlich«, platzte es aus Frau Müller heraus.

»Das ist peinlich? Du musst ja, lass mich mal rechnen, drei Stunden nach unserer Trennung jemanden abschleppen. Und dann nimmst du den auch noch mit auf unser Zimmer … Das ist echt das Letzte!«, entgegnete Herr Müller wütend.

»Das kann dir scheißegal sein. Du hast ja schon Ersatz! Ihr dürft jetzt sogar heiraten, aber denk dran: keinen Sex!«

Herr Müller starrte Frau Müller irritiert an, bemerkte dann jedoch, dass sie mit dem Zeigefinger auf Hildegard zeigte.

»Wie witzig. Den hab ich für uns gekauft! Damit wir mal wieder was gemeinsam haben.«

»Du hast mich noch nicht mal gefragt, checkst du das eigentlich?« Frau Müller starrte ihren Mann aufgebracht an.

Das war nicht ganz falsch. Hildegard war eine Art schiefgelaufene Überraschung gewesen.

»Wie denn? Mit dir kann man kaum noch reden vor lauter Meditationsscheiße! Wie soll dich denn jemand überhaupt mal was fragen?«, rechtfertigte Herr Müller sich mühevoll.

»Du verstehst das sowieso nicht. Und jetzt tu mal nicht so, du willst am liebsten über gar nichts sprechen.«

Frau Müller hatte sich derweilen hingelegt und mit wütenden Handschlägen die Decke unter ihrem Körper festgeklemmt. Herr Müller knipste das Licht aus.

Langsam gewöhnten sich die Augen an die Dunkelheit. Auf dem Flur waren schnelle Schritte zu vernehmen, die vor dem Zimmer der Müllers haltmachten. Es klopfte. Dann noch mal, dieses Mal drängender. Herr Müller schaltete das Licht wieder an und setzte sich rasend schnell auf. Die Augen weit aufgerissen, starrte er zur Tür. Würden sie ihn jetzt holen? Würde er den Rest seines Lebens im Gefängnis verbringen?

»Was hast du denn?«, erkundigte sich Frau Müller etwas verächtlich. Sie hüllte sich in ihren Bademantel und öffnete die Tür.

»Ist alles in Ordnung?« Eine ernsthaft besorgte Stimme drang vom Flur in das Zimmer.

Herr Müller war in Sekundenschnelle hochgeschreckt. Er saß schwitzend und der Ohnmacht nahe auf dem Bett. Seine Augen huschten nervös zum Schrank.

»Ja, wieso? Alles gut«, hörte er seine Frau sagen.

»Die Gäste unter Ihnen haben uns alarmiert. Es hätte jemand geschrien und wäre gestürzt.«

Herr Müller stieß die angehaltene Luft leise zwischen den Lippen aus. Er nahm die besorgte Stimme wahr, ohne ein Gesicht sehen zu können. Vielleicht war es der nette Servicemitarbeiter von gestern.

»Ach so, ja, ähm, ich bin gestolpert. Und da hab ich mich ein bisschen erschreckt. Nichts passiert. Keine häusliche Gewalt oder Ähnliches, hahaha.« Frau Müller lachte kurz und bemerkte schnell, dass ihr Gegenüber ihren Humor offenbar nicht teilte. Oder nicht verstand, weil er Ostfriese war.

»Gut. Und ich dachte schon, es wäre etwas passiert. Die ganze Insel spielt gerade verrückt. Sie haben bestimmt das mit den Päckchen am Strand mitbekommen. Es sind richtig komische Leute unterwegs.«

Der Pulsschlag von Herrn Müller musste von Weitem sichtbar sein.

»Danke. Wir passen auf uns auf, versprochen. Gute Nacht.« Frau Müller schloss die Tür und atmete laut aus. »Hast du gehört? Die Leute sind voll psycho hier! Und jetzt denke ich gerade, diese Gruppe von gestern, als wir ankamen, die waren voll drauf. Oder nicht?« Frau Müller schälte sich wieder auf ihre Matratze und fuhr belustigt fort: »Dieser blöde Sand überall. Ich habe sogar welchen in meinem Bett. Ja, und die gesamte Insel wird überwacht. Ich hab mitgekriegt, dass bald die Verbrecherbande kommen wird, denen das Zeug gehört. Das geht in die Tausende. Deswegen so viel Polizei.«

Herr Müller wurde kreidebleich und ihm stand ein leichter Schweißfilm auf der Stirn, was nun auch Frau Müller auffiel.

»Sag mal, soll ich dir einen Eimer holen?«, fragte sie besorgt.

Es war nur knapp zu erkennen, dass er keinen benötigte. Er konnte allerdings seine vor Schreck geweiteten Augen nicht bewegen. Bald würden sie austrocknen und sich ohne mechanische Einwirkung von außen nicht mehr schließen lassen. Wie Trauben, die sich plötzlich in Rosinen verwandelten.

Frau Müller rückte näher und schaute ihm besorgt ins Gesicht. »Du hast gerade aber keinen Schlaganfall?«

Herr Müller rollte kurz mit den Augen, um ihrem morbiden Humor ein Ende zu bereiten.

Frau Müller schnaufte und griff umständlich über ihn herüber, um das Licht auf seiner Seite zu löschen.

Stumm amüsierte er sich über seine vorherige Idee, dass sie ihn umbringen könnte. Das würden natürlich die Gangster übernehmen, denen er ein sehr wichtiges Päckchen gestohlen hatte.

»Petra?«, fragte er leise in das Dunkel des Zimmers.

Einem kurzen Knipsen folgte das schwache Licht von Frau Müllers Nachttischlampe. Beide blinzelten. Sie rollte sich auf die Seite und starrte ihn an; er zitterte leicht.

»Was ist los?« Sie berührte vorsichtig seinen Arm.

Offenbar war sie immer noch auf einen medizinischen Notfall programmiert. Er konnte sich nicht daran erinnern, wann er sie das letzte Mal mit ihrem Vornamen angesprochen hatte. Ihr Blick verriet ihm, dass ihr dieses Detail ebenfalls aufgefallen war.

»Ich … Ich …«

»Was ist denn los? Rede mit mir«, bat Frau Müller ängstlich.

Stille.

»Ich hab ein Paket mitgenommen. Vom Strand.«

Frau Müller schien nicht zu verstehen. Er konnte ihr ansehen, dass sie diese Information nicht vollständig verarbeitet hatte.

Mit steifen Bewegungen stand er auf und kramte ungelenk seinen Rucksack aus dem Schrank. Er legte ihn auf das Bett und holte das mit schwarzer Folie umwickelte Paket hervor, aus dem ein paar Sandkörner auf das helle Bettlaken rollten.

Es dauerte noch ein paar Sekunden, bis Frau Müller sich die Hand vor den offen stehenden Mund drückte und ihn entgeistert anstarrte.

Fast im selben Moment legte am Hafen der Insel ein kleines Boot in der Stille der Nacht an. Der Fahrer hatte sich über die ungewöhnliche Anfrage gefreut. Diese jungen Leute waren sehr zuvorkommend gewesen und hatten ihm ein üppiges Trinkgeld gegeben.

Sie hätten alle eine lange Anfahrt an die Nordsee gehabt, wollten jedoch noch an diesem Abend übersetzen, um den ganzen Samstag gemeinsam auf der Insel verbringen zu können. Weil sie sich so selten sahen. Sie studierten in verschiedenen Städten, da sie nur dort Studienplätze erhalten hatten. Die letzte Fähre war – wer hätte das gedacht – durch die Verspätung der Bahn nicht mehr zu erwischen und vermutlich ohnehin ausgebucht gewesen. Also hatten sie ihn kontaktiert, damit er sie wie ein Wassertaxi auf die Insel brachte. Was für eine schöne Idee. Und dieser

Zusammenhalt! Wieso meckern immer alle über die jungen Leute, dachte sich der Kapitän und nahm Kurs zurück zum Festland.

# TAG ZWEI

Das Ehepaar Müller saß im gut besuchten Frühstücksraum. Frau Müller war es heute Morgen völlig gleichgültig, ob sie Polizist Faust in seine trainierten Arme laufen würde. Mit ihrem Mann an ihrer Seite würde ihr Urlaubsflirt natürlich sofort platzen, das war sicher. Aber das alles spielte für die nächsten Stunden ohnehin keine Rolle mehr.

Im Frühstücksraum fand sich eine ähnliche Besetzung wie am Vortag wieder. Ein paar Gäste waren jedoch hinzugekommen. Eine junge Frau hatte sich am Getränkebuffet den letzten Schluck Grünkohl-Kiwi-Smoothie eingeschenkt. Dickflüssige Tropfen fielen in ihr fast randvoll gefülltes Glas. Frau Müller wog düster blickend ihre Möglichkeiten ab. Sie konnte die freundliche Servicekraft um Nachschub bitten oder einen Vortrag über gegenseitige Rücksichtnahme halten. Schließlich hätte sie nach dieser Nacht einen Vitaminkick dringend gebrauchen können. Sie beäugte den verschwenderischen Gast. Diese langen und gepflegten Haare, French Nails, nicht zu lang – alles an dieser Frau, die im Alter ihrer Tochter sein musste, schien perfekt zu sein. Kein Makel war sichtbar. Keine Spur eines nachlässigen und von Pizza und Wein geprägten Lebenswandels, der in dem Lebensabschnitt doch so beliebt war. Frau Müller hatte das Gefühl, dass sich ihre Nackenhaare aufstellten. Mitglieder ihres Geschlechts mit zu schlanken Hüften machten sie einfach skeptisch.

»Sorry, wollten Sie da ran?«

Frau Müller erschrak kurz, als die junge Frau sie zielgerichtet ansprach und ihren Gedankengang unterbrach.

»Nein, danke. Ich hatte schon«, log Frau Müller und schaute sich nach Alternativen um. »Schmeckt lecker«, setzte sie etwas unbeholfen nach, um ihre Täuschung zu untermauern. Sie würde sich das Buffet-Zepter nicht aus der Hand nehmen lassen.

»Ist vielleicht ’ne komische Frage, aber gibt es hier irgendwo einen schriftlichen Hinweis auf die Herkunft des Obstes?«, wollte die junge Frau plötzlich wissen.

Frau Müllers Miene erhellte sich. »Witzig, danach hab ich mich gestern auch erkundigt. ›Vom Lieferanten‹, lautete die Antwort.« Sie markierte Gänsefüßchen in der Luft.

»Mehr konnten die mir auch nicht sagen«, gab die junge Frau zurück.

»Ach, na toll.«

Beide lachten.

»Etwas hinter der Zeit, würde ich mal behaupten«, witzelte Frau Müller konspirativ.

»Also, ich finde, das geht gar nicht. Und *das* soll eines der besten Hotels auf der Insel sein?« Die Frau schien ungewöhnlich aufgebracht. »Dass man denen immer alles sagen muss … Ich komme quasi aus dem Bereich und ehrlich, Personalführung geht anders. Da muss man die Leute auch informieren«, schimpfte sie weiter.

Und das in dem Alter, dachte sich Frau Müller. Sie selbst war mit Mitte zwanzig untrennbar mit Weinglas und selbstgedrehter Zigarette verbunden gewesen. So schnell hatte sie nichts aus der Ruhe gebracht. Der jungen Dame sollte sie gleich mal ein paar Meditationsanregungen mitgeben, sonst würde die in zwei Jahren völlig im Arsch sein.

Argwöhnisch machte sich Frau Müller wieder auf den Weg zu ihrem Platz. Herr Müller saß wie versteinert auf seinem Stuhl und knibbelte am cremefarbenen Tischläufer. Frau Müller hatte ihm zwei Brötchenhälften belegt und, wie für ihre Kinder damals, noch mal halbiert. Sie lagen unberührt auf seinem Teller.

»Nun iss doch was. Das sieht sonst komisch aus. Fröhliche Urlauber essen«, murmelte sie.

Widerwillig biss er in sein Brötchenviertel und starrte dabei durch das Fenster auf die belebte Straße. »Ob wir jemals von dieser Insel runterkommen?«, fragte Herr Müller und ließ seinen traurigen Blick zu seiner Frau wandern. Ganz klein und krumm saß er da.

»Aber natürlich. Wir machen das genau so, wie wir das gestern besprochen haben.« Frau Müller beäugte beiläufig die etwas zu perfekte junge Frau, die sich, nachdem sie ihr den Smoothie gestohlen hatte, wieder zu ihrer ebenso perfekten Freundin gesetzt hatte. Es war noch nicht mal zehn Uhr am Morgen, wie konnte jemand schon derart ausgeschlafen und frisch aussehen? Existierte irgendeine kosmetische Neuheit auf dem Markt, von der sie nichts mitgekriegt hatte?

Frau Müller belegte ihr Brötchen mit Käse. Eine große Portion Rührei stand warm dampfend neben ihrem Teller, um den die Blätterteigkrümel des eben verschlungenen Croissants verstreut waren. Als waschechte Event-Veganerin musste sie sich heute tierische Proteine in rauen Mengen einverleiben, um die Kapazitäten ihres Gehirns voll ausschöpfen zu können. Körper und Geist mussten zielsicher und effizient zusammengeführt werden. Sollten Stress, Hund, Eheprobleme und Debatten über hochwertiges Obst die beiden entfremdet haben, würden Käse und Croissant sie an diesem Tag wieder in Einklang bringen.

Frau Müller zog mit einem weiteren Teller los, um am Buffet kleine Kuchenvariationen zu erobern. Als sie zu ihrem Platz zurückkehrte, legte sie zwei Brownies vor ihren Mann auf den Tisch.

»Rein damit!«, wies sie ihn an.

Seine Miene hellte sich prompt auf. »Na, wo kommt ihr denn her?«

Frau Müller war sich unsicher, ob ihr Mann eine Antwort von dem Süßgebäck erwartete.

Sie ging im Kopf noch mal alle Schritte durch und lief auf höchster Effizienzstufe. In diesem Modus könnte sie den Tag der offenen Tür und die jährliche Weihnachtsfeier ihrer Schule gleichzeitig organisieren. Und auch dieser Plan war perfekt.

Schritt eins: Bloß nicht auffallen. Sie hatten höchstens zwei Stunden geschlafen. Trotzdem mussten sie pünktlich zum Frühstück erscheinen, um den normalen Touri-Modus von Menschen fortgeschrittenen Alters beizubehalten. Das Ehepaar macht Urlaub. Wandern, baden, Essen gehen, Punkt.

Schritt zwei: Der Tag musste touristisch gemeinsam verbracht werden. Weiterhin nicht auffallen. Einfach mäßig glücklich wirken, so wie es Ehepaare in ihrem Alter in der Realität meist waren.

Schritt drei: Ein frühes Abendessen einnehmen. Tisch unbedingt reservieren, denn Drogendealer reservierten keine Tische.

Schritt vier: Das Finale. Decke und Hund einpacken. Kokainpaket in Decke einwickeln. Flasche Wein und Kartoffelchips beim Kiosk kaufen. »Ja, genau. Wir wollen uns noch eben den Sonnenuntergang anschauen. Ja, ja, so wunderbares Wetter. Eine fantastische Insel.« Drogendealer picknickten nicht. Dann raus an den Strand, Paket wieder einbuddeln. Fertig.

Über die Schritte Nummer fünf und sechs, Heimfahrt und Scheidung, wollte Frau Müller in diesem Moment noch nicht nachdenken.

»So, wir reißen uns jetzt zusammen. Denk an Schritt eins!«, wies Frau Müller ihren Mann an.

»Kaffee. Wir brauchen Kaffee.« Herr Müller machte sich auf den Weg, hielt jedoch abrupt inne und kehrte an den Tisch zurück. Etwas zu laut fragte er: »Mein Schatz, willst du auch noch eine Tasse?«

Sehr gut, guter Ehepaar-Move.

»Oh ja, gern«, flötete sie wie aufs Stichwort.

Sie lächelte ihn breit an, als er mit den Kaffeetassen zurückkam.

»Bitte schön!«

»Das ist lieb, danke.«

Das junge Pärchen vom Vortag beobachtete vorsichtig, was bei den Müllers vor sich ging.

»Dann gehen wir gleich ein bisschen bummeln?« Frau Müller eröffnete das prototypische Urlaubsgespräch. »Wir kaufen etwas richtig Schönes für die Kinder!«

»Gute Idee. Etwas weiter im Ort habe ich gestern einen Laden gesehen, die haben da tolle Sachen aus Treibholz.«

Beide nickten und waren zufrieden mit ihrem kleinen Theaterstück. Sie beendeten das Frühstück und holten Hildegard im Zimmer ab, um den Stadtrundgang einzuläuten.

An der Rezeption wurden sie kurz aufgehalten. »Herr Müller?«

»Äh, ja?«

»Wollen Sie die Chipkarte für Ihr neues Zimmer schon mitnehmen?«, fragte der ihnen schon bekannte Servicemitarbeiter.

»Ja, ja, gern. Danke«, sagte Herr Müller fahrig.

Er betrachtete den nicht zur Rolle passenden Gegenstand skeptisch und steckte ihn in seinen Rucksack, bevor er mit Frau Müller das Hotel verließ.

Die Sonne strahlte in vollen Zügen. Das Ehepaar Müller konnte dadurch glaubhaft die Sonnenbrillen in Gebrauch nehmen.

Frau Müller hakte sich bei ihrem Mann ein. »Denk dran«, flüsterte sie ihm zu, »keiner weiß, dass du es hast. Niemand wird das je erfahren und heute Abend ist alles erledigt.«

Herr Müller schwitzte, schien aber für den Moment tatsächlich etwas erleichtert zu sein.

Wie geplant schlenderten sie vorbildlich an den Schaufenstern vorbei. Sie zählten leise bis fünfzehn und zeigten hier und dort auf Artikel, um ihren touristischen Alltag möglichst realistisch wirken zu lassen. Die frische Seeluft vermischte sich mit dem Duft frisch gebackener Waffeln und dem durch die ständige Backfischproduktion ausnahmslos präsenten Fritteusen-Geruch. Kurz fühlte es sich wirklich wie Urlaub an. Herr Müller erspähte ein Kleidungsgeschäft und erhielt einen merkwürdigen Energieschub. Er setzte sich mit seltsam motiviertem Schwung in Bewegung und lief zum Laden hinüber, um mit schnellen Schritten wieder zurückzutraben. »Komm mal mit. Und schau sie dir erst mal an, gib ihr eine Chance!«, sagte er aufgeregt.

Bei anderen Männern hätte Frau Müller es als erfrischend empfunden, wenn diese sich ausgelassen über ein

Kleidungsstück freuen konnten. Leider war das bei Herrn Müller nicht der Fall, denn beide waren natürlich längst in der Verwerfung einer jahrzehntelangen Beziehung gefangen, in der nahezu jeder Persönlichkeitsanteil des jeweils anderen einfach nur nervte.

Missmutig begleitete sie ihren fast hüpfenden Noch-Ehemann in das Geschäft. Sie verschränkte die Arme vor dem Körper und wartete mit Hildegard, während Herr Müller in der Umkleidekabine herumwirbelte.

Er riss den Vorhang zu Seite und sah sie erwartungsvoll an. »Und?«

Frau Müller traute ihren Augen nicht. Die Aussicht war kaum auszuhalten.

»Dieser Blick schon wieder! Du hast noch nicht mal richtig hingesehen«, sagte Herr Müller und starrte ärgerlich auf den grauen Fußboden.

Frau Müller fühlte einen kurzen Stich in ihrer Brust. Er hatte nicht unrecht. Sie hätte eine kleine Notlüge aus dem Hut zaubern können, so wie sie es für jede andere Person getan hätte, um diese nicht zu verletzen. Aber sie konnte nicht, nein, vielmehr wollte sie nicht lügen. Sein Stil hatte sich über die Jahre in einer Negativspirale abwärts bewegt, was sie ihm übel nahm. Er hatte aufgegeben und hätte, ebenfalls ihr zuliebe, ab und an etwas anziehen können, was sie ihm vorgeschlagen hatte.

»Hast du Lust auf ein Experiment?«, fragte Frau Müller. Das funktionierte bei den Schülerinnen und Schülern immer.

»Ähm, ja?«, antwortete Herr Müller neugierig.

»Okay, warte hier. Hildegard, Platz.«

Frau Müller inspizierte das Angebot und griff nach einem dunkelblauen Wollpullover, dessen hoher Kragen durch einen Reißverschluss geschmückt wurde. Im Geschäft waren keine weiteren Personen zugegen.

Frau Müller ging auf die junge Frau hinter dem Tresen zu. »Entschuldigen Sie. Ich bin mit meinem Kumpel unterwegs und wir brauchen eine dritte Meinung. Er hat heute Abend ein Date. Schauen Sie sich doch mal bitte die beiden Outfits an.«

Herr Müller hatte sich kurz erschrocken, ihr war wirklich gar nichts peinlich. Aber die Gelegenheit ließ er sich nicht entgehen. Mit einem Paukenschlag würde seine Frau bekehrt werden und dann, endlich, würde sie sich bei ihm entschuldigen müssen für die jahrelangen Vorhaltungen zu seinem Kleidungsstil.

»Also, das hier steht zur Auswahl. Diese wunderschöne Kombination aus Weste und Hemd. Oooooooder ...« Herr Müller verschwand in der Umkleidekabine, um den blauen Pullover anzuziehen.

Er hatte den Vorhang nicht mal eine Sekunde zurückgezogen, da platzte es aus der Verkäuferin heraus: »Der!«

Herr Müller lächelte voller Argwohn. »Du hast sie bestochen.«

»Jetzt drehst du ja wohl durch. Als ob das notwendig wäre, ich bitte dich.«

»Weil das ein Machtkampf für dich ist, nichts weiter. Du willst einfach recht haben«, fuhr Herr Müller trotzig fort.

»Jetzt komm schon, ist doch nicht schlimm. Du hast halt, naja, einen ganz eigenen Geschmack. Das ist durchaus spannend, so auf eine besondere Art und Weise.«

Die Verkäuferin verfiel in peinliches Schweigen und linste sehnsüchtig zu ihrem Tresen hinüber, ihrem sicheren Schutzwall.

Ein Paar Anfang vierzig betrat in dem Moment den Laden. Herr Müller roch seine Chance auf den Ausgleich.

»Können Sie mir eben einen Gefallen tun und zwei Outfits für mein Date heute Abend beurteilen? Meine … Also, meine platonische Freundin hier hat da nicht so den Sinn für.« Er blies sich den Pony aus der Stirn und starrte Frau Müller mit jugendlicher Aufsässigkeit an. »Und ich geh nicht in die Kabine, die schummelt nämlich«, ergänzte Herr Müller und zeigte auf seine Frau.

»Ja, okay, warum nicht«, sagte die andere Frau und trat näher, während sie ihren Mann an seiner Hand hinter sich herzog.

»Also, zu Auswahl steht dieser Pullover.« Herr Müller drehte sich um die eigene Achse.

»Ooooooder …« Es fehlte nur noch der Trommelwirbel, als er das nächste Outfit ankündigte, während er sich vor der Kabine umzog. »Oder diese schicke und gleichzeitig funktionale Weste. Der moderne Mann von heute. Gut aussehend und auf alle Eventualitäten vorbereitet.«

Frau Müller bewunderte kurz die Fähigkeit ihres Mannes, so schlecht angezogen ein solches Maß an Souveränität und Selbstbewusstsein hervorzuholen.

»Pulli.« Die Antwort der Frau kam schnell.

»Sicher?« Herr Müller blickte zum dazugehörigen Mann.

Der zog die Mundwinkel nach oben. »Geht es um eine Safari?«

»Äh, nein«, erwiderte Herr Müller skeptisch.

»Haben Sie eine Sehbeeinträchtigung von über 80 Prozent«, wollte der Mann grinsend wissen.

»Jetzt ist aber mal gut«, entgegnete Herr Müller patzig. Er schaute in den Spiegel und betrachtete sich. »Und was ist, wenn mir plötzlich warm an den Armen wird?« Er starrte die umstehenden Personen an, als hätte ihn eine Offenbarung wie ein Blitz getroffen.

Frau Müller drehte sich peinlich berührt um. Ihr gescholtener Mann schlüpfte noch mal zum Vergleich in den Pullover.

Die Verkäuferin stellte sich neben ihn und krempelte ihm die Ärmel auf. »So«, sagte sie und lächelte ihn an.

»Ah, okay. Ich hatte echt lange keinen Pullover mehr an. Naja, ich kann den mal mitnehmen, schadet ja nicht.« Erleichtert wollte sich die Gruppe auflösen, da fiel Herrn Müller noch etwas ein. »Oh, eine Sekunde noch. Meine Freundin hat heute auch ein Date. Sie hatte sich gefragt, ob ihre Gürtelschnalle vielleicht zu pompös ist.«

Frau Müller folgte dem Blick der Anwesenden und sah überrascht an sich hinunter. »Hab ich …«, begann sie.

»Psst, nun lass die doch mal in Ruhe schauen«, unterbrach Herr Müller.

Stille breitete sich im Raum aus.

»Ähm.«

»Also …«

Die junge Verkäuferin flüsterte kaum hörbar: »Naja, schon ein bisschen … groß irgendwie.«

»Gut, dann wissen wir jetzt ja Bescheid. Vielen Dank auf jeden Fall«, sagte Herr Müller und klopfte Frau Müller auf die Schulter.

Sie verließen den Laden und traten auf die Straße.

»Das konnte ich mir nicht verkneifen«, flüsterte er ihr zu.

»Also Ostfriesland ist ja wohl wirklich kein Maßstab …«, murmelte Frau Müller.

Herr Müller grinste und ließ zufrieden und überlegen

seine Augen umherschweifen. Die Hälfte des Tages hatten sie schon erfolgreich hinter sich gebracht.

Den Leichenwagen mussten Herr und Frau Müller in ein und demselben Moment bemerkt haben, denn plötzlich blieben beide wie angewurzelt mit offenen Mündern stehen. Langsam bahnte sich der schwarze Wagen seinen Weg durch die mit Fußgängern bevölkerte Straße.

Die Beine von Herrn Müller begannen zu zittern. Seine Gliedmaßen fühlten sich taub an, als würden sie nicht mehr zu seinem Körper gehören. Er spürte dennoch einen festen Griff an seinem Arm. Um ihn herum wurde es merkwürdig still.

»Schau mich an. Mir in die Augen.«

Sein Blick wanderte Stück für Stück hinüber zu den Pupillen von Frau Müller.

»Das hat nichts damit zu tun! Auch in Ostfriesland wird einfach gestorben. Hörst du? Herzinfarkt, Haushaltsunfall …«, sagte Frau Müller ruhig.

Herr Müller zuckte unwillkürlich zusammen. »Was wolltest du gestern Nacht eigentlich von mir?«, entfuhr es ihm.

Frau Müller hielt überrascht inne. »Ich?«

»Ja, irgendwas wolltest du doch machen. Gestern, auf meiner Seite. Ganz nah warst du. An meinem Kopf.«

»Ich? Nee.«

»Doch.«

»Nee.« Frau Müller wich seinem Blick aus.

Er starrte sie an. Schwitzte, zitterte. »Sag mir ehrlich: Wolltest du mich umbringen?«

»Dich … was?«

»Mich töten!«

»Warum sollte ich das tun?«, fragte sie entrüstet.

»Hass und Witwenrente.«

Und da war es schon geschehen. Frau Müller lachte schallend und unaufhaltbar. Hildegard hüpfte umher, weil er nun wirklich gar nichts mehr verstand.

Frau Müller griff die schwitzigen Hände ihres Mannes und sah ihm tief in die Augen. »Ich verspreche dir hoch und heilig, ich bringe dich nicht um. Niemals. Ich hätte es manchmal gern getan, das muss ich zugeben, aber nein, das mache ich nicht. Versprochen.«

Herr Müller atmete tief ein. Wie hatte er auch so etwas denken können. Schließlich hatte er Mist gebaut und seine Frau badete alles mit ihm aus.

»Doch wenn das alles vorbei ist, gibst du mir 'ne Auszeit im Kloster aus. Meditation reicht dann nicht mehr.«

»Versprochen.«

Auf etwas wackeligen Beinen zogen sie weiter. Frau Müller schien nachhaltig beeindruckt von der Gedankenwelt ihres Mannes.

»Umbringen. Geht's noch?«, scherzte sie und stieß ihn keck mit dem Ellenbogen an.

Der Plan, nicht aufzufallen, war nun von Meinungsumfragen, Panikattacken und Lachanfällen wahrlich durchkreuzt worden.

Sie schlenderten langsam am Rand des Ortes vorbei. Eine alte Kirche aus roten Backsteinen tauchte auf. Informationsschilder gaben Aufschluss über die Bauweise.

Herr Müller erspähte währenddessen einen uniformierten Mann, der sich offensichtlich auf Streife befand. Ihn beruhigte das. Die Polizei, dein Freund und Helfer, war allgegenwärtig. Sie würden ihm unter die Arme greifen, wenn es nötig werden würde. Sofort kam ihm eine

Idee, die Entlastung versprach. Entschlossen näherte er sich dem Polizisten.

»Entschuldigung. Ich habe da mal eine Frage …«

Sie waren spät in der Nacht am Hotel angekommen. Netterweise war ihnen die Zimmerkarte hinterlegt worden. In Ostfriesland vertraute man den Menschen noch. Wie dumm konnte man sein. Auch der Kapitän hatte ihnen die abstruse Story ihrer Anreise sofort abgekauft. Dabei hatten Lina und Lara den Dialog aus einer Serie geklaut, die der alte Mann auf dem Boot unmöglich hatte kennen können. Sein gerührter Blick hatte preisgegeben, dass sie mit ihrer Story voll ins Schwarze getroffen hatten.

Es war alles reibungslos verlaufen. Die »Bluthunde«, wie Lina ihre Straßenjungs gern nannte, waren in einer privaten und viel günstigeren Unterkunft untergebracht. Demokratische Arbeitsverhältnisse auf Augenhöhe waren den beiden Chefinnen wichtig. Sofern erforderlich, wurde sogar die Lohnfortzahlung aufrechterhalten, falls jemand aus gesundheitlichen Gründen ausfiel. Jedoch trugen sie das finanzielle Risiko und waren diejenigen mit dem Kontakt zu den Quellen, über die sie an neuen Stoff gelangten. Sie hatten ein komfortableres Hotel verdient und mussten ausgeruht sein, um einen klaren Kopf bewahren zu können.

Das erste Treffen mit dem Späherinnen-Team und den Jungs fand am Mittag statt. Sie besprachen den bisherigen Stand und die anstehenden Aufgaben. Lara und Lina wurden Fotos von verdächtigen Personen überreicht. Um einen der jungen »Vertriebler« einer konkurrierenden »Firma« hatte sich bereits jemand »gekümmert«. Übersetzt hieß dies, dass jemand anderes sich hatte bereichern wollen und Lara und Lina einem »Sandmann« – so nannten sie Menschen, die für Geld andere Personen töteten – einen Auftrag erteilt hatten. Dieser »jemand« von der Konkurrenz würde nun keinen Ärger mehr bereiten.

Ihre Jungs hatten einiges wiedergutzumachen. Schließlich waren ihnen die Pakete über Bord gegangen. Normalerweise wollten sie es unbedingt vermeiden, Mitarbeitende und Angestellte zu beseitigen. Das schadete dem Geschäft. Denn dann wurden von der Polizei andere Geschütze aufgefahren, wodurch sich das Risiko deutlich erhöhte.

Der Plan der jungen Frauen war unglaublich gut durchdacht, bis ausgerechnet die Mitarbeiter ihnen einen Strich durch die Rechnung machten: Vermittler hatten die wertvollen Pakete an den Ketten der Bojen festgemacht, die vor dem Festland schwammen. Die zwei Deppen aus ihrem Team sollten einen Angelausflug vortäuschen und dabei die Ware in besagter Nacht einsammeln. Die Realität hatte allerdings so ausgesehen, dass die zwei Vögel, passend zur Angelausrüstung, ein paar Biere eingepackt hatten. Keine gute Idee, denn Promille am Steuer war auch auf dem Wasser suboptimal. Sie hatten beinahe die gesamte Fracht an Bord geholt, als sie von ihren Kollegen per Anruf gewarnt worden waren. Die Wasserschutzpolizei fuhr ihnen direkt entgegen.

Da ihre Mitarbeiter jedoch nun längst nicht mehr nüchtern genug waren, um sich souverän zu verhalten, waren sie in Windeseile zum Ausgangspunkt zurückgefahren, hatten angelegt und sich auf die Rückbank ihres Autos zusammengekauert. Erst als sie einige Zeit lang weder Licht noch Geräusche vernommen hatten, hatten sie den Wagen verlassen, um die Ware zu sichern. Siegessicher hatten sie sich weitere Dosen Bier gegönnt und sich über ihren cleveren

Schachzug mitsamt diebischer Flucht gefreut. Sie öffneten die kleinen tonnenförmigen Tanks, die biologisch abbaubare Industrieseife enthielten und in denen sie die Pakete versteckt hatten. Nur waren leider keine Pakete mehr da. Oder genauer gesagt: lediglich sechs von neunundzwanzig Anteilen der teuren Fracht.

Schlauchboote lagen nun mal relativ instabil auf dem Wasser. Hohe Geschwindigkeit oder Wellengang bewegten den vorderen Teil stoßartig in die Höhe. Deswegen musste die Ladung unbedingt gesichert werden, so wie es im Vorfeld ausführlich besprochen worden war. Lara und Lina hatten dieses Vorgehen für die jungen Männer akribisch aufgezeichnet. Mit dicken Filzstiften in verschiedenen Farben. Jeder Sechsjährige hätte das Prinzip verstanden. Nun aber lagen die Pakete entweder unauffindbar tief unter der Wasseroberfläche oder vor dem gesamten Küstenabschnitt verstreut.

Eine Abmahnung hatten beide erhalten und eine letzte Chance, diesen Fehler wieder auszubügeln. Dankbarkeit dafür, nicht getötet worden zu sein, war die beste Motivation. Das Team arbeitete seitdem unablässig und gründlich. Dementsprechend gut vorbereitet waren alle Teilnehmenden, um die neu auf der Insel eingetroffenen Mitglieder präzise auf den neuesten Stand zu bringen.

»Diese beiden sind in eurem Hotel eingemietet«, sagte eine der Späherinnen. Ein Finger deutete auf zwei Personen, die an einem kleinen Holztisch ein Frühstück zu sich nahmen.

»Die geben sich als Ehepaar aus, aber nicht besonders gut. Die wollen mit Sicherheit was abgreifen.«

»Wie kommst du darauf? Die sehen aus wie zwei alte Normalos.« Lara betrachtete das Foto skeptisch.

»Die sprechen sich mit ihrem Nachnamen an. Das ist total schräg. Und schau dir die mal genauer an. So 'ne Eso-Tante und ein Onkeltyp. Die passen in keiner Weise zusammen. Und überhaupt: Er hat eines der Pakete mitgenommen. Das sollte Beweis genug sein. Genau wie die Fotos hier. Die wollen uns wohl verarschen.« Die junge Mitarbeiterin zog mehrere Aufnahmen heran und ordnete sie auf dem Tisch in einer Reihe an. »Da zeigt die mir glatt ihre langen Stinkefinger.« Auf dem Bild daneben kniete ein Mann im Sand über einem der Pakete, welches er dann auf dem nächsten Foto in seinem Rucksack verstaute. »Die wollen uns so richtig an den Karren fahren. Das hier ist vermutlich der Spürhund.« Der Finger glitt hinüber zum Foto eines stark behaarten Dackels.

»Wer hat denen denn die Verkleidung rausgesucht?«, ergriff Lara das Wort. »So einen Gürtel trägt doch kein Mensch. Naja …«

»Oh, den durfte ich heute schon am Buffet bewundern. Ich kenn die Schnalle«, meinte Lina und freute sich über die Doppeldeutigkeit. »Wir werden ein lösungsorientiertes Gespräch mit denen führen, dann werden die uns das Paket aushändigen und fertig. Es wird niemand getötet! Noch nicht. Sterben zu viele Menschen, rückt noch mehr Polizei an. Der Sandmann hat dem Vertriebler der anderen Firma eine schöne Überdosis verpasst. Da wird niemand Verdacht geschöpft haben. Der anderen Firma haben wir dafür einen netten Gruß hinterlassen. Die sollen uns nicht noch mal auf die Pelle rücken.« Lina und Lara nickten sich zufrieden zu.

»Okay, Leute, wir treffen uns morgen wieder. Das Ehepaar übernehmen wir. Die scheinen ohne Verstärkung auf der Insel zu sein. Ihr kontaktiert uns über die Handys, wenn sich irgendetwas ergibt. Wir glauben an euch, wir kriegen das zusammen hin!« Lara ballte die Fäuste und streckte ihrem Team dann die erhobenen Daumen entgegen.

Visualisierte Motivation, wie aus dem Lehrbuch.

»Richtig. Sorgt gut für euch, nehmt ausreichend Wasser mit und esst zwischendurch etwas. Ihr seid wertvoll, zeigt eurem Körper, dass ihr dankbar seid und ihn zu schätzen wisst.«

Ja, so ging Personalführung.

Lara und Lina verließen das Gebäude durch die Vordertür. Hier, fernab des touristischen Zentrums, erstreckte sich eine gewöhnliche Wohnsiedlung. Modern wirkte an diesem Ort nichts. Die Vorgärten waren zwar aufgeräumt und instand gehalten, trotzdem waren die Treppenabsätze schräg und die Holzzäune morsch. Um sich auf einer Insel ein Haus leisten zu können, waren manchmal Nebenjobs notwendig. Eine Späherin hatte gegen ein kleines Entgelt vorgeschlagen, sich für das Team-Meeting in ihren vier Wänden zu treffen. Dieser Ortsteil sei wie leer gefegt, weil alle am Strand oder bei der Arbeit seien. Perfekt für das Vorhaben.

Die Seeluft hatte ihre Temperatur erhöht. Vermutlich, weil hellgraue Wolken den Himmel bedeckten und die Wärme speicherten. Sogar der Wind hatte nachgelassen. Mit schnellen Schritten liefen Lara und Lina auf dem Gehweg die gepflasterte Straße entlang. Beide waren zufrieden mit den Ergebnissen der Besprechung. Die Polizei hatte ihnen viel Arbeit abgenommen, indem sie die angespülten Pakete bereits eingesammelt hatte. Vielleicht fand sie noch weitere. Das Pseudoehepaar würden sie zügig und gewissenhaft unter Druck setzen, sodass sie das Paket schnell wieder rausrücken und sich verziehen würden. Dies war als Statement in Richtung Konkurrenz unabdinglich.

»Erst mal Training?«, fragte Lina.

»Unbedingt!« Lara beschleunigte ihre Schritte voller Vorfreude.

Sie nannten ihr Business ungern »kriminell«, aber sie wussten beide, dass das Geschäft meist abends und nachts stattfinden musste. Den Tag konnten sie also für angenehme Dinge nutzen.

»Der Typ erinnert mich voll an meinen Großonkel. Diese Weste … ekelhaft.«

Lara rümpfte die Nase und Lina lachte, denn sie kannte besagten Verwandten, der jede Gelegenheit nutzte, um ein bisschen rumzutatschen.

»Und dann auch noch in beige. Wenn du auf dem Level angekommen bist, dauert es nicht mehr lange und du bist tot«, schob Lina nach.

Sie erreichten das Hotel und zogen sich für die geplante Trainingseinheit am Strand um. Das Berufsehepaar wurde währenddessen gründlich observiert, damit eine Flucht mit der Ware notfalls unterbunden werden konnte. Sie würden ihnen einen Besuch abstatten, sehr bald schon.

Was zum Teufel macht sie da, fragte sich Herr Müller. Seine Frau bewegte sich in Zeitlupe und schob ihren Oberkörper ungelenk hinter den frei stehenden Informationskasten, in dem das aktuelle Programm der Kirchengemeinde aushing. Dicke schwarze Balken signalisierten, dass die meisten Veranstaltungen ausfielen; die Räumlichkeiten seien anderweitig ausgelastet. Jetzt waren nur noch Frau Müllers Beine zu erkennen. Millimeter für Millimeter bewegten ihre Füße sich weiter.

»Petra? Petra, bist du das?« Der Polizist, mit dem Herr Müller just ein Gespräch begonnen hatte, blickte Frau Müllers unterer Körperhälfte nach. »Hallöchen, schöne Frau. Was für ein Zufall. Das war ja ein Abgang gestern. Ich hab kurz überlegt, ob ich sauer sein soll.« Der Mann näherte sich dem Glaskasten, zwinkerte Frau Müller zu und nahm sie überschwänglich in den Arm.

Herr Müller war dem Beamten gefolgt, und noch während er den Satz »Ach was, ihr kennt euch?« aussprach, erkannte er die Frisur und den angeberhaft trainierten Rücken. Der Typ von gestern Abend!

Direkt vor seinen Augen versuchte der Wichtigtuer, sich Frau Müller unter den Nagel zu reißen. Was für eine Unverschämtheit! Herr Müller konnte den Blick nicht abwenden. Auch seine Noch-Ehefrau sah nicht begeistert aus. Eine Olympiade des Starrens nahm ihren Lauf. Es vergingen ein paar aufgeregte Herzschläge, bis auch der Polizist zu verstehen schien.

»Ach, gehört ihr zusammen?«, fragte er sichtlich überrascht.

»Äh, ja!«, rief Herr Müller empört.

»Ich melde mich nachher!«, erwiderte Frau Müller ausweichend und setzte sich in Bewegung.

Herr Müller tat es ihr gleich.

»Äh, na gut. Bis später!«, rief der Mann und blieb ratlos zurück.

Herr und Frau Müller liefen viel zu schnell nebeneinander her und warteten auf Vorwürfe und Rechtfertigungen des jeweils anderen. Es folgte das Unausweichliche.

»Ernsthaft? Auf so was stehst du jetzt?« Herr Müller presste seine Lippen wütend aufeinander.

»Es ist nichts passiert, also fast nichts, mach da jetzt kein Drama draus. Du hast selbst gesagt, dass wir getrennt sind«, fauchte Frau Müller.

»Du könntest deine Sexualpartner zumindest informieren, dass dein Ehemann sich im selben Hotel aufhält.«

»Wenn das so ist, verrat du mir doch mal: Wo warst du denn gestern Abend? Hat Miri dir brav Honig ums Maul geschmiert?«

»Weißt du was? Genau das hat sie gemacht, und das hat sich richtig gut angefühlt.« Herr Müller ließ die Bilder des gestrigen Abends vor seinem inneren Auge vorbeiziehen. Sie hatten viel Spaß zusammen gehabt. Simone hatte zum Abschied zugerufen: »Na, dann noch viel Spaß, ihr zwei!«, und ihnen lasziv gezwinkert. Miriam und er hatten noch ein wenig getanzt und Arm in Arm laut zur Musik mitgesungen. Dass sich eine junge und nicht unattraktive Frau für Herrn Müller interessierte, verlieh ihm das Selbstbewusstsein, das er lange nicht mehr verspürt hatte.

»Was machst du eigentlich beruflich?«, hatte sie ihn gefragt, während sie enger umschlungen tanzten, als man es als noch-verheiratet hätte tun sollen.

Daraufhin hatte er sie elegant nach hinten fallen lassen, kurz vor dem Boden sicher in seinen Armen gehalten und ihr ins Ohr geflüstert: »Bring dich nicht in Gefahr, Baby.« Er konnte die Spannung in ihren Augen sehen. In einem James-Bond-Film hätten sie sich an der Stelle geküsst und sich anschließend pompös in einem teuren Hotel vergnügt.

»War nur Spaß«, hatte Herr Müller jedoch stattdessen hinzugefügt und Miriam wieder auf ihre schönen Beine geholfen.

Miri hatte ihn mit einem Kuss und den verheißungsvollen Worten verabschiedet: »Du bist ja noch ein paar Tage hier.«

Er spürte ihre jungen Lippen nach wie vor auf seinen.

Herr und Frau Müller waren mittlerweile außer Sichtweite des Polizisten geraten, jedoch auch außer sich. Sie hatten den Ortskern verlassen und standen auf einer Art Feldweg, der nicht vermuten ließ, dass in unmittelbarer Nähe das Meer rauschte.

Herr Müller unterdrückte ein Schluchzen, als er über den weiteren Verlauf der Nacht nachdachte. Nachdem er seiner Frau von seinem besonderen Fund erzählt und sie den Schreck überwunden hatte, hatte sie herzlich gelacht und einen Plan geschmiedet.

»Müller, was machst du denn für Sachen?« Sie hatte das Paket in ihren Händen gehalten und sorgfältig betrachtet. »Das ist unglaublich viel wert. Weißt du das eigentlich? Sollen wir es mitnehmen und verticken?«

»Ach, Quatsch. Was machen wir denn damit? Können wir das nicht einfach der Polizei geben. Jetzt?«

Frau Müller überlegte kurz. »Würde ich nicht machen. Was ist, wenn die den Spieß umdrehen? Du hast das jetzt schon viel zu lange, in Kokainzeit gemessen. Wie willst du erklären, dass du das erst mal mitgenommen hast? Das ist Drogenbesitz.«

Herrn Müller wurde endgültig schlecht. »Im Gefängnis überlebe ich keinen einzigen Tag!«, flüsterte er kreidebleich.

»Das stimmt.« Frau Müller kicherte.

»Danke! Ganz lustig. Da geht es mir gleich viel besser.« Herr Müller war beleidigt aufgestanden und hatte sich vorsichtshalber den Mülleimer neben das Bett gestellt.

»Komm schon, das hast du selbst gesagt!« Sie hatte weiter erläutert: »Also, ich würde da nicht mit involviert sein wollen. Die stellen komische Fragen und durchleuchten dich bestimmt ewig. Nee, wir bleiben schön unter dem Radar und bringen das Zeug so schnell wie möglich dahin, wo du es hergeholt hast. Vertrau mir, ich hab einen Plan.«

Herr Müller hatte geglaubt, seine Frau nie mehr geliebt zu haben als in diesem Moment. Sie war clever und gütig und die einzige Person auf der Welt, die er in dieser Situation bei sich haben wollte.

Frau Müller atmete tief ein und schüttelte ihren Körper vollständig durch. »Scheiße, wir haben gerade keine Zeit für so was! Da ist einfach zu viel Kokain in unserem Schrank, wir sollten uns an den Plan von gestern Abend halten.«

»Dieser Polizist …«, meldete sich Herr Müller leise zu Wort. »Er meinte vorhin, der Tote sei vermutlich ein junger Mann aus dem Drogenmilieu.« Sein Körper wurde von einem Zittern ergriffen.

»Scheiße«, entgegnete Frau Müller und starrte kurz in die Ferne.

»Das ist kein Zufall. Sie sind hier und werden uns holen!«

»Nein, komm schon, beruhig dich! Nimm mein Handy und meine Kopfhörer«, fuhr sie fort. »Ich mache dir eine Gehmeditation an. Nur noch ein paar Stunden, dann ist alles vorbei. Wir machen einen Umweg zum Strand. Wie normale Touristen, ja? Wir schaffen das, *vamos*!«

Sie liefen einen großen Bogen um den kleinen Ortskern herum. Dem Samstagstrubel wollten sie aus dem Weg gehen. Frau Müller fokussierte sich auf die Meditation und bemerkte im Augenwinkel, dass sich Herr Müller, selbst wenn er nicht wirklich meditieren sollte, zumindest von der angenehmen Stimme aus den Kopfhörern beruhigen ließ.

Das Wetter veränderte sich. Wolken zogen auf und verdichteten sich am Himmel. Das Grau passte viel besser zu Frau Müllers Vorstellung von Ostfriesland. Hoffentlich regnete es heute nicht mehr. Es würde ansonsten merkwürdig aussehen, wenn zwei durchnässte Touristen ein Picknick veranstalteten.

Der Hauptstrand war trotz des Wetterumschwungs gut besucht. Auf einem schmalen Holzweg liefen sie ein Stück in Richtung Meer. Herr Müller hatte die Idee gehabt, einen Strandkorb zu mieten, wie es normale Urlauber taten. Der mickrige Bauwagen stellte scheinbar die Zentrale der Vermietung dar. Ein Mann mit dunklen Haaren und dunklem Bart saß in dem Holzverschlag und wartete mit wenig Amüsement auf Kundschaft. Frau Müller musste mindestens drei Mal hinschauen, um sich sicher zu sein, dass sie richtig gelesen hatte. Der Mann hieß Pobbo. Frau Müller stellte sich einen Säugling vor, der von seinen frisch gebackenen Eltern präsentiert wurde: der kleine Pobbo. Genau konnte man das Alter des Mannes nicht einschätzen. Seine Haut schien durch Sonne und Wind derart gegerbt, dass man sicherlich ein Sofa mit ihr hätte beziehen können.

Ihnen wurde Nummer fünf zugeteilt. Sie nahmen Platz und erspähten auf dem Meer ein Boot der Wasserschutzpolizei, das parallel zum Ufer entlangfuhr.

»Ich geh schwimmen«, sagte Herr Müller entschlossen.

»Mach ich auch.«

Hildegards Leine konnte am Strandkorb fixiert werden. Er würde gemütlich im Sand auf sie warten. Gemeinsam liefen sie zum Wasser. Das Witzigste an Strandurlauben waren doch die Geräusche, die vor allem etwas ältere Menschen von sich gaben, wenn sie ins kalte Meer wateten, überlegte Frau Müller. Selbst im Swingerklub würde einem bei dem ganzen Gestöhne die Röte in die Wangen steigen.

Frau Müller hatte ihren Mann lange nicht mehr mit nacktem Oberkörper betrachtet. Er sah gut aus, was sie überraschte. Auch ohne Sportprogramm zeichneten sich einzelne Muskelpartien ab. Seine hellblauen Schwimmshorts schmeichelten ihm. Herr Müller schwamm ein paar Züge und verschwand unter der Wasseroberfläche. Frau Müller hoffte, dass ihr Mann bei seinem Glück nicht noch ein weiteres Paket finden würde. Wenige Sekunden später tauchte er wieder auf und schüttelte sich wie ein Hund. Er stieg aus dem Wasser und lief auf ihren Strandkorb zu. Hildegard starrte ihm schwanzwedelnd entgegen. Gleich würde das Schauspiel der großen Wiedersehfreude folgen.

Herr Müller bückte sich leicht und schlug sich mit den Händen auf die Knie. »Ja, wo ist er denn? Wer hat denn so brav gewartet?«

Hildegards Hundekörper vibrierte von Kopf bis Fuß. Eine Damengruppe, die es sich in und um den übernächsten Strandkorb herum gemütlich gemacht hatte, beobachtete Herrn Müller entzückt.

Der weitere Nachmittag verlief schleppend und war von Alibitätigkeiten geprägt. Herr Müller hatte ein Buch aufgeklappt vor sich liegen, doch Frau Müller sah ihm an, dass ihm vor Müdigkeit die Augen zufielen. Sie selbst saß mit Sonnenbrille im Strandkorb und observierte unauffällig die Umgebung. Sie hatte bereits vier Streifenteams, einen Hubschrauber und eine Personenkontrolle gesichtet. Sie versuchte, sich die Gesichter einzuprägen, um sie später auch ohne Uniform wiedererkennen zu können. Sie war ein Organisationstalent und hatte alle wichtigen Details im Blick, da würde ihr so schnell keiner etwas vormachen.

Das Handy von Herrn Müller zeigte an, dass er eine Nachricht erhalten hatte. Miriam. Er legte sein Buch beiseite. Eine Mischung aus Scham und Schuld regte sich in seiner Magengegend. Er wollte ihr keine falschen Hoffnungen machen und zugleich den Kontakt nicht wirklich beenden. Außerhalb amouröser Absichten freute er sich einfach auf nette Gespräche und ein wenig Ablenkung von diesem Irrsinn, den er durchlebte.

Miri: Hallo, du frecher Inselbesucher! Hast du auch solche Kopfschmerzen? Einen schönen Abend hatten wir gestern. Fortsetzung gefällig? Heute habe ich noch frei. Überleg's dir.

Ihrer Nachricht waren einige Smileys zugefügt. Er konnte ein Foto in ihrer gerade aktualisierten Statusmeldung sehen. Sie hatte ein Selfie geschossen, das sie süß-verträumt auf einem Bett zeigte. Sie trug ein enges Top mit einem Ausschnitt, der sich gewaschen hatte. Herr Müller überlegte kurz, ob und ab wann er überhaupt wieder zum Geschlechtsverkehr fähig sein würde. Die ein bis zwei Kilo Kokain im Schrank wirkten zumindest wenig anregend.

Herr Müller antwortete: Hey! Ja, ich musste es heute langsam angehen lassen. Ist es in Ordnung, wenn ich mich am Abend noch mal melde? Ich muss erst ein paar Inselbesuchersachen erledigen. Zwinker-Smiley.

Das sollte erst mal genügen. Er warf einen letzten Blick auf ihr Statusfoto und schloss den Chat.

»Stell dir mal vor, du würdest Pobbo heißen«, sagte Frau Müller unvermittelt.

»Oh ja, hab ich auch gesehen. Und auf dem Weg hierher ist mir ein Namensschild aufgefallen, von einem Anwalt oder so ähnlich, der hieß Fokko.«

Beide kicherten.

»Für wie viel Geld würdest du dich in Pobbo umtaufen lassen?«, wollte Frau Müller wissen und schob ihre Sonnenbrille hoch, sodass Herr Müller ihre neugierigen Augen sehen konnte. Sie liebte solche Gedankenspiele.

»Weiß ich nicht. Ist doch irgendwie alles Gewöhnungssache. Für Müller hab ich übrigens nichts bekommen.«

»Na, hör mal! Mich hast du bekommen.« Frau Müller zeigte mit ihrem Finger eindringlich auf sich selbst.

»Stimmt.« Herr Müller lächelte traurig.

Ob sie ihren neuen Mann auch fragen würde, für wie viel Geld er ein Jahr lang auf sein Lieblingsgericht verzichten würde? Er wünschte sich, dass dieses Spiel ihr gemeinsames bleiben würde.

»Wie nennen mich denn dann die Leute, wenn ich meinen ›Mädchennamen‹ wieder annehme?« Herr Müller zuckte zusammen.

Er hatte keine Bedenken gehabt, im Zuge der Hochzeit den Nachnamen seiner Frau anzunehmen. Modern hatte er das gefunden und sich gefreut, wenn ältere Menschen die Nase rümpften.

Frau Müller schaute ihren Mann vorsichtig an. »Kalle ist doch ganz gut. Fast wieder modern.«

»Du weißt, Leute in unserem Alter können sich kaum noch umstellen.« Herr Müller starrte in sein Buch und stellte sich lesend.

»Wollen wir uns eben frisch machen im Hotel?«, wechselte Frau Müller das Thema. »Wir müssen pünktlich im Restaurant sein, sonst ist der Tisch weg.«

»Ja, Hildegard hat bestimmt auch schon Hunger. Stimmt's, mein kleiner Schatz ...?«

Sie packten alle Requisiten der Heile-Welt-Touristen-Ausstattung ein. Die Wolkendecke hatte sich mittlerweile zugezogen, es war jedoch noch angenehm warm.

Der nette Hotelier, der sie am ersten Tag begrüßt hatte, erwartete sie am Empfang. »Haben Sie das Wetter genossen?«

»Ja, herrlich. Wir gehen gleich noch etwas essen.«

Small Talk konnte Herr Müller in schlafwandlerischer Sicherheit und in jeder Lebenslage abhandeln. Sein Beruf brachte das mit sich, und dafür war er in diesem Moment dankbar.

Sie beeilten sich, da sie in einer knappen halben Stunde im Restaurant sitzen sollten. Die Kleiderauswahl war einfach. Frau Müller in Senfgelb und Herr Müller mit Weste und Hemd verließen das Hotel abermals. Das Paket wollten sie in jedem Fall später holen. Bloß nicht zu lange mit der illegalen Fracht auf der Insel herummarschieren.

Der Samstagabend machte sich jede Ehre. Alle Restaurants waren gut besucht. Auch in den Bars waren die Tische mit Gästen und Cocktailgläsern vollgestellt. Das Ehepaar saß an dem ihm zugewiesenen Platz auf der Terrasse. Sie hatten ein Lokal im Ortskern gewählt. Frau Müller bestellte sich Rote-Beete-Ravioli mit karamellisiertem Radicchio und Ziegenkäse und hielt damit an ihrem Ernährungsplan für ein gut funktionierendes Gehirn fest. Herr Müller wählte Seezunge mit Bratkartoffeln. Eine Flasche Weißwein wurde am Tisch frisch geöffnet und in die lupenreinen Gläser eingegossen. Es bildeten sich schnell Tropfen von Kondenswasser, die das befüllte Gefäß unwiderstehlich erfrischend aussehen ließen.

»Prost!«

»Prost!«

»Sieht gut aus hier. Der Wein ist toll«, sagte Frau Müller überrascht.

»Ja, ich hab jetzt richtig Hunger.«

Wie auf ein Stichwort wurde das Essen gebracht. Es roch köstlich und war nicht zu vergleichen mit dem Abendessen am Vortag.

Frau Müller kaute den ersten Bissen lange. »Wow, hätte ich denen gar nicht zugetraut.«

»Meins ist auch lecker.«

»Weißt du, was ich mich heute gefragt hab ...?«, begann Frau Müller.

»20.000 Euro«, sagte Herr Müller bestimmend.

»Hä?«

»Pobbo, für 20.000 Euro.«

Frau Müller lachte kurz, aber laut. »Du bist günstig zu haben«, schnaufte sie und fuhr fort: »Nee, mal ehrlich. Ich hab über deine Arbeit nachgedacht. Was machst du da eigentlich im Moment?«

»Du begibst dich in Gefahr, das weißt du.« Herr Müller zwinkerte ihr zu.

»Irgendwie weiß ich gar nicht mehr so richtig, was du den ganzen Tag machst.«

Herr Müller schwieg nachdenklich. »Warum fragst du mich das?«

»Wie warum?«

»Warum genau jetzt?«, setzte er nach.

»Du erzählst ja sonst nichts.«

Beide mussten ihren aufkommenden Ärger mit einem Schluck Wein hinunterspülen.

»Okay. Egal, also. Der Alltag ist eigentlich so geblieben, doch ich mache jetzt auch fest die Praxisanleitung für alle Azubis. Mein Chef ist sehr zufrieden, er hat mir einen Flyer mitgegeben. Ein Studium. Zwei Semester würden vielleicht sogar angerechnet werden. Aber das ist nichts für mich.«

Frau Müller nickte wohlwollend. »Ich kann mir dich gut als Anleiter vorstellen.«

Herr Müller sprach noch einige Sätze, merkte jedoch, wie die Aufmerksamkeit seiner Frau immer mehr entglitt. Sie behielt irgendetwas hinter ihm im Blick. Es musste etwas Urkomisches sein. Sie lächelte erst, dann kicherte sie und schließlich – er kannte den Ablauf zu genau – war der Lachanfall unausweichlich.

Er wollte mitlachen und drehte sich um. Auf der Straße waren einige Radfahrer unterwegs. Familien brachen auf, um in ihre Ferienwohnungen zurückzukehren. Auch eine Rentnergruppe machte sich auf den Weg. Sie hatte scheinbar auf der Terrasse des Restaurants gesessen und war ihnen bislang nicht aufgefallen. Ein ganzer Fuhrpark an Rollatoren und Gehhilfen wurde mobilisiert. Alte Menschen waren einfach hinreißend.

Herr Müller wandte sich zu seiner Frau. »Süß, ne? Lach die bloß nicht aus. Wir sind die Nächsten.«

Frau Müller schüttelte langsam den Kopf. »Du siehst aber, was die anhaben? Schau mal genau hin!«

Herr Müller warf einen Blick über seine Schulter. Möglicherweise wurde er rot, er bemerkte es selbst jedoch nicht. Er räusperte sich und überlegte kurz, ob ihm eine schlagfertige Antwort helfen könnte, ob er irgendeine Erklärung finden konnte, die bezeugen würde, dass er recht hatte. Aber ihm fehlten die Worte. Vier der vier schon längst pensionierten Herren trugen cremefarbene Westen. Mindestens zwei der Modelle hingen im Schrank von Herrn Müller. Ein weiteres hing genau in diesem Moment an seinem Körper.

Die betagte Truppe bewegte sich langsamer als in Zeitlupe. Sie mussten ständig Pausen einlegen und riefen sich mit zitternden Stimmen dazu auf, kurz zu warten. Der nächste Zwischenstopp fand natürlich schnaufend genau auf Höhe der Müllers statt.

Frau Müller starrte in eine andere Richtung, um ihr Lachen zu verbergen.

»Geht alles nicht mehr so schnell«, sagte eine der älteren Frauen und lächelte Herrn Müller liebevoll an.

»Lassen Sie sich ruhig Zeit, Sie sind im Urlaub«, erwiderte Herr Müller und hob kurz seine Hand, um zu ergänzen: »Ich wünsche Ihnen schöne Tage auf der Insel.«

»Das wünsche ich Ihnen und Ihrer Frau ebenfalls, vielen Dank.«

Herr Müller schaute der bedächtigen Gruppe eine Weile hinterher und legte schließlich besonnen sein Besteck zur Seite, obwohl sich noch die Hälfte seines Menüs auf seinem Teller befand. Er tupfte seine Mundwinkel mit der Serviette ab und holte sein Handy aus einer der Westentaschen. Nach und nach untersuchte er jedes der winzigen Täschchen. Taschenlampe, Kompass und weitere undefinierbare Gerätschaften reihten sich nebeneinander auf dem Tisch.

»Entschuldige mich kurz«, sagte er knapp. Dann verließ er das Restaurant über einen Pfad, der auf den Bürgersteig führte, und blieb an einem grünen Mülleimer stehen. Er entledigte sich seiner Weste, faltete sie zusammen und steckte sie in die Tonne. Den Weg zurück zum Tisch rannte er.

»Sag einfach nichts«, keuchte Herr Müller und goss sich grinsend großzügig Wein ein, bevor er sich seinem mittlerweile kalten Abendessen widmete.

»Vielleicht passt da ja noch 'ne Gürtelschnalle rein.« Frau Müller lächelte verlegen.

Sie stießen an, während Frau Müller aus dem Augenwinkel plötzlich ein bekanntes Gesicht entdeckte, das sie nicht sofort zuordnen konnte. Registriert hatte sie die Person vermutlich wegen der höchst verkniffenen Miene, als die Augen etwas zu lange auf den Müllers verharrten. Ausdruck und Emotion ließen Frau Müller mit einem Fragezeichen zurück, während die Gestalt auf einem klapprigen Damenrad das Tempo beschleunigte und in Richtung Ortskern davonfuhr. Woher kannte sie sie nur?

»So, dann wollen wir mal zur Tat schreiten, oder?«, riss Herr Müller seine Frau aus den Gedanken.

»Unbedingt.«

Frau Müller winkte dem Kellner.

Herr Müller warf sofort ein: »Lass mich! Du hast echt einiges bei mir gut.«

»Das stimmt, aber ich will nicht mit 'nem Essen abgespeist werden. Urlaub, Müller, Schweigekloster exklusiv.« Sie wedelte mit ihrem Zeigefinger umher und nahm ihre Tasche.

Das Ehepaar lief zurück zum Hotel, um Hildegard und die Picknickausstattung zu holen. Dass sie das unliebsame Paket dringend loswerden wollten, zeigte sich daran, dass sich ihre Schritte unwillkürlich beschleunigten, je näher sie ihrer Unterkunft kamen.

»Langsam!« Frau Müller stupste ihren Mann mit dem Ellenbogen an.

»Ich bin so aufgeregt.«

»Ja, aber das müssen nicht alle sehen. Stell dir vor, wir würden einfach nur ein Picknick machen.« Frau Müller nahm sich vor, ihrem Mann diese Situation für den Rest seines Lebens vorzuhalten. Sie hatte nun einen Freifahrtschein für wirklich alles.

Sie betraten das Hotel. Die Umgebung fühlte sich vertraut an, als seien sie bereits seit Wochen hier. Die Tür ihres Zimmers fiel hinter ihnen ins Schloss und Hildegard schoss freudig auf Herrn Müller zu.

»Hoffentlich hält das Wetter.« Frau Müller schaute besorgt aus dem Fenster.

»Pulli und Regenjacke nehme ich vorsichtshalber mit!« Herr Müller schlüpfte in seinen neuen Pullover und betrachtete sich wohlwollend im Spiegel. »Wirklich gar nicht so schlecht. Der macht mich fast ein bisschen jünger.«

»Stimmt, zehn bis zwanzig Jahre ungefähr.«

Die Zahnputzpappbecher aus dem Badezimmer warf Herr Müller mangels Weingläser in den Rucksack. »Soll ich meine Sachen jetzt schon ins neue Zimmer räumen?« Er hatte bereits einen kleinen Haufen mit seiner Kleidung auf seiner Betthälfte gebildet.

»Machen wir später! Erst muss das jetzt weg. Keine Ablenkungen!«

Frau Müller stand vor dem Kleiderschrank und atmete entschlossen durch, bevor sie die Tür öffnete. Sie hob die Decke auf, in die sie das Paket am Vortag gewickelt hatte. Sie bemerkte sofort, dass etwas nicht stimmte. Das Knäuel war zu leicht. Viel zu leicht.

»Äh, hast du das Paket schon eingepackt?«, fragte sie erstaunt und mit einem Anflug von Besorgnis.

»Nein, wieso?«, flüsterte Herr Müller verdutzt.

»Hast du es woanders hingelegt?« Sie schüttelte die Decke aus und schaute sich hektisch im Schrank um. »Das Paket ist weg.«

Mit weit aufgerissenen Augen starrte sie ihren Mann an, der sofort damit begann, alle Schubladen zu durchwühlen. Er schaltete seine stets mitgeführte Taschenlampe ein und suchte ebenfalls unter dem Bett. Frau Müller rannte indes ins Badezimmer und inspizierte alle Nischen und Ecken. Wenige Minuten später saßen beide ratlos auf dem riesigen Bett. Um sie herum herrschte völliges Chaos.

»Du hast doch auch gesehen, dass ich es eingewickelt und in den Schrank gelegt habe?«, fragte Frau Müller.

»Ja!«

»Und du hast es nicht noch mal angefasst?«

»Nein!« Herr Müller schwitzte.

»Der Zimmerservice war da. Haben die das mitgenommen?«

»Die durchsuchen doch nicht unseren Schrank!«, wisperte Herr Müller und fügte erschrocken hinzu: »Oder?«

»Ach, Quatsch! Allerdings können wir kaum nachfragen, ob sie irgendetwas aus unserem Schrank entwendet haben.«

»Oh Gott. Was machen wir denn jetzt?« Herr Müller war kreidebleich.

Unter Frau Müllers Achseln sammelte sich ebenfalls der Schweiß. »Weiß ich auch nicht. Was hast du dir dabei bloß gedacht? Wie blöd kann man denn sein?«

Frau Müllers bisherige Coolness war verflogen, der Plan war nicht aufgegangen.

»Ich war halt … durcheinander.«

»Durcheinander? Dann mach es doch wie alle anderen und besauf dich!«

Ausgerechnet in diesem Moment piepte das Handy von Herrn Müller. Miriam. Sie erkundigte sich, ob er Lust hätte, mit ihr an den Strand zu gehen und einen Cocktail zu trinken. Das sei das beste Gegenmittel gegen den Kater.

Frau Müller stellte sich hin und stemmte die Hände in die Hüften. Sichtlich nervös lief sie hin und her. »Okay, Notfallplan. Wir brauchen jetzt doppelte Denkleistung. Und mach keine Szene, ich will nichts hören, es muss einfach sein. Verstanden?«

Nach wenigen Sekunden fand sie ihre Handtasche inmitten der Unordnung und holte ein gefaltetes Stück Papier aus einem kleinen Fach mit Reißverschluss. Sie faltete das Blatt auf, woraufhin weiße Krümel zum Vorschein kamen. Frau Müller griff mit spitzen Fingern nach einem der weißen Würfel und zerbröselte ihn auf dem Nachttisch. Das feine Pulver bildete einen Haufen, den Frau Müller mit ihrer Bankkarte zu zwei Linien zog. Aus ihrem Portemonnaie holte sie einen 10 Euro Schein und wickelte ihn auf.

»Was …?«, stotterte Herr Müller.

»Willst du erst oder ich?«

Herr Müller befand sich in einer Schockstarre. »Was … ist das?«, fragte er und hielt an dem letzten Hoffnungsschimmer fest, sich doch zu irren.

»Ach, jetzt tu mal nicht so! Kokain, Zauberstaub. Ich hab uns für den … naja, ich sag mal: Notfall etwas abgezweigt!«

Herr Müller konnte sich kaum zurückhalten. »Bist du bescheuert? Für welchen Notfall auf dieser Welt benötigt man denn … *so was*? Das ist illegal!«

Frau Müller hielt inne. »Entschuldige mal! Wer hat den Scheiß denn angeschleppt? Was dachtest du denn, was da drin ist?«

»Ja, sicher. Aber selbst nehmen, das ist was anderes. Das lernt man schon in der Schule. Das macht abhängig und davon fällt einem irgendwann die Nase ab!« Herr Müller verschränkte die Arme entschlossen vor der Brust. »Ich habe noch nie Drogen genommen. Ich brauche so was nicht«, fuhr er fort.

Frau Müller schwieg exakt zwei Sekunden. »Hast du wohl.«

»Nee«, stieß er trotzig aus.

»Doch.«

»So ein Quatsch. Das wüsste ich ja wohl!«

»Wusstest du nicht. Bei unserer Party. Kurz nachdem Ben und Caro ausgezogen sind. Ich hab was in die Bowle getan. Du hast getanzt wie ein Schwan, und alle waren glücklich.«

»Was? Du bist …« Herr Müller starrte sie fassungslos an, bevor er sein Gesicht in seinen Händen vergrub. »Das ist gefährlich! Das ist so was von bescheuert. Und übrigens, ich tanze auch ohne Drogen wie ein Schwan, das weißt du ganz genau. Wie ein sehr schöner und ambitionierter Schwan. Ein Schwan, der einen Tanzkurs belegt hat und in seinem Leben nie wieder etwas anderes tun möchte!«

»Ja-ha, das weiß ich. Aber wir waren so traurig. Das Haus war plötzlich leer und du hast gelitten wie ein Hund.«

»Naja, dir schien es ja ganz gut zu gehen«, murmelte Herr Müller.

»Überhaupt nicht. Allerdings hasse ich diese Eltern, die ihre Kinder stalken und ihnen hinterherlaufen. Wie diese eine Kollegin. Die erzählt immer nur, was ihr Sohn macht.

Studiert Jura – ja und jetzt? Sie selbst existiert gar nicht mehr. Außerdem hast du selbst gemeint, dass es die beste Party deines Lebens war.«

Herr Müller ignorierte den letzten Satz und blickte seine Frau nachdenklich an. Er hatte nicht gewusst, dass dieser Umbruch für sie ebenfalls nicht leicht gewesen war.

»Brauchst mich gar nicht so anschauen. Du musst nicht alles wissen. Und jetzt los, *vamos*, rein in die Nase!«

Herr Müller ließ sich nach hinten aufs Bett fallen. »Wenn das jemand rauskriegt … Mein polizeiliches Führungszeugnis muss lupenrein sein.«

»Aus taktischen Gründen müssen wir das machen. Wir haben beide kaum geschlafen und waren den ganzen Tag unterwegs. Ich bin keine zwanzig mehr und muss nachdenken. Wir brauchen eine Idee.«

Herr Müller konnte hören, wie seine Frau die Nase hochzog. Er stellte sich vor, wie er und die Kinder sie in der Entzugsklinik besuchen würden.

»Komm! Wir müssen das zusammen ausbaden. Ist zu zweit auch viel lustiger.«

Er drehte sich auf den Bauch und starrte seine Frau an. Sie zerkrümelte und kratzte, um weitere lupenreine weiße Linien zu ziehen. Frau Müller schien eine merkwürdige Routine im Zerbröseln und Inhalieren der weißen Substanz zu haben.

»Äh, machst du das öfter?«, fragte er ungläubig.

Frau Müller zögerte ihre Antwort einige Sekunden heraus. »Schon seit *Jahren* nicht mehr.« Sie zog das Wort »Jahre« bedeutungsvoll in die Länge und ergänzte grinsend: »Also der ein oder andere Unterrichtsentwurf im Referendariat war halt spät dran, da benötigte ich ein wenig, sagen wir mal: Unterstützung.«

Herr Müller drückte sein Gesicht tief in die Matratze und brüllte kurz in diese hinein. Danach rappelte er sich unwillig auf und näherte sich dem Nachttisch. Er beäugte das Pulver, als hätte er ein seltenes Tier in der Savanne erspäht und wäre sich nicht sicher, ob von ihm Gefahr ausging.

»Merkst du schon was?« Herr Müller betrachtete seine Frau neugierig.

»Ein bisschen, ja.«

»Kannst du nicht allein eine Idee in deinem Gehirn entwerfen? Dann hat nur einer von uns ein Drogenproblem und der andere kann helfen. Oder vielmehr: *Du* hast das Drogenproblem, das du offensichtlich eh schon einige Jahre mit dir rumschleppst. *Ich* unterstütze dich und bringe dir Essen und saubere Kleidung.«

»Das hättest du wohl gern. Wir brauchen Brainstorming auf dem gleichen Level! Und jetzt los. Das hält nur drei Stunden. Du wirst damit nicht vom Dach springen. Also vermutlich nicht.«

Herr Müller rollte den Schein auf. »Das alles?«

»Ja. Als hättest du Schnupfen, einfach hochziehen.«

Herr Müller zählte im Geiste bis drei und schniefte. Das Erste, was er fühlte, war ein höllisches Brennen. Er drückte und rieb sich die Nase, aber der Schmerz blieb. »Meine Güte. Muss das so?«

»Ja, genau, hört gleich auf. Wir sollten kurz aufräumen, es sieht hier verdächtig aus. Sehr verdächtig.«

Plötzlich klingelte das Handy von Herrn Müller. Er blickte auf das leuchtende Display und seine Augen weiteten sich, nicht wegen des gerade durchgeführten Drogenkonsums, sondern vor Schreck. »Scheiße. Die Kinder!«

Frau Müller wedelte mit den Händen. Falls Herr Müller die fuchtelnden Bewegungen richtig interpretierte, sollte er nicht drangehen. Er legte seinen Zeigefinger an die Lippen, nickte und nahm den Videoanruf an. Was, wenn sie ihre Lieben zum letzten Mal hören würden, bevor sie ins Gefängnis wanderten?

»Hallooo!« Liebe Güte, er klang wie ein völlig anderer Mensch. Herr Müller wollte sich sofort selbst beim Jugendamt melden, damit ihnen nachträglich die Kinder entzogen wurden.

Caros und Bens Stimme tönten aus dem Lautsprecher: »Na, wie ist es auf der fernen Insel?«

Herr Müller betete mit einer monotonen Computerstimme einige Floskeln herunter. »Ja, sicher, Mama ist auch da. Hmm, ja. Superschön hier, ganz tolles Geschenk. Ja, haben wir mitbekommen, ist ganz schön was los hier.«

Herr Müller setzte dazu an, das Gespräch abzuwürgen und das Handy seiner ihn fortwährend anstarrenden Frau zu geben. Er bemerkte eine schleichende Veränderung in seiner Wahrnehmung und wollte den eintreffenden Rausch lieber allein ausbaden statt gemeinsam mit seinen Kindern.

»Warum sieht es eigentlich bei euch aus wie in Caros Zimmer?«, wollte Ben mit einem breiten Grinsen wissen.

»Mama hat etwas gesucht.«

»Das muss ja wichtig gewesen sein«, mutmaßte Caro.

Wenn die nur wüssten.

Beim dritten Anlauf schaffte Herr Müller es endlich, seine Frau pantomimisch davon zu überzeugen, gefälligst das Telefon in die Hand zu nehmen. Er kicherte kurz, weil sie ungewöhnlich lustig aussah. Irgendwie bewegten sich die Muskeln ihres übernächtigten Gesichts in einer Art, die er in den vielen Ehejahren noch nie gesehen hatte.

»Gleiches Level!«, flüsterte Herr Müller ihr zu.

»Mensch, hey. Das ist ja schön! Und was für eine Insel, so was Tolles«, übernahm Frau Müller das Ruder am Handy.

Es war fast, als würde er einem gewöhnlichen Telefongespräch folgen. Das glaubte die Gegenseite in diesem Moment sicherlich ebenfalls. Allerdings nickte Frau Müller hektisch, ihre Antworten fielen außerdem ungewöhnlich knapp aus. Offenbar hatte sie es eilig, die Brut am Telefon wieder loszuwerden.

»Tschüss! Ja, machen wir, ja, ja, okay, und danke noch mal, tschüssi.« Frau Müller legte erleichtert auf. Doch ihre Augen verweilten etwas zu lange und zu unwillig auf dem Display. »Deine neue Freundin will was von dir.«

Sie warf ihm das Handy zu. Das Gerät verfehlte das Ziel und wurde von der Matratze wie von einem Trampolin zurückgeschleudert, bevor es in den Händen seines Empfängers landete. Dass er Kontakt zu Miriam hatte, schien seine Frau gerade schmerzlich wenig zu interessieren. Immerhin hatte sie ihre Verbindung zum Polizisten ebenfalls intensiviert und war sogar schon einen Schritt weiter.

Herr Müller schaute durch die dünnen Vorhänge nach draußen. Auf den Straßen tummelten sich viele Menschen, deren Stimmen im steten Gemurmel ins Zimmer drangen. Er rieb sich unentwegt die Nase und lenkte seinen Blick auf das leuchtende Display seines Handys.

Miriam: Schade. Wir treffen uns ja heute scheinbar nicht mehr. Hätte mich über eine kurze Nachricht gefreut, dann hätte ich nicht gewartet und mir den Tag extra freigehalten.

Herr Müller tippte ein kurzes: Sorry, ich melde mich später. Mir kam etwas dazwischen.

Das hatte ihm gerade noch gefehlt. Ein Gefühl der Wut

überkam ihn unvermittelt. Erst die Trennung inklusive Affäre seiner Frau, dann dieser unendlich dumme Fehler, ein Paket mit illegalem Inhalt mitzunehmen. Zu allem Übel war nun auch sein Sommerflirt eingeschnappt. Und als Sahnehäubchen registrierte Herr Müller schließlich eine merkwürdige Aktivierung seines gesamten Körpers. Er fühlte sich unangenehm getrieben.

Frau Müller massierte sich indes mit beinahe filmreifer Anstrengung die Schläfen und lief dabei auf und ab. »Also, lass uns das Ganze zusammenfassen: viel Kokain, eine Leiche, viel Polizei.«

»Na, danke«, erwiderte Herr Müller desillusioniert und ließ den Kopf hängen.

»Nee, jetzt warte doch mal. Hat dich denn irgendwo jemand gesehen mit dem Paket? Also war jemand bei dir, als du es gefunden hast? Oder in der Nähe?«

»Nein«, erwiderte Herr Müller leise.

»Hat dich jemand darauf angesprochen? Oder kam dir jemand komisch vor und hat dich ausgequetscht?«

»Auch nicht.«

»Okay, perfekt. Dann hat es zumindest keiner vermisst oder bringt uns damit in Verbindung.«

»Bist du dir sicher?« Herr Müller hob zweifelnd die Augenbraue. »Das kann ich kaum glauben. Nach einer Glückssträhne fühlt es sich gerade nicht an.«

Frau Müller überhörte seinen Einwand. »Hat deine Miriam irgendwas Merkwürdiges gesagt? Vielleicht hängt die nicht umsonst an dir wie eine Klette.«

»Nein, hat sie nicht. Und ist es wirklich so unwahrscheinlich, dass eine Frau auf mich steht?«

»Ja. Äh, nein, natürlich nicht.« Frau Müller schwieg für einen Moment. »Seit wann das Paket weg ist, wissen wir nicht, okay. Aber angesprochen hat dich den ganzen Tag über niemand?«

»Du wiederholst deine Fragen«, entgegnete Herr Müller angespannt.

»Das muss so, doppelte Sicherheit. Hat dich jemand angerufen oder ist dir jemand aufgefallen? Oder etwas Ungewöhnliches?«

Herr Müller zuckte mit den Schultern. »Naja, außer einer anstehenden Scheidung, einer Leiche und deinem jahrelangen Drogenkonsum, von dem ich nichts wusste … Nein, nix Besonderes!«

»Gut. Und die Polizei steht auch nicht bei uns auf der Matte«, fasste Frau Müller zusammen.

»Naja, bei dir ja schon.«

Die Anspielung auf ihr Techtelmechtel konnte er sich nicht verkneifen. Seine Frau ignorierte seinen Seitenhieb jedoch gekonnt.

»Wer kann denn das Paket haben?«, überlegte er laut. »Irgendjemand muss auf uns gekommen sein. Oder, naja, auf mich, sonst wäre hier niemand reinmarschiert und hätte dieses scheiß Paket mitgenommen.«

Herr Müller war verzweifelt. Und überhaupt war er enttäuscht. Das Brennen in der Nase hatte sich nicht gelohnt. Der Rausch gefiel ihm nicht und die Ideen blieben ebenfalls aus.

»Das stimmt, irgendjemand hat das Paket jetzt. Aber was bedeutet das im Umkehrschluss? Na?« Frau Müller blickte ihn erwartungsvoll an.

»Ach, Mensch, rück raus mit der Sprache, ich hab keine Lust auf Ratespielchen …«

»Also, ich rechne das mal für uns zusammen. Ich mach uns ’ne schöne Jahresbilanz.«

»Hä?«

»Psst«, zischte Frau Müller. Sie brummte vor sich hin und lief dabei schnellen Fußes auf und ab. Zwischendurch fuchtelte sie wild mit den Fingern. Das sah lustig aus.

Herr Müller konnte nicht anders. Seine Wut verrauchte so schnell, wie sie gekommen war. Er fand Gefallen an der Darbietung seiner Frau und murmelte lachend mit, während er sie weiter beobachtete. Seine Zunge streckte er konzentriert am rechten Mundwinkel heraus.

Frau Müller hielt wie vom Schlag getroffen inne. »Ich hab's!« Sie schaute ihren Mann entgeistert an.

»Was hast du?«

»Wir sind wieder auf null!«

»Null? Das ist wenig. Ist das ... Ist das gut oder schlecht für uns?«, fragte Herr Müller.

Frau Müller streckte den Zeigefinger langsam in die Höhe. »Ach, Mensch, Müller. Denk doch mal nach! Niemand hat es gesehen, die Polizei ist nicht hier, niemand hat dich angesprochen oder sonst was. Wir sind nicht aus dem Hotel geflogen und leben beide noch.«

Herr Müller lächelte und strahlte seine Frau mit jedem Wort intensiver an. »Das war's?«

»Das war's! Sonst stünden Bullen oder irgendwelche Auftragskiller vor unserer Tür. Weißt du noch, als mir der Fuß so weh tat und ich dachte, ich hätte schon wieder irgendeine neue schlimme Fußerkrankung und dass das ganze Bein amputiert werden müsste?«

Oh ja, er konnte sich gut an den Tag erinnern. Es hatte Stunden gebraucht, um sie davon abzuhalten, den Notruf zu wählen. Am nächsten Morgen war sie fünf Kilometer gejoggt.

»Genau so läuft das ab. Erst ist alles schlimm und dann irgendwie doch nicht.«

Herr Müller staunte. Konnte das sein? Konnte er in dieser misslichen Lage derart viel Glück gehabt haben? Aber ja, es schien zu stimmen. Seine Frau war ein Genie!

Herr Müller stand auf und alle Last schien von ihm abzufallen, Tränen der Freude schossen ihm in die Augen. Er streckte die Hände nach oben und stützte sie sofort danach auf den Knien ab, als hätte er soeben einen Zehn-Kilometer-Lauf erfolgreich beendet. Die Aufregung der letzten achtundvierzig Stunden hätten an jedem anderen Tag seines Lebens dafür gesorgt, dass er nach dem Spannungsabfall unmittelbar rückwärts aufs Bett gefallen wäre, um den Schlaf der Gerechten nachzuholen. Aber heute hatte er Kokain im Blut, das scheinbar als Katalysator für seine überschäumende Freude diente. Seine Hüfte begann langsam, sich kreisend zu bewegen. Ein Rhythmus schien sich den Weg durch seinen Körper zu bahnen, während sich seine Füße abwechselnd und elegant auf und ab bewegten.

»Es ist weg, *whoop, whoop*!«

Er rappte, eine typische Übersprunghandlung. Als Herr Müller damals erfahren hatte, dass er Vater werden würde, hatte er mindestens drei der erfolgreichsten amerikanischen Hip-Hop-Songs zum Besten gegeben. Vermutlich hatte er dabei noch nicht mal geatmet.

Frau Müllers Gliedmaßen zuckten jetzt ebenfalls ungelenk. »*All the ladys in da house!*«, sang sie und klatschte.

Sie tanzten und lachten leise in sich hinein. Kurz schlossen sie sich überschwänglich in die Arme.

Hildegard hatte sich längst in sein Körbchen verkrümelt. Die Menschen schienen verrückt zu werden, und er wollte augenscheinlich in diesen Irrsinn nicht mit hineingezogen werden, was in Anbetracht der Tatsache, dass Hildegards Spezies sich zur Begrüßung am After schnupperten, etwas unsachgemäß sein mochte.

Ein Klopfen an der Tür unterbrach den Frohsinn unvermittelt. Herr und Frau Müller erstarrten. Als hätten sie sich stumm abgesprochen, schlich er sofort zum Nachttisch und beseitigte die Spuren des Kokainstaubs. Sie richtete sich die Frisur und öffnete langsam und betont lässig die Tür eine Handbreit.

Eine Männerstimme sprach das Wort »Polizei« mit einem süßlichen Singsang aus. Als würde der Sprecher selbst nicht daran glauben, dass er dort tatsächlich arbeitete.

Frau Müller quetschte sich durch den Spalt hinaus und wurde prompt vom Flur verschluckt, als die Tür hinter ihr ins Schloss fiel.

Herr Müller kratzte sich am Kopf und unterdrückte den Wunsch zu lauschen. Er wusste, dass das ihr letztes gemeinsames Abenteuer gewesen war. Der vor der Tür stehende Polizist bedeutete vermutlich, dass seine Frau weiterziehen würde. Zu einem Mann, der nicht er war. Er hätte den vorherigen Moment der Freude gern noch etwas ausgekostet. Nur eine Minute mehr, in der er hätte abschließen können.

Kurz darauf klopfte es von außen erneut an der Tür. Herr Müller drückte die Klinke unentschlossen herunter und ließ seine Frau wieder in das Hotelzimmer hinein.

»War das dienstlich oder privat?«, fragte er verhalten.

»Privat.«

Herr Müller hätte mit Erleichterung reagieren müssen, doch sie mochte sich nicht einstellen.

Er klickte die Leine an dem Hundehalsband fest. »Ich

weiß nicht, was du machst, aber ich trinke Cocktails mit Hildegard.«

Er schaute zum Fenster hinaus und entschied sich gegen eine Regenjacke.

Frau Müller ließ das Gespräch mit Faust Revue passieren. Er hatte es mit einer Charmeoffensive begonnen, dann jedoch eher schüchtern die unausweichliche Frage gestellt: »Also, das war heute vermutlich dein Mann, richtig?«

Sie hatte genickt.

Er schien tatsächlich enttäuscht gewesen zu sein.

Sie hatte daraufhin versucht, die Umstände wieder etwas ins Gleichgewicht zu bringen: »Du, das hat allerdings nichts mit dir zu tun. Es ist einfach megakompliziert. Ich würde es dir gern erklären, aber das schaffe ich gerade nicht. Wir können uns gern noch mal treffen, freundschaftlich.«

Dass sie dabei eine Sekunde lang an Sex dachte, musste niemand erfahren.

»Klar, können wir machen. Wir können uns ja spontan melden oder so.«

»Super.«

Sie zog ihn an sich, und er erwiderte die Umarmung lange und intensiv. Aus irgendeinem Grund schien er ein wenig Zuwendung nötig zu haben, was das schlechte Gewissen von Frau Müller nur befeuerte. Er hatte ihr einen Kuss auf die Wange gedrückt und sich verabschiedet. Frau Müller hatte erleichtert aufgeatmet, während sie seinem muskulösen Rücken nachgeschaut hatte.

»Wenn du mir fünf Minuten gibst, komme ich mit.«

Überrascht hielt Herr Müller inne, während seine Frau ihn fragend anblickte.

»Klar«, rief er etwas zu laut und korrigierte nach einem schnellen Räuspern den Tonfall. »Ja, klar, wir warten auf dich.«

Beide verließen kurze Zeit später das Hotel und bewegten sich beschwingt Richtung Strand. Man hätte sogar den Eindruck gewinnen können, dass sich, wenn schon kein frisch verliebtes Paar, zumindest sehr gute Freunde auf einen gemeinsamen Abend freuten.

Herr Müller fühlte sich leicht, als wäre er wieder fünfunddreißig. Er sprühte förmlich vor Energie, und auch seine Schulter schmerzte etwas weniger stark. Ihm war mittlerweile gleichgültig, ob das Kokain dafür verantwortlich war. Er war stolz, dass seine Frau sich an diesem Abend für seine Gesellschaft entschieden hatte.

Frau Müller und er witzelten über die Bausünden, die die Promenade säumten. Sie staunten mit offenen Mündern, während sie vor einem besonders schlimmen Exemplar standen.

»Wie kann man so was bewilligen? Das war vor zwanzig Jahren schon hässlich und ist es auch in fünfzig Jahren noch. Ich dachte, da gäbe es Vorgaben«, sagte Frau Müller entschlossen.

»Du, vielleicht war das der Plan. Vielleicht sollen Urlauber nicht angelockt werden, sondern abgestoßen. Oder warte, jetzt hab ich's! Das ist ein lokaler Brauch, der böse Geister mit Waschbeton abhalten soll.«

Frau Müller lachte derart laut, dass sich Passanten kurz nach ihr umdrehten.

»Ja, oder irgendjemand hat das im Zorn zusammengestellt. Aus Frust. Damit sich alle anderen jeden Tag darüber ärgern.«

»Da muss man ja sagen, dass das Konzept richtig gut funktioniert.«

In dem Moment, in dem sie ausgelassen die gut besuchte Bar erreichten, wurde ein perfekter Platz im Außenbereich frei. Die Bedienung war aufmerksam und nahm prompt ihre Bestellung auf. Wenige Minuten später standen zwei prächtige Cocktails auf dem Tisch und eine Schüssel mit Wasser auf dem Fußboden. Sie stießen an und leerten ihre Gläser bis zur Hälfte. Frau Müller meldete der Servicekraft mit einer geschickten Geste, dass sie eine neue Runde bestellen wollten.

Herr Müller fühlte sich pudelwohl. Auf der Promenade hatte er sogar ein paar seiner Bekanntschaften vom Hundestrand getroffen und ein kurzes Pläuschchen gehalten.

Herr und Frau Müller machten, dieses Mal mühelos, ein paar Fotos für die Kinder. Die Schwere des Tages war dahin.

Plötzlich berührte Herrn Müller eine Hand von hinten an der Schulter.

»Hey, Kalle!« Simone schaute Frau Müller argwöhnisch an.

»Hey, Simone«, stotterte Herr Müller.

Er stand mit höflicher Überraschung auf, und Miriams Freundin schloss ihn sofort in die Arme.

Frau Müller schenkte dieser Simone ein genervtes *angry side eye*, wie ihre Schülerinnen es nennen würden. Die Tussi wollte scheinbar deutlich machen, dass sie Herrn Müller kannte. Gut kannte. Sie markierte ihr Revier, wie Hildegard es täglich am Laternenpfahl tat. Dann verabschiedete sie sich und warf Frau Müller nochmals einen vielsagenden Blick zu. Die sparte sich lieber die Nachfrage, wer diese uninteressante Frau mittleren Alters war und warum sie mit Herrn Müller derart vertraut war.

Mittlerweile senkte sich die Nacht herab. Glücklicherweise hatte das Wetter gehalten. Obwohl die Luft drückend erschien, hatte es nicht geregnet. Herr und Frau Müller saßen in ihren mit Werbung bedruckten Liegestühlen mit Blick auf die Promenade und den Strand und konnten sogar die Wellen leise rauschen hören. Nach zwei Cocktails machte sich bei den Müllers neben dem Kokain zudem der Alkohol bemerkbar. Sie redeten ohne Unterlass. Dass sich jeder von ihnen voll im Rausch befand und sich Streifenteams überall ihren Weg bahnten, verunsicherte beide in keiner Weise. Vor einigen Stunden wäre das noch ganz anders gewesen.

Stattdessen zogen unheimlich viele junge Leute, die ortsauswärts Richtung Meer strömten, ihre Aufmerksamkeit auf sich. Ein rhythmisches Wummern drang durch die Luft.

Als der Kellner die Aschenbecher leerte, hielt Frau Müller den jungen Mann an. »Entschuldigen Sie, was ist denn da hinten am Strand los?«

»Da ist eine Technoparty. Also keine Band, ein DJ macht Musik. Das geht sicher noch bis morgen früh.«

»Okay, danke.«

Der Blick des Kellners ließ keinen Zweifel daran, dass sie beide wirklich zu alt für diese Veranstaltung seien.

»Also bitte, als wäre ich hundert Jahre alt. Ich weiß ja wohl, was eine Technoparty ist«, entrüstete sich Frau Müller.

»Der kriegt auf jeden Fall null Trinkgeld«, sprach Herr Müller mit gespielter Empörung.

»Nee, Müller, weißt du was? Uns bleibt nichts anderes übrig, als auf diese Party zu gehen. Denen werden wir zeigen, wie man feiert.« Frau Müller warf den Kopf in den Nacken und lachte.

»Da kommt die Lehrerin wieder durch.«

Frau Müller erhob sich. »Also ich für meinen Teil gehe zuerst zur Toilette.«

»Ja, ich warte.«

Frau Müller blieb jedoch stehen und wiederholte den Satz nachdrücklich.

Herr Müller verstand endlich. »Vorsichtshalber gehe ich auch noch. Gute Idee.«

Da auf der Herrentoilette weniger Betrieb herrschte, schlossen sie sich dort verschwörerisch grinsend in eine Kabine ein. Hildegard saß eingequetscht an der Tür und beobachtete das Geschehen neugierig. Frau Müllers winziger Schminkspiegel wurde bestmöglich zweckentfremdet. Das Brennen in der Nase fühlte sich beim zweiten Mal schon weniger schlimm an. So schnell geht das also, fuhr es Herrn Müller durch den Kopf.

Sie verließen nacheinander die Toilette und liefen unbemerkt durch das Lokal nach draußen. Das Ehepaar folgte dem leisen Wummern, das mit jedem zurückgelegten Meter lauter wurde. Etwas außerhalb waren am Strand eine Cocktailbar und ein Bierwagen aufgestellt worden. Sie umrahmten eine kleine Tanzfläche, auf der sich bereits einige Personen befanden. Viele Grüppchen standen drumherum, unterhielten sich ausgelassen oder saßen im Sand. Ein paar Palmen schmückten die Szene, und Richtung zum Wasser war ein Lagerfeuer entfacht worden, an dem einige Partyteilnehmer Platz genommen hatten. Die Musik war nicht halb so laut, wie sie vermutet hatten, auch wenn ein paar Menschen auf dem *Dancefloor* ebenfalls ein Paket mit weißem Pulver gefunden zu haben schienen. Wie Kreisel, die niemals zusammenstießen, bewegten sich die jungen

Leute. Herr und Frau Müller beobachteten amüsiert das bunte Treiben.

»Boah, ich will auch gleich tanzen! Das sieht nach Spaß aus.« Herr Müller strahlte über beide Ohren.

»Unbedingt, habe ich ewig nicht gemacht. Mit dir vermutlich das letzte Mal.«

»Das will ich doch stark hoffen!«, sagte Herr Müller fast verlegen, aber nur fast.

Frau Müller reichte ihm stumm die Hand. Sie hatte offenbar keine Lust auf diese Art von Gespräch: Wann hatten sie das letzte Mal getanzt, wann Sex gehabt, wann auch nur eine vernünftige Unterhaltung geführt?

Herr Müller hob Hildegard auf seinen Arm und legte seine Hand in die seiner Frau. Gemeinsam nahmen sie Kurs zur Tanzfläche. Herr Müller begann damit, sich im Takt der Musik zu bewegen.

Zwei junge Frauen kamen auf ihn zu und säuselten vor Entzückung: »Voll der süße Hund! Wie heißt der denn?«

»Hildegard!«

»Oah, Alter, die hat ja voll die Aura!«

Hildegard schaute etwas überrascht und schmiegte sich an seinen tanzenden Träger. Dabei wurde offenbar die Sicht auf seine schwer zu übersehenden Hundehoden frei.

»Lange Geschichte …«, winkte Herr Müller ab, und die jungen Frauen schienen auf einmal auch sehr froh darüber zu sein, den Abstand zu dem Mann vergrößern zu können, der mit einem zerzausten Dackel fraglichen Geschlechts und geschlossenen Augen über den *Dancefloor* schwebte.

Herr Müller konzentrierte sich indes auf die Musik, die Erleichterung und seinen Rausch. Er bemerkte, wie einzelne Personen plötzlich erschrocken zurückwichen oder leicht beschämt zur Seite schauten. Besorgte Blicke wurden ausgetauscht. Herr Müller wusste, dass das nur eines bedeuten konnte: Frau Müller bahnte sich tanzend, und dieser Begriff war in ihrem Fall ein Euphemismus, den Weg zu ihnen herüber. Sie schien der Luft um sich herum ungelenk Gewalt zuzufügen. Herr Müller zog sie an einem unsichtbaren Seil an sich heran. Sie drehte sich um die eigene Achse und sah dabei so unglaublich schön aus, dass es ihm den Atem verschlug. Ein euphorisches Gefühl voller Hoffnung blühte in ihm auf und erwärmte sein gesamtes Inneres. Er dachte an den Abend, an dem sie sich zum ersten Mal begegnet waren.

Herr Müller war in seiner Ausbildung umgeben von Frauen gewesen, und seine Sitznachbarin Kathrin hatte sich fest vorgenommen, sich den einzigen Mann unter den Nagel zu reißen. Dann war es so weit: Köln, Karneval, Gruppenreise mit der gesamten Klasse. Umzingelt von hochgradig sexualisierten Kostümen wurde gefeiert, was das Zeug hielt. Herr Müller war viel zu schnell viel zu betrunken und stieg unter Kathrins Protest in einen Bus, der ihn an einem völlig falschen Ort irgendwo in Köln wieder ausspuckte. Es war viel zu kalt, um sich auf die schmale Bank zu setzen, aber er musste zuerst seinen Kreislauf sortieren. Mit geschlossenen Augen versuchte Herr Müller, der aufkeimenden Übelkeit Herr zu werden, und registrierte dabei zunächst nicht, dass die Worte, die er hörte, an ihn gerichtet waren.

»Was machst du denn da?« Die Stimme klang schroff, leidenschaftlich. »Du siehst ja richtig scheiße aus«, meinte die große, junge Frau, die in einem riesigen Hotdog-Kostüm steckte. Ihr Gesicht lugte aus der ovalen Öffnung hervor und ihre Augen schauten ihn belustigt an.

»Das sagt die Wurst im Schlafrock«, lallte der junge Herr Müller und stand mit einem Ruck auf, der ihn ins Wanken brachte. Er berührte den Stoff des überdimensionalen Würstchenkostüms, als ob er sichergehen wollte, dass er nicht träumte.

»Natürlich. Komm mit, ich mache uns 'nen Kaffee. Du überlebst das hier sonst nicht«, erwiderte die Frau mit einer unumstößlichen Selbstsicherheit, die ihm imponierte und zugleich ein wenig Angst machte.

Der Fußweg dauerte nur wenige Minuten. Sie liefen schweigend nebeneinanderher und Herr Müller nahm ihre Hand in seine. Der Kaffee war scheußlich und hatte dennoch seine Geschmacksnerven bis in alle Ewigkeit kalibriert. Sie saßen noch am Küchentisch, als der Tag den Nachthimmel verfärbte.

Kurz bevor Herr Müller sich am frühen Morgen auf den Weg gemacht hatte, war Frau Müllers Mitbewohnerin in der schuhkartongroßen Wohnung eingetroffen.

Als ihn Frau Müller vorstellte, hatte sie gesagt: »Das ist Kalle. Den werde ich mal heiraten.«

Sie hatte recht gehabt.

Herr und Frau Müller bewegten sich auf der Tanzfläche mit geschlossenen Augen zur Musik. Hildegard hatte seinen Kopf auf der Schulter von Herrn Müller abgelegt und schnarchte kaum hörbar.

»Wenn du mich nicht umbringen wolltest, was wolltest du denn neulich nachts von mir?«

Frau Müller wunderte sich, dass ihr Mann nicht früher auf eine Erklärung bestanden hatte. Sie gab für einen Wimpernschlag vor, ihn nicht verstanden zu haben. Sie musste sich eine weitere Ausrede einfallen lassen. Ihr abendliches Ritual würde auf sonderbare Art entwertet werden. Außerdem war es ihr schlichtweg peinlich. Den eigenen Mann tagsüber nicht zu küssen, überhaupt eigentlich nie zu küssen, und dann zu warten, bis er schlief.

Jedoch machte es die Mischung aus Kokain und Alkohol schwer, irgendetwas zu verheimlichen. Zudem hatten sie zur Abwechslung Anlass zu feiern. Schließlich hatten sie sich heute in höchst kriminellem Fahrwasser bewegt und diese leidliche Angelegenheit erfolgreich hinter sich gelassen. Und eigentlich sollte Herr Müller außerdem ruhig wissen, was für eine liebende Ehefrau er gehabt hatte. Denn Regel Nummer irgendwas war ja vor allem, die Messlatte für die nächste Person möglichst hochzulegen, sodass man selbst für immer und ewig als unerreichbar toll galt.

»Ich gebe dir einen Gutenachtkuss, wenn du schläfst«, sagte Frau Müller gerade so laut, dass er sie verstehen konnte.

Herr Müller hielt kurz inne und sah Frau Müller mit vorsichtiger Freude an. »Das mit dem Mord kommt mir dann doch wahrscheinlicher vor«, entgegnete er und lachte verhalten.

»Du hast gefragt, das ist die Antwort.«

»Aber das machst du nicht jeden Tag, oder?« Herr Müller schien nach wie vor am Wahrheitsgehalt ihrer Aussage zu zweifeln.

»Doch. Jeden einzelnen Tag.« Frau Müller schaute ihrem Mann direkt in die Augen.

Er zog die Schultern zurück und hob den Kopf ein wenig an. Der unverhohlene Stolz war ihm anzusehen.

»Bild dir da bloß nichts drauf ein«, sagte Frau Müller.

»Schon passiert«, entgegnete Herr Müller keck.

»Willst du noch einen Cocktail?« Frau Müller schaute in ihren mittlerweile leeren Plastikbecher.

»Ja, aber das ist mein letzter. Mir tun Nase und Füße weh.«

Herr Müller schaute auf seine Armbanduhr. Die Zeit war schnell vergangen, und die Anstrengung der letzten zwei Tage legte sich bleiern über ihn.

Der Rückweg zum Hotel führte zunächst über den Strand. Der Sand unter ihren Füßen fühlte sich fest an, als würden sie über eine Betonplatte laufen. Hildegard trottete neben dem Ehepaar her und schien sich ebenfalls nach seinem Körbchen zu sehnen. Umso weiter sie sich von der Party entfernten, desto präziser konnten sie die Klänge des Meeres wahrnehmen. Mehr und mehr tauchten sie in die Dunkelheit ein.

»Heute werde ich so was von tief und fest schlafen, das schwöre ich dir. Die Seeluft ist ein richtiger Killer!« Frau Müller rieb sich die Augen.

»Und ich erst. Gestern hab ich kaum ein Auge zu bekommen«, sagte Herr Müller erschöpft.

»Richtig so. Das sollte dir eine Lehre sein. Wir sind für dieses Geschäft wirklich nicht gemacht. Stecke also bitte keine dubiosen Pakete mehr ein.«

»Versprochen«, erwiderte Herr Müller umgehend und führte den Gedanken fort: »Wie machen die Leute das bloß? Also die Kriminellen. Die müssen ja Tag und Nacht Angst haben, dass denen jemand ans Leder will oder sie bestohlen werden. Die sollten eigentlich ordentliche Zulagen erhalten.«

Frau Müller lachte. »Vielleicht ist es gerade das. Irgendjemand hat dann automatisch auch Angst vor dir! Ein

Kreislauf der Angst. Naja, und des Geldes. Vielleicht steckt da schon die Zulage drin.«

Beide kicherten.

»Nee, ich glaube, ich bin dafür zu alt«, murmelte Herr Müller beiläufig.

»So ein Quatsch, du wärst auch mit fünfundzwanzig sofort untergegangen«, entgegnete Frau Müller lachend und blieb stehen, um sich an der Empörung ihres Mannes zu laben.

»Was denkst du eigentlich, was bei uns bei der Arbeit morgens los ist?«, hielt Herr Müller dagegen. »Die Planung ist komplex, und die Leute müssen wir in Schach halten. Das ist alles nicht einfach so, äh … dahingearbeitet.«

»Ja, ja. Ist ja gut. Ich verstehe«, besänftigte Frau Müller ihren Mann.

Herr und Frau Müller führten ihren Weg fort und liefen dicht beieinander, sodass sich ihre Ellenbogen immer wieder berührten. Im Halbdunkel wippten Hildegards Ohren bei jedem Schritt hin und her.

»Sag mal«, ergriff Frau Müller erneut das Wort, »warum hast du das Paket eigentlich mitgenommen? Das frage ich mich schon die ganze Zeit. Was dachtest du denn, was drin ist oder was du damit machen würdest?«

Die Antwort von Herrn Müller folgte zögerlich: »Ich habe an gar nichts gedacht.«

»Wie kann man denn bei so 'nem Fund nichts denken?«

»Nach unserem Streit war ich wütend und, naja, für mich war eine Welt untergegangen. Scheidung. Das ist schon so ein beschissenes Wort. Und irgendwie lag dann dieses Bündel vor meinen Füßen. Auf der Fähre hatte ich einen Artikel über die Drogenpakete gelesen, deswegen habe ich geahnt, auf was ich gestoßen war. Doch in dem

Moment war mir alles eigentlich ziemlich egal. Vielleicht wollte ich einfach, dass mal was passiert. Was Aufregendes.«

»Ich würde dich ›Milieu-Müller‹ nennen und du würdest nur noch Pelz tragen.«

»Oh, bitte nicht«, murrte Herr Müller und hielt sich beschämt die Hände vor das Gesicht.

»So richtig gute Entscheidungen habe ich auf dieser Insel auch nicht getroffen«, räumte Frau Müller ein. »Das mit den Urlaubsflirts müssen wir wohl noch mal üben.« Leicht amüsiert linste sie zu ihrem Mann hinüber.

Er lächelte sie zögerlich an.

Sie erreichten die Promenade und folgten dem Weg routiniert bis in die Stadt. Als das Hotel sich in Sichtweite befand, fragte Herr Müller grinsend: »Und wie machst du das heute Abend? Soll ich dir meine Karte geben, damit du dich in mein Hotelzimmer schleichen kannst für den Gutenachtkuss, oder wie? Das ist übrigens gruselig. Gilt das eigentlich als einvernehmlich?«

Nun, da die Wirkung von Kokain und Alkohol nachließ, bereute Frau Müller, ihm diese Information so nachlässig überlassen zu haben.

Herr Müller imitierte schmatzende Kussgeräusche und legte im Gehen den Arm um seine Frau. Sie lachte verlegen und strich mit ihrer Hand über die ihres Mannes, die auf ihrer Schulter ruhte. Was nach außen wie das Bild eines glücklichen, entspannten Paares wirkte, war für Herrn und Frau Müller wohl einer der traurigsten Momente ihrer gesamten Liebeslaufbahn. Die vergangenen zwei Tage würden nicht ausreichen, um die Beziehung zu retten. Im Gegenteil, sie hatten sich furchtbare Dinge an den Kopf geworfen, die sie nie vergessen würden. Ihnen war bewusst, dass sich spätestens in heimischen Gefilden die verkrusteten Muster des Alltags wieder einschleichen würden. Und doch genoss das verheiratete Paar zusammen einen Hauch von Urlaubsflirt, der in Aussicht stellte, wie schön alles hätte sein können. Das machte den Abschied jedoch schwerer. Seinen Arm hielt Herr Müller trotzdem – oder gerade deswegen – fest um seine Frau geschlungen, die sich vertraut an seine Seite schmiegte.

Sie erreichten das Hotel und schließlich das gemeinsame Zimmer, welches immer noch eine seltsam unangebrachte Flitterwochenatmosphäre verströmte.

Herr Müller packte seine Sachen und den Hund ein und wollte gerade den Raum verlassen, als Frau Müller leise sagte: »Warte!«

Sie trat im Schein der Nachttischlampe auf ihn zu, setzte langsam einen Fuß vor den anderen, zögerte kurz und nahm ihn schließlich so fest in ihre Arme, wie sie es möglicherweise noch nie getan hatte. Herr Müller vergrub sein Gesicht in ihren Haaren, die nach Shampoo und Salzwasser rochen. Ihr Atem wurde unregelmäßig, bevor die erste Träne ihre Wange herunterkullerte. Wie gern hätte sie von ihm gehört, dass sie es hinbekämen, dass alles gar nicht so schlimm war. Dass es noch Sinn machte. Doch diese Sätze hatten sie beide in den vergangenen Jahren und Monaten bereits ausgesprochen. Oft. Sie hatten einander angeschwiegen, geschrien und getröstet. Die Worte hatten nie gehalten, was sie versprachen.

Es war vorbei. Die Hotelzimmertür fiel leise ins Schloss.

# TAG DREI

Wer hatte diese Hosen eigentlich erfunden, überlegte Faust und blickte den zwei jungen Frauen so unauffällig wie möglich nach. Die Methode hatten sie auf der Polizeischule gelernt. Die Augen durften sich bewegen, aber nicht der Kopf, damit die Observierung nicht enttarnt wurde. Dieser Leggings-Hybrid war Kleidungsstück und Stringtanga in einem und wertete wirklich jeden Hintern optisch auf. Vermutlich hatte eine der tausend Sport-Influencerinnen in den sozialen Medien ihr Gesäß in die Kamera gehalten und eine dieser Hosen getragen. Wenn es dafür doch nur einen Nobelpreis gäbe.

Die zwei Schönheiten hatten sich im Hotel eingebucht und gingen am Strand brav in den preisverdächtigen Leggings ihrem Fitnesstraining nach. Fast hätte er einen Freudenschrei ausgestoßen, als er diese vier göttlichen Pobacken auf seiner Streife in Aktion bewundern durfte. Wenn er eine von ihnen klarmachen könnte, wäre das sein Highlight des Sommers. Er würde alles dafür geben, diese junge und unverbrauchte Haut auf seiner zu spüren. Kein Makel, kein überflüssiges Haar war an den unbedeckten Körperteilen zu entdecken und ließ den Polizisten heißblütige Vermutungen darüber aufstellen, wie die viel interessanteren Stellen aussehen mussten.

Petra hatte ihn, naja, »abgewiesen« war vielleicht nicht das richtige Wort, aber zumindest nicht mehr kontaktiert. Dass sie ihn im Pool hatte stehen lassen, war eine Enttäuschung gewesen, darüber hinaus jedoch eine Überraschung. Sie hatte seine Anbahnungszärtlichkeiten anfangs nahezu gierig erwidert, bevor ihr Interesse stark nachgelassen hatte. Kein Wunder, wenn ihr Ehemann sich ebenfalls auf der Insel befand.

Faust schlenderte über schmale Wege durch die Dünenlandschaft. Immer wieder überholten ihn Touristen auf ihren nummerierten Leihfahrrädern. Ihm war langweilig. Noch nicht mal der tote Kriminelle hatte Schwung in den Fall gebracht. Es war immer das Gleiche. Leichen aus der Unterwelt schienen allen anderen scheißegal zu sein. Milieuratten, die nachgezüchtet werden konnten. Dieser kritische Gedanke war ihm bislang nie in den Sinn gekommen und passte eigentlich nicht zu ihm. Müssen die ja nicht machen, die können auch woanders arbeiten, hatte er bisher bei jeder Gelegenheit von sich gegeben. Letztlich war die Aussage nicht ganz wahr und nicht ganz falsch.

Er ließ seinen Blick umherschweifen und versuchte, auf dem Fahrradweg jemanden zu erspähen, den er so richtig zusammenscheißen konnte. Das war das Gute am Streifendienst. Um schlechte Laune loszuwerden, waren einfache Bürger das ideale Ventil. Verbal vergreifen konnte man sich bestens an Personen, die eigentlich gar nichts falsch gemacht haben. Anders als bei mutwilligen Regelüberschreitungen waren diese Leute nicht vorbereitet auf einen richtigen Anpfiff. Faust war mittlerweile gut trainiert darin, sich Regeln auszudenken, gegen diese die ahnungslosen Passanten vermeintlich gerade verstießen. Die fielen aus allen Wolken, wenn er sie mit richtig viel Dampf anschrie.

Es dauerte nicht lange, bis er hoch auf der Düne jemanden entdeckte, der gelassen auf den Strand schaute. Und er wusste mittlerweile, dass das Betreten der Dünen nicht erlaubt war.

»Ey!«, rief er.

Die Person machte keine Anstalten, sich umzudrehen.

Polizist Faust näherte sich ein Stück und brüllte lauter, um das Schreien der Möwen zu übertönen: »Eyyyyyy!«

Nichts.

»Das darf ja wohl nicht wahr sein«, flüsterte er sich selbst zu. Er lief weiter den sandigen Hang hinauf.

»Hören Sie mal, Sie dürfen da nicht stehen.«

Sein Gegenüber drehte sich ruckartig um.

»Was machen Sie da?« Mittlerweile war seine Wut entflammt.

»Nichts. Fotos!« Tonlos drang die Stimme zu ihm herüber.

»Kommen Sie raus, können Sie nicht lesen, oder was?«

Ohne Eile lief die Person auf ihn zu und versuchte, nicht bergab durch den Sand zu stolpern. Faust hatte wirklich gar keine Lust darauf, die Personalien wegen solch einer Kleinigkeit aufzunehmen.

»Hier brüten Vögel, das ist Naturschutzgebiet. Sie können nicht einfach reinmarschieren. Noch ein Mal, und das wird richtig teuer, das kann ich Ihnen sagen.«

Dass es sich bei dem Umweltsünder um eine Frau handelte, hatte er zunächst nicht erkannt. Die Haare waren unter einer lilafarbenen Mütze versteckt. Die Figur schien tonnig bis birnig. Er milderte seinen Ton ein wenig. Wenn er richtig wütend war, eigneten sich Männer viel besser als Opfer. Wenn es gut lief, wehrten sie sich mit allen Mitteln und wurden schnell laut.

»So, los jetzt, weg da!«, sagte Faust und reckte seinen Daumen nach links, um seinem Befehl Nachdruck zu verleihen.

Faust folgte dem Weg aus grauen Pflastersteinen und nahm sich vor, bei der nächsten Gelegenheit Richtung Strand abzubiegen. Spätestens morgen würde es gewittern, das war seit gestern zu spüren. Am Nachmittag würde noch eine Dienstbesprechung stattfinden, was für eine sinnlose Veranstaltung. Sie hatten diverse Personengruppen inspiziert und die gesamte Insel durchkämmt, doch es tat sich nichts. Diverse Pakete waren bereits abgegeben worden. Alle anderen Spuren verliefen im Sande. Nun gut, ein junger Mann war an einer Überdosis verstorben. Er war zwar vorbestraft, allerdings konnten bisher keine Zusammenhänge zum Kartell festgestellt werden. Die Obduktionsergebnisse standen noch aus. Der Fall plätscherte dahin, was Fausts trübe Laune nicht aufhellte. Er fühlte sich allein, und was auch immer er tat, das Gefühl verschwand nicht.

Sollte er sich noch mal verlieben, würde er alles anders machen. Aber bitte erst nach dem Einsatz auf der Insel. Gleich nachdem er eins der Leggings-Mädels aus dem Hotel für ein kleines Abenteuer gewinnen konnte. Oder, Moment! Er blieb im Sand stehen, in den sofort das vordere Drittel seiner Schuhe einsank. Warum eigentlich so zurückhaltend? Er würde es bei beiden versuchen. Gleichzeitig natürlich. Ein *Throuple*, das würde seine Langeweile und trüben Gedanken sofort beenden. Der Polizist hielt inne, bevor das Blut ihm in die Lenden schießen und eine sichtbare Halberektion auslösen konnte. Er musste plötzlich an die Birnenfrau in den Dünen denken. Irgendetwas stimmte mit dieser Person nicht.

Herr Müller öffnete die Augen und musste sich kurz orientieren. Eine Möwe gab ihr Bestes von sich und schien mit ihrem Gekreische irgendjemanden beeindrucken zu wollen. Hildegard kratzte sich mit der hinteren Pfote unter seinem Halsband, was ein leises, klirrendes Geräusch verursachte. Sein neues Hotelzimmer war um einiges kleiner und weniger komfortabel als das, welches er mit seiner Frau bezogen hatte. Die neue Wohnung, die er sich suchen müsste, könnte seinen Lebensstandard ebenfalls deutlich senken.

Er schaute sich im Raum um und versuchte, die Geschehnisse des gestrigen Tages zu rekapitulieren. Es würde Wochen dauern, bis er diesen Urlaub verdaut hätte. Dennoch hatte keiner von ihnen beschlossen, heute frühzeitig den Heimweg anzutreten. Die Kinder hatten die Fähre für morgen gebucht und gezahlt. Sie konnten den Tag auf der Insel demnach genießen, obwohl dies vermutlich getrennt passieren würde.

»Wir beiden Hübschen können heute noch mal zum Hundestrand. Jawohl!«, sagte Herr Müller mit verschlafener Stimme.

Hildegard wedelte zustimmend mit seinem Schwanz. Herr Müller zog sich an, um dem Dackelrüden die Morgentoilette zu ermöglichen. Er hatte sich mit seiner Frau nicht zum Frühstück verabredet. Aber vielleicht trafen sie sich ja zufällig dort. Zeitgleich fiel ihm siedend heiß ein, dass er sich gar nicht mehr bei Miriam gemeldet hatte. Ein plötzlicher Hitzeschub durchflutete seinen Körper. Ihm war das wirklich unangenehm. So ein nettes Mädel hatte es nicht verdient, ignoriert zu werden. Außerdem wollte er sich die Aussicht auf ein weiteres Treffen in einigen Monaten auch nicht völlig verderben. Das war vielleicht kein besonders edler Gedanke, doch wer wusste schon, wann ihn jemals wieder eine Frau attraktiv finden würde. Würde er sie im Frühstücksraum treffen, wollte er sie unbedingt ansprechen und sich entschuldigen.

Herr Müller freute sich über diesen guten Plan, und nachdem Hildegard die Straße vollständig als die seine markiert hatte, liefen sie entspannt zum Hotel zurück. Herr Müller brachte den Dackel ins Hotelzimmer. »Du musst hier essen«, flüsterte er seinem zotteligen Gefährten zu und ging schnellen Schrittes zum Frühstücksraum.

Er kam an Frau Müllers Zimmer vorbei und hielt inne. War es jetzt unangebracht, gemeinsam zu essen? War allein die Frage aufdringlich? Rasch setzte er sich wieder in Bewegung. Es sollte in keinem Fall so aussehen, als würde er seiner Frau hinterherlaufen.

Im Erdgeschoss steuerte er den Rezeptionstresen an. Vielleicht war Miriam im Dienst. Enttäuscht stellte er fest, dass sie zumindest auf diesem Posten nicht eingeteilt zu sein schien. Er betrat den Frühstücksraum. Frau Müller saß an dem Platz, der ihnen anfangs zugewiesen wurde. Herr Müller war sich unsicher, ob er überhaupt einfach einen anderen Tisch beanspruchen konnte. Offenbar wusste auch Frau Müller nicht recht, mit der Situation umzugehen. Sie hatte aufgehört zu kauen und starrte ihn an, während eine Brötchenhälfte in ihrer Hand verweilte. Seine Frau schien schließlich einen Gedanken gefasst zu haben und winkte ihn zu sich. Erleichtert trat Herr Müller näher.

»Guten Morgen.«

»Guten Morgen! Na, ausgeschlafen?« Frau Müller grinste.

»Hab ich. Wie ein Stein. Was für ein Tag war das gestern …«

Ein kurzes Schweigen stellte sich ein.

»Also, ich hol mir eben was«, stotterte Herr Müller.

»Ja, ähm, hier ist ja … frei sozusagen!«, entgegnete Frau Müller.

Herr Müller fühlte sich seltsam befangen, während er auf das Buffet zulief.

Und da war sie plötzlich: Miriam. Die schlechte Laune war ihr schon von Weitem anzusehen, und er hoffte inständig, dass dies am Stress der Frühstücksvorbereitungen lag.

»Hallo, Miri!« Herr Müller lächelte sie hoffnungsvoll an.

Keine Reaktion. Damit war dann auch der Grund ihrer trüben Stimmung ermittelt.

»Du, sorry für gestern. Das war ein merkwürdiger Tag, das kann ich dir versichern.«

»Schien äußerst merkwürdig, ja«, entgegnete Miriam kalt. »Hab ich gesehen.«

Herr Müller konnte sich nicht daran erinnern, ihr begegnet zu sein.

»Vielleicht hast du heute Abend …«, begann er den Satz, ohne ihn beenden zu können.

»Ernsthaft?« Miriam sah sich um, doch niemand hielt sich in Hörweite auf. »Du warst gestern sehr beschäftigt mit deiner Frau. Eine Erklärung wäre schön gewesen. Oder überhaupt irgendetwas. Zum Warmhalten kannst du dir eine andere suchen. Ich dachte, das mit uns wäre echt.«

Miriam drehte sich um und verschwand im Getümmel der Hotelküche. Zutritt nur für Personal.

Wenn sie nur wüsste, wie seine letzten vierundzwanzig Stunden verlaufen waren.

Mit Brötchen und diversen Wurstsorten ausgestattet, kehrte Herr Müller zum Tisch zurück. Seine Frau musste die Situation beobachtet haben. Daran, dass sie keinen spitzen Kommentar abgab, konnte er erkennen, dass sie nun wirklich getrennt waren.

Mürrisch belegte Herr Müller sein Brötchen. »Die haben auch veganen Kuchen, hast du gesehen?«

Ja, Frau Müller hatte den Kuchen entdeckt. Aufgefallen war ihr, dass der Schokoladenkuchen auf der linken Seite dem auf der rechten Seite haargenau glich. Es musste also offenbar derselbe sein, denn die abweichenden Zutaten verliehen veganem Kuchen immer eine andere Textur. Eine ihrer Nachbarinnen aus dem Schwarzwald war berühmt für ihren veganen Apfelkuchen. »Der schmeckt wirklich genau wie echter Kuchen. Du musst mir unbedingt das Rezept geben«, baten stets alle Anwesenden erstaunt. Sie erhielten ein Rezept, jedoch gelang das Gebäck niemandem so wie der entsprechenden Nachbarin. Sie liebte den kursierenden Mythos, dass sie schlichtweg die beste Bäckerin sei. Dabei lag das Geheimnis ihres veganen Kuchens schlicht und einfach in Butter, Eiern und Milch. Das hatte Frau Müller bereits geahnt und sie schließlich auf einem Straßenfest unter einem Vorwand ausgefragt. Dass sie augenzwinkernd ein Geständnis ablegte, war vermutlich eher im Wein als dem Vertrauen zu Frau Müller begründet.

»Seit wann gibt es eigentlich solche Hosen?«, wollte Herr Müller kauend wissen. »Sind mir gestern schon aufgefallen. Wieso sehen die so aus?« Er neigte seinen Kopf einen Millimeter nach links, um ihr die Blickrichtung anzuzeigen.

Die schon wieder, dachte Frau Müller. Und dann auch noch mit Push-up-Leggings im Stringtanga-Format.

»Weil das superheiß aussieht«, antwortete Frau Müller genervt.

Sämtliche Schülerinnen meinten in den letzten Wochen, dass diese Leggings ein völlig angemessenes Kleidungsstück für den Schulbesuch darstellten.

»Naja, geht so.«

Ihr Ehemann ließ sich von zwei perfekt voneinander getrennten Pobacken offenbar nicht beeindrucken. Gern hätte sie das von ihren Arbeitskollegen ebenfalls behauptet.

»Da sind ja nicht mal Taschen dran«, fügte Herr Müller hinzu und schob den letzten Bissen seines Wurstbrötchens in den Mund.

Wie auf Kommando schenkten ihnen beide jungen Frauen nahezu synchron ein Lächeln. Herr und Frau Müller erwiderten dies unsicher.

»Oh Gott, haben die uns etwa gehört?«, flüsterte Herr Müller.

»Kann nicht«, zischte Frau Müller verwegen, »und wir haben letzten Endes auch nur gesagt, dass die perfekte Pobacken haben. Jetzt guck da nicht so rüber …«

Etwas nervös versuchten beide, den Moment schweigend auszusitzen. Bloß keinen Blickkontakt aufnehmen. Diese Methode schien eher das Gegenteil zu bewirken, denn plötzlich standen die zwei an ihrem Tisch. Sofort war ein jugendlich frischer Geruch zu vernehmen. Der alles überschattende Duft von Menschen, die sich in der Blüte ihres Lebens befanden.

»Wir wollten eben hallo sagen, Sie sehen so nett aus!«, ergriff eine der beiden das Wort. Sie lächelten freundlich und unvoreingenommen.

Es gab keinen Anlass, Zweifel an ihrer wohlwollenden Absicht zu hegen.

»Wir kennen uns doch vom Frühstück gestern. Super Hotel, stimmt's?«, sagte die blonde junge Frau.

Herr und Frau Müller zögerten kurz.

»Ähm, ja, sehr schön. Gute Lage. Aber wettermäßig wird's heute nicht so toll. Es ist ein Gewitter angekündigt.«

»Ja, genau, haben wir auch mitbekommen …« Die beiden tauschten einen Blick aus und nickten. »Also, kommen wir zum Geschäftlichen.«

Der Ton der jungen Frau hatte sich schlagartig geändert. Abrupt zogen sie vom Nachbartisch zwei Stühle heran und setzten sich.

»Sie haben etwas, das uns gehört.«

Herr Müller war der Einzige, der weiterhin lächelte und offenbar nicht verstand, dass der freundliche Small Talk vorüber war.

Dann schaute eine der jungen Frauen ihm direkt in die Augen. »Sie haben ein Paket am Strand gefunden, Herr Müller.«

Er wurde blass und sein Lächeln verschwand. Woher kannten sie seinen Namen? Und viel wichtiger, warum wussten sie von dem Paket?

»Nein«, erwiderte Herr Müller mit brüchiger Stimme.

»Doch. Sie wurden gesehen und wir haben Beweise. Fotos, genauer gesagt.«

Eine der jungen Frauen platzierte drei Aufnahmen auf dem Tisch.

Herr Müller schüttelte den Kopf. »Aber ich hab das nicht mehr.«

»Also, jetzt mal Klartext. Mir ist es schnuppe, von welcher Firma ihr seid, aber das ist unsere Ware und wir nehmen die wieder mit. Die Pakete gehören uns. Alle. Verstanden?«

»Wie, Firma?« Herr Müller starrte die Frauen entgeistert an.

»Eure Tarnung als Paar ist die schlechteste der Welt. Und wenn ihr nicht vollkommen lebensmüde seid, dann rückt ihr unser Paket sofort raus.« Es war erstaunlich, wie freundlich die Frau weiterredete, obwohl sich der Gesprächsinhalt vollständig verändert hatte.

Ihre Begleitung ergänzte: »Meine Kollegin hat recht. Das einzig Gute an eurem Konzept ist euer Spürhund. Der wäre vor lauter Hässlichkeit fast nicht aufgefallen.«

»Hildegard?« Herr Müller schluckte.

»Alter, check das mal, das ist ein Rüde!«

Bei dem Gedanken an Hildegard musste Herr Müller sofort lächeln. Keine gute Idee.

»Der glaubt uns nicht, siehst du das? Der lacht uns aus! Der Herr Patriarch will sich die Butter von zwei jungen Frauen nicht vom Brot nehmen lassen.«

»Doch. Doch natürlich!«, versuchte Herr Müller schnell zu beschwichtigen.

»Er liebt seinen Hund einfach«, ergänzte Frau Müller.

»Das ist mir so was von scheißegal. Ich gehe gleich mit rauf und du gibst mir das Paket. Damit ist die Sache erledigt. Überlegt es euch gut.«

»Ich schwöre euch«, Herr Müller wechselte ebenfalls zur vertraulichen Ansprache, »ich habe kein Paket mehr. Ja, ich hatte eins mitgenommen und in unserem Schrank aufbewahrt. Gestern Abend war es allerdings weg. Jemand hat es aus unserem Zimmer geholt.«

Eine kurze Pause entstand. Die jungen Frauen warfen sich vielsagende Blicke zu.

»Wisst ihr eigentlich, wie man eine Pekingente zubereitet?«, fragte eine der Frauen unvermittelt mit seelenruhiger Stimme.

Herr und Frau Müller schüttelten unmerklich ihre Köpfe.

»Das Wichtigste dabei ist die knusprige Haut.« Sie starrte den Müllers direkt in die Augen. »Der Hals der Ente wird aufgeschlitzt, nur ein ganz kleines Stück, und dann wird so lange Luft in die Öffnung hineingepumpt, bis sich die Haut komplett vom Fleisch löst. Dann werden die Innereien herausgerissen, die Füße abgetrennt und der restliche Körper wird am Hals aufgehängt. Auf diese Weise wird die Ente im Ofen richtig schön knusprig.«

Die andere junge Frau übernahm: »Ach so, warum wir das erzählen?« Sie lachte strahlend wie ein Model auf einer Plakatwand. »Weil wir das mit dir machen, wenn wir unser Paket nicht zurückbekommen oder einer von euch bei der Polizei plaudert.«

Beide sahen Herrn Müller an. Eine Schweißperle staute sich über seiner linken Augenbraue.

Während es Frau Müller ausnahmsweise die Sprache verschlagen hatte, stammelte ihr Mann: »Was … Was soll ich denn noch sagen? Ich kam gestern ins Zimmer und das Paket war weg. Wir wollten es sowieso wieder zum Strand bringen und eingraben.«

»Erstens, das glaube ich dir nicht. Zweitens ist es mir scheißegal. Wir kriegen von dir das Paket. Wenn nicht, dann …« Die Frau klang wie die überzeugendste Psychopathin im schlimmsten Horrorfilm. »Und wenn ihr Stress macht …« Unmerklich deutete sie zum Fenster.

Draußen standen zwei zwielichtige junge Männer, die sie aus den Augenwinkeln zu beobachten schienen.

»Ja, das sind unsere Freunde. Und die sind bewaffnet!«

Herr und Frau Müller weiteten erschrocken die Augen und starrten die muskelbepackten Gestalten an. Einer der

Männer trug sein braunes Haar so kurz geschoren, als käme er direkt aus dem Gefängnis.

»So, Daddy, jetzt gehen wir schön zusammen auf dein Zimmer! Und du«, sie wandte sich an Frau Müller, »du bleibst hier, bis sich unsere Freunde draußen verziehen. Ich empfehle dir wirklich, den Tisch nicht zu verlassen. Das hätte schlimme Folgen für dich, verstehst du? Plaudert einer von euch, seid ihr beide tot und der Köter auch. Und das wollen wir ja nicht, stimmt's?«

Frau Müller verharrte an ihrem Platz und die beiden Damen hakten sich links und rechts bei Herrn Müller ein. Die gesamte Männerwelt im Frühstücksraum erblasste bei diesem Anblick vor Neid und schien sich die Frage zu stellen, wohin sich dieses Trio wohl zurückziehen würde. Die Lieblingsantwort im Geiste war sicherlich: ins Schlafzimmer.

In dem Moment trat Miriam aus der Küche und sah Herrn Müller mitsamt seinen Begleiterinnen schockiert nach. Nach einer Schreckenssekunde kehrte sie abrupt auf dem Absatz um, sodass ihr das Tablett mit zahlreichen Dessertgläsern fast aus den zittrigen Händen entglitt. Dieses Verhalten machte Frau Müller stutzig. Sie hatte direkt am ersten Tag bemerkt, dass die Hotelangestellte ein Auge auf ihren Mann geworfen hatte, aber diese Reaktion kam ihr doch überzogen vor.

Frau Müller bewegte ihre Finger langsam in Richtung Handtasche und starrte dabei zu den Schlägern vor dem Fenster. Die bemerkten ihr Vorhaben sofort und schüttelten demonstrativ den Kopf. Frau Müllers Gedanken überschlugen sich. Wer waren diese Frauen und was hatten sie mit Herrn Müller vor? Warum hatten sie diese blöde Insel heute Morgen nicht sofort verlassen?

Lina und Lara führten den Onkeltyp in sein Zimmer. Der Dackel erhob sich freudig und blieb wie angewurzelt stehen, als er den ungewöhnlichen Besuch betrachtete.

»Bei deiner Frau haben wir schon alles durchsucht«, ließ Lara verlauten, während sie mit Lina jeden Zentimeter des Raums durchsuchte.

Solche Aussagen bewirkten immer Wunder, und auch in diesem Fall ging der Plan auf. Seine Augen weiteten sich ängstlich. Das verriet ihnen, dass er und seine Geschäftspartnerin die Ware haben mussten. Vielleicht hatten sie den Stoff von der Insel geschafft.

»Ich habe wirklich nichts. Ich weiß nicht, wo das Paket geblieben sein kann. Bitte glaubt mir doch!«, flehte Herr Müller.

Lara fauchte: »Ja, genau, das sah gestern Abend aber anders aus. Solche Pupillen«, sie riss die eigenen Augen weit auf, »und schön zur Party gehen. Übrigens völlig unprofessionell. So werdet ihr selbst eure besten Kunden.«

»Du willst es spannend machen?«, übernahm Lina das Gespräch. »Kannst du haben. Wir nehmen dich mit. Dein peinlicher Hund bleibt hier. In unserer Obhut kannst du dir noch mal in Ruhe überlegen, für wen ihr arbeitet und wie ihr uns das Paket wiedergeben möchtet.«

»Was? Für wen sollen meine Frau und ich denn arbeiten? Sie ist Lehrerin und ich …«

»Echt jetzt, halt die Fresse!«, zischte Lara und war selbst erschrocken über ihre impulsive Äußerung, welche die eigentlich geplante Coolness etwas schmälerte.

Lina orderte per Handy Verstärkung an: »Brauchen Eskorte vom Hotel zum Treffpunkt. Wir laufen vor, dann er, dann ihr.« Kurze Pause. »Nee, ein langsamer alter Typ, keine Sorge.«

Lara fragte indes kühl: »Müller nennt sie dich. Wie heißt du wirklich?«

»So heiße ich auch. Also wir beide heißen so, weil wir nun mal verheiratet sind«, antwortete der Mann mit Nachdruck. Dann schien er zu überlegen.

Lara konnte seine Gedanken erraten: *Das ist ein gutes Zeichen. Sie interessieren sich für mich, also sollte mir auch nichts passieren.* Tja, leider lag er damit falsch.

»Kalle, also Karl eigentlich«, ergänzte er schließlich.

»Okay, Kalle, jetzt schön glücklich lächeln und brav sein. Geh uns einfach hinterher, als würdest du einen gemütlichen Spaziergang machen. Wenn du abhauen willst, lassen die Jungs dich ein bisschen laufen, fangen dich aber ein und dann …? Na, hast du gut aufgepasst?«

»Ähm … Pekingente?«, stotterte Kalle.

»Genau«, entfuhr es Lina und Lara freudig. »Sehr gut. Und nun los«, schoben sie hinterher und drückten ihre Geisel aus dem Zimmer.

Sie verließen das Hotel. Wie ferngesteuert folgte ihnen der Mann. Auf der gut besuchten Einkaufsstraße erweiterten sie den Abstand, damit sie nicht gemeinsam mit ihm gesehen wurden. Lina und Lara wussten, dass ihre Mitarbeitenden ihren Tross hinten absicherten.

»Okay, lass uns anfangen mit dem, was positiv gelaufen ist«, sagte Lina, während sie ihr weißes Top glattstrich und sich in der Spiegelung des Schaufensters versicherte, dass das Shirt hervorragend zu ihren mintgrünen Leggings passte.

»Wir haben überzeugt. Guter Dialog, Ablauferklärung war super! Und das mit der Pekingente funktioniert echt immer wieder. Finde ich gut, wenn wir ein bisschen Humor reinbringen.«

Beide lachten.

Ja, auch die Leitung von Drogengeschäften sollte gelernt sein. Personalführung, Logistik, Werbung, all diese Aspekte gehörten wie in jedem Metier zum Aufgabenfeld. Eigentlich, so bemerkten Lina und Lara oft, handelte es sich um einen ganz normalen Job. Bis auf wenige Ausnahmen, beispielsweise Erpressung und Mord.

»Finde ich auch. Die Jungs waren zudem sofort da, die Kommunikation hat gut geklappt, und wir haben dem Typen richtig Angst eingejagt. Hast du seinen Blick gesehen? Wir waren echt *real*! Aber, naja, dass wir ihn jetzt mitschleppen, damit hab ich irgendwie nicht gerechnet.«

Das war typisch für Lara, dachte Lina. Immer hatte sie etwas zu meckern, eigene Ideen brachte sie jedoch nicht ein.

»Was hätten wir denn sagen sollen? Dass alles okay ist und er sich 'nen schönen Tag machen soll mit seiner Geschäftspartnerin und unserer Kohle? So können die zumindest keine Ware mehr klauen oder verschieben. Außerdem wird ihnen das eine Lehre sein, die sollen sich bloß nicht noch mal mit uns anlegen«, erläuterte Lina.

Sie war selbst nicht ganz zufrieden mit der Situation, wenn sie ehrlich war. Sie band sich ihr Haar zusammen und atmete laut aus. Die Luft war mittlerweile derart schwül, dass sich feuchte Strähnen an ihrer Stirn kräuselten, und das mochte sie überhaupt nicht.

Sie hatten derweil den quirligen Ortskern hinter sich gelassen. Erste Einfamilienhäuser säumten den Weg. Es war nicht mehr weit, bis sie den Treffpunkt erreichen würden.

»Oh Gott, haben wir eigentlich Bescheid gegeben, dass wir kommen?«, entfuhr es Lara.

Sie sahen einander erschrocken an, Lina holte schnell ihr Handy hervor. Okay, am Kidnapping mussten sie noch ein wenig feilen. Lina presste die Lippen zusammen und versuchte, ihren Ärger zu verbergen. Sie war definitiv der Kopf des Geschäfts. Ständig musste sie an alles denken und sich darum kümmern, dass alle Abläufe reibungslos vonstattengingen.

»Ich würde vorschlagen, wir lassen den Typen da 'ne Weile bluten, und dann schauen wir, wie sich die Sache entwickelt«, ergriff Lara das Wort. »Eigentlich will ich nicht mit einer weiteren Leiche Aufsehen erregen, sondern einfach so viel Ware wie möglich wieder aufs Festland mitnehmen.«

Lara wollte offensichtlich Kohle scheffeln, ohne sich die Hände schmutzig zu machen. Sie hatte im Grunde keine Lust, die Rolle der Chefin ordentlich auszufüllen, stellte Lina zum wiederholten Male fest.

»Ja, aber wir müssen den anderen Firmen ein klares Signal geben, dass wir ganz vorne mit dabei sind«, entgegnete sie.

Dass gerade ein Gewitter aufzuziehen schien, spielte ihnen in die Karten. Alle Menschen waren mit sich selbst beschäftigt, beeilten sich, ins Trockene zu kommen, oder verließen erst gar nicht das Haus. Es waren kaum Leute auf den Straßen zu sehen, als sie ihr Ziel erreichten. Die rostige Gartenpforte quietschte leise und die Tür des rot geklinkerten Einfamilienhauses öffnete sich. Sie wurden bereits erwartet.

Frau Müller saß nervös an ihrem Platz im Frühstücksraum des Hotels. Die Bedienung hatte ihr bereits den zweiten Kaffee gebracht, und so langsam musste sie wirklich dringend auf die Toilette. Hätte sie das gewusst, hätte sie ihre Denkleistung mit kalorienreichen Käsecroissants und Kuchen aufpoliert.

Frau Müller versuchte im Schnelldurchgang, das Geschehene durchzugehen und die Fakten zu verknüpfen. Was war soeben passiert, wer waren diese jungen Frauen, und was hatten sie mit Herrn Müller vor? Sie war sich sicher: Krümmten die beiden ihrem Mann auch nur ein Haar, würden sie die Insel nie wieder lebend verlassen. Sie würde höchstpersönlich die Frauen in ihren grotesken Leggings verscharren. Und zwar so, dass sie nie gefunden werden würden.

Sie blickte im Sekundentakt nach draußen und hoffte, dass die schweren Jungs endlich fort seien. Dann würde sie schnellstmöglich zum Hotelzimmer ihres Mannes rennen und ihn in den Arm nehmen. Er musste völlig verstört sein nach der Sache. Mittlerweile sollte er die Frauen davon überzeugt haben, dass er mit Drogen im Allgemeinen und dem Paket im Speziellen nichts zu tun hatte. Zumindest nicht mehr. Was hatte er sich nur dabei gedacht, das blöde Ding mitzunehmen? So ein Idiot. War ihm derart langweilig gewesen? Sie stutzte kurz. War ihm etwa *mit ihr* langweilig gewesen?

Sie war in ihren Gedanken derart versunken, dass sie die Abwesenheit der jungen Muskelprotze in ihren weiten Hosen und dunklen T-Shirts zunächst gar nicht bemerkt hatte. Als sie es tat, atmete sie vor Erleichterung ruckartig ein und rannte los, bis sie keuchend und klopfend vor dem Hotelzimmer ihres Mannes stand. Niemand öffnete. Hinter der Tür hörte sie Hildegard leise fiepen. Ihr Klopfen ging über zu einem Hämmern.

»Müller? Mach auf!«

Hinter der Tür bewegte sich nichts.

»Kalle, ich bin's! Ich bin allein, lass mich rein!«, rief sie panisch.

Nichts.

»Entschuldigung, gibt es ein Problem?«

Frau Müller erschrak so sehr, dass sie glaubte, ohnmächtig zu werden. Ein Hotelangestellter stand hinter ihr und sah sie fragend an.

»Ähm, nein. Also, ja, irgendwie macht mein Mann die Tür nicht auf und … Ihm war vorhin nicht gut. Der hatte ganz schlimm Durchfall. Ich will nicht, dass ihm etwas passiert. Sein Hund ist nämlich auch noch drin.«

Frau Müller war erleichtert und stolz, dass ihr prompt eine authentische Story eingefallen war, mit der sie erfolgreich die Öffnung der Zimmertür erwirken konnte. Der drahtige junge Mann zog einen Schlüsselbund aus der Tasche, der mit einer Sicherungskette an seiner Gürtelschlaufe befestigt war. Eine weiße Chipkarte wurde sichtbar, die scheinbar jede Tür öffnen konnte. Frau Müller schoss ins Zimmer hinein, sobald der Spalt groß genug war, um sich hindurchzudrängen. Hildegard sprang aufgeregt an ihr hoch. Von Herrn Müller fehlte jede Spur.

Schnelle Schritte führten sie ins Badezimmer, sogar unter dem Bett schaute sie nach. Sie versuchte, ihren Mann auf dem Handy zu erreichen. Die Mailbox sprang sofort an. Es war nur eine Schlussfolgerung möglich: Die beiden Frauen und ihr Gefolge mussten ihn entführt haben. Diese Vermutung ließ ihr den Atem stocken. Ein weiterer Gedanke bahnte sich unausweichlich den Weg: Es war ihre Schuld. Sie hätten das Paket einfach bei der Polizei abgeben sollen. Ganz egal, wie lange es schon im Hotelschrank rumgelegen hatte. Sie hätten sich Hilfe holen und alles aufklären können. Am besten wären sie einfach gar nicht erst hierhergefahren.

Sie blickte Hildegard an. Der Rüde würde nie wieder fröhlich durch das Haus tapsen, wenn sein heiß geliebter Herr Müller nicht zurückkäme. Und überhaupt, wie sollte sie den Kindern beibringen, was auf der Insel geschehen war? Sie hatten die schlechte Stimmung gründlich kaschiert. Entführung und Tod in Folge von Drogenbesitz im großen Stil, dachte Frau Müller, würde sie als Erklärung nicht abgeben wollen. Sie musste ihn finden und wusste bereits in diesem Augenblick, dass sie alles dafür tun würde.

»Danke erst mal«, wandte sie sich dem Hotelbediensteten zu. »Den Hund nehme ich mit an die frische Luft. Der muss um diese Uhrzeit sein großes Geschäft erledigen. Und das macht er lieber nicht im Zimmer, stimmt's?«

So richtig wohl schien der Mann sich damit nicht zu fühlen, dass er einer merkwürdig zerzausten Frau ein fremdes Zimmer geöffnet hatte. Schließlich hätte sie sich sonst was ausdenken können. Hildegard schaute sie ebenfalls skeptisch an. Frau Müller versuchte sich zu erinnern, wann sie das letzte Mal mit ihm spazieren gegangen war. Vermutlich, als Herr Müller im Winter eine starke Grippe von der Arbeit mitgebracht hatte.

Sie überlegte kurz, wie der folgende Plan aussehen sollte. Sie konnte ihre beste Freundin anrufen, aber die würde sicherlich die Polizei informieren. Doch das wollte Frau Müller auf keinen Fall, um ihren Mann nicht zu gefährden. Und überhaupt würde es zu lange dauern, jemandem die Umstände zu erklären. Sie entschloss sich dazu, ihre Regenjacke und ihre Handtasche zu holen, um zunächst im Ort nach Herrn Müller zu suchen. Vielleicht hatten sie ihn gehen lassen und er saß starr vor Schreck irgendwo auf einer Parkbank.

»Na komm, den finden wir schon!«, sagte Frau Müller zu Hildegard, der alles andere als glücklich wirkte.

Frau Müller fand sich zügig vor dem Hotel wieder, wo sie umgehend von der schwülwarmen Luft eingehüllt wurde. Sofort legte sich ein leichter Schweißfilm auf ihre Haut. Im Schwarzwald waren solche Wetterumbrüche kaum aushaltbar. Hier war die Luft jedoch etwas kühler, eine kleine Brise erfrischte die Menschen zwischendurch. Das drückende Gefühl legte sich trotzdem wie ein Gewicht auf ihre Brust.

Sie zog entschlossen los und Hildegard folgte ihr nach kurzem Zögern. Frau Müller rannte nicht, aber jeden Nordic-Walking-Wettbewerb hätte sie in dem Tempo spielend gewonnen. Sie zog an Geschäften und Restaurants vorbei, die ihre Bestuhlung bereits wegräumten, um sie vor dem drohenden Unwetter zu schützen. Sie behielt die Umgebung genauestens im Auge und merkte dabei kaum, wie sich große Schweißflecken unter ihren Achseln auf ihrem senfgelben T-Shirt bildeten. Der Himmel zeigte sich in verschiedenen Grautönen. Eine verheißungsvolle Stille legte sich über den verwaisten Strand. Selbst die Möwen hatten ihr nerviges Gekreische eingestellt.

Frau Müller hielt vor der Bar, in der sie erst gestern mit ihrem Mann Cocktails getrunken hatte. Ihr Herz schien in diesem Moment auszusetzen. Was war, wenn sie ihn nie wieder sehen würde?

Sie kannte die Berichte über Nahtoderfahrungen, in denen alle wichtigen Lebensereignisse innerhalb eines Wimpernschlags vor dem inneren Auge vorbeizogen. Auch in ihrem Kopf spielten sich Szenen ab, verschwommene

Hochzeitsbilder, der Rohbau ihres gemeinsamen Hauses, der Sexunfall, infolgedessen Frau Müller den Schritt von Herrn Müller mit sorgsam eingewickelten Kühlpaketen zum Abschwellen bewegte. Gefolgt von Kindergesichtern, die lächelnd oder wahlweise verheult auf sie und ihren Mann zustürmten … Ihr wurde schwindelig. Hildegard schien dies zu bemerken. Frau Müller spürte den Stups einer kalten Hundenase an ihrem nackten Bein.

Wie im Rausch setzte sie sich wieder in Bewegung. Sie beschleunigte ihr Tempo immer weiter, bis sie wie eine Getriebene rannte. Sie lächelte und begann schließlich, laut zu lachen. Selbst wenn alle anderen Anwesenden auf der Insel einen Vollrausch erlebt hätten, wäre Frau Müller dennoch mit ihrer unheimlichen Grimasse aufgefallen. Eine zuvor nie da gewesene Klarheit hatte sie erfasst: Sie würde sich ihren Mann zurückholen, jawohl! Denn es gab einen zweiten Teil. Die Erkenntnis schlug wie ein Blitz ein. Der Film, der sich soeben in ihren Gedanken abgespielt hatte, war noch nicht vorbei. Vielleicht war er langweilig geworden. Weniger Action, Spannungsbögen im Minusbereich, kaum Sexszenen, das sicherlich. Aber es war ihr gemeinsamer Film. Die Produzenten waren sie beide. Und sie wollte eine Fortsetzung. Mit ergrauten Charakteren und regelmäßigen Darmspiegelungen, vielleicht mit Enkelkindern oder einem zweiten Hund.

Sie nahm Hildegard auf den Arm und drückte ihn fest an sich. »Hast du gehört, Hildegard, der Film geht weiter! Wir holen unseren Müller wieder zurück. Also, los jetzt!« Sie küsste den Dackel mehrfach, der gar nicht wusste, wie ihm geschah.

Frau Müller kaufte sich bei der nächstmöglichen Gelegenheit eine dicke Waffel mit Puderzucker, knallte einen

Zehneuroschein auf den Tresen und rief: »Stimmt so! *Vamos!*«, bevor sie sich den ersten Bissen in den Mund stopfte.

Mit dieser Energielieferung würde sie diesen blöden Kühen gegenüber schon mal im Vorteil sein. Die hielten sich wohl für eine ganz große Nummer. Wenn sie die erwischte, dachte Frau Müller, dann …

Ja, was denn eigentlich? Die Frage löste kurz Panik in ihr aus. Sie hatte keine Ahnung, wie viele Menschen auf der Insel mit den Leggings tragenden Drogen-Ladies vernetzt waren. Während dieser Gedanke sich in ihr ausbreitete, vernahm sie ein leises Grollen und Rumpeln aus der Ferne. Das bisherige Grau des Himmels hatte sich in ein tiefes und wolkenverhangenes Schwarz verwandelt. Die Geräuschkulisse rückte bedrohlich näher. Hildegard begann, leicht zu zittern, und blickte sich unsicher um. Das Unwetter würde die Suche nicht vereinfachen, so viel war klar. Trotzdem zogen sie weiter ihre Kreise durch die Straßen. Freude und Furcht trieben sie gleichermaßen an. Auch als sie bereits den ersten warmen Regentropfen auf ihrer Haut spürte.

Er hatte sich diese Situation oft hypothetisch vorgestellt. Meist, nachdem sie einen Krimi im Fernsehen geschaut hatten. Wie würde er reagieren, würde er sich wehren? Wäre er schnell genug, um seine Verfolger abzuhängen? Er wollte sich besondere Mühe geben, um später in der Nachverfilmung bei *Aktenzeichen XY* glänzen zu können. Das Erfinden von Lösungsstrategien hatte er auf dem Weg in die Wohnsiedlung jedoch schnell eingestellt. Er befolgte stattdessen anstandslos die Anweisungen seiner Entführerinnen. Die Gruppe war bewaffnet, klar in der Überzahl und seine letzte Sporteinheit war viel zu lange her, um erfolgreich zu flüchten. Sie würden ihn schnellstens einholen. Im schlimmsten Fall, dachte Herr Müller, würden sie seiner Frau und Hildegard etwas antun. Das würde er sich nie verzeihen. Wenn sie jemanden umbringen wollten, dann bitte ihn. Er hatte das verdammte Paket schließlich mitgenommen.

Mechanisch und widerwillig hatte er das Haus betreten, das vermutlich die Endstation seines Zwangsspaziergangs sein sollte. Sofort hatten ihm die Frauen die Augen verbunden. Das Letzte, was er gesehen hatte, war ein gewöhnlicher Flur gewesen, der zu jedem stinknormalen Einfamilienhaus gepasst hätte. Ein Schirmständer, ein Türstopper und eine weiße Kommode. Danach war es dunkel geworden.

Er wurde eine Treppe hinabgeführt. Ein moderiger Geruch schlug ihm entgegen. Vermutlich wurde der Gestank durch das schwüle Wetter verstärkt. Er konnte hören, dass sich nun weitere Personen hinter ihm bewegten. Vermutlich die Männer, die sich vor dem Hotel befunden hatten. Die waren gut organisiert, das musste er anerkennend zugeben. Die beiden Frauen hatten zunächst so freundlich gewirkt. Wie waren sie bloß auf dieses Geschäftsmodell gekommen? Waren diese grazilen Gestalten wirklich in der Lage, jemanden zu töten? Für den Fall seiner eigenen Ermordung hatte er sich eher einen älteren Mann vorgestellt, der sich sein Gesicht im Zuge vorheriger Gefängnisbesuche vollständig hatte tätowieren lassen. War das schon Sexismus? Herr Müller entschloss sich jedenfalls dazu, den jungen Damen seine Gedanken lieber nicht auf die Nase zu binden.

Ein fester Griff führte ihn halblinks nach vorne.

»Hinsetzen!«, bellte eine Frauenstimme. Sie gehörte einer seiner Entführerinnen.

Seine Arme wurden ruckartig nach hinten gerissen und auf seinem Rücken zusammengebunden. Sofortiger Protest seiner Schultergelenke stellte sich ein. In den letzten fünf Jahren hatte er drei höllisch schmerzhafte Schleimbeutelentzündungen durchleben müssen, die eigentlich als Frauenkrankheit galten. Seitdem waren seine Schultern nicht mehr das, was sie mal waren. Zwanzig Prozent Bewegungseinschränkung, so hatte es ihm seine Ärztin beschrieben. Hoffentlich musste er mit dieser Position nicht allzu lange vorliebnehmen, sonst konnte er sich gleich die Schultern amputieren lassen.

»Übrigens: Dich hört hier niemand. Spar dir die Kräfte lieber und mach keinen Stress.«

»Wirklich, ich schwöre euch, ich habe das Zeug nicht mehr und ich weiß auch nicht, wo es ist! Bitte, lasst meine Frau in Ruhe. Und Hildegard …«

Herr Müller wusste nicht, ob sie sein Flehen noch vernommen hatten, denn offensichtlich war er bereits allein im Kellerraum zurückgelassen worden. Sein Herz schlug wild. Sie mussten doch verstanden haben, dass sich das Paket nicht mehr in seinem Besitz befand. Wie sollte einer wie er denn überhaupt im Drogenmilieu überleben? Seine Frau, ja, aber er niemals.

Angestrengt überlegte er, ob er ihnen eine Alternative anbieten könnte. Ein wenig Geld hatte er gespart. Allerdings wollte er für den Ruhestand ein paar Rücklagen bilden, vor allem da die Scheidung nicht billig werden würde. So eine Unternehmung war auch ohne streitende Parteien teuer. Herr Müller fragte sich, ob die Kosten vollständig geteilt wurden, wenn nur eine Seite die Auflösung der Ehe wollte. Das wäre wirklich unfair. Etwas amüsiert erreichte ihn der Gedanke, dass er derzeit hoffte, die Scheidung überhaupt erleben zu dürfen.

Sein Magen brannte indes wie Feuer. Das lag zum einen am Sodbrennen nach den Cocktails des gestrigen Abends, die gepaart mit dem üppigen Frühstück eine explosive Mischung ergaben. Zum anderen konnte er die Angst kaum ertragen, dass seiner Frau möglicherweise etwas zustieß. Ob sie ebenfalls gekidnappt worden war? Diese Gangster waren bewaffnet. Wollte jemand seiner Frau Schaden zufügen, war derjenige im Übrigen auch gut damit beraten, gerüstet zu sein. Frau Müller besaß diesen Lehrerinnenblick, mit dem sie ganze Horden Jugendlicher in einer Sekunde zum Schweigen bringen konnte. Oder zum Weinen.

Herr Müller musste sich irgendwie aus diesem Kellerloch hinausbugsieren, um seine Frau und Hildegard zu finden und notfalls helfen zu können. Gemeinsam würden sie sofort zur Polizei gehen und in Sicherheit gebracht werden. Er musste logisch vorgehen. Zunächst achtete er auf die Geräusche um sich herum. Im Erdgeschoss über ihm waren gelegentlich Schritte zu hören. Wie angekündigt, war ein Gewitter aufgezogen, dass sich mit leisem Donnern auf das große Finale vorzubereiten schien. Das würde bedeuten, dass sich so schnell niemand draußen in der Nähe des Hauses aufhalten würde. Lautes Schreien war also tatsächlich zwecklos und würde bei seinen Entführerinnen nicht auf Wohlgefallen stoßen. Er wendete seinen Kopf nach links und rechts. Nach links gedreht schien etwas Licht durch die Augenbinde. Dort könnte sich ein Fenster befinden. Im nächsten Schritt versuchte er, sich auf die Gerüche der Umgebung zu konzentrieren.

Er war sich nicht sicher, ob er in der feuchten Luft einen Hauch Schimmel erschnuppern konnte. Der Eindruck, eine pudrige Nuance wahrnehmen zu können, ließ ihn nicht los. Die Geruchsexkursionen wurden durch sein häufiges Aufstoßen etwas erschwert. Es musste bereits wie unter Deck auf der Fähre müffeln. Salami und verschiedene Eiervariationen forderten ihren Tribut. Hoffentlich verflog das Aroma, bis sich Besuch näherte. Mit einigen Handbewegungen überprüfte er, ob die Fesseln sich lösen lassen würden, aber keine Chance. Damit waren seine Aufgaben zunächst vollendet.

Er dehnte sich, so gut es ging, und nahm sich einen kleinen internen Buchstabierwettbewerb vor, um seine immer größer werdende Sorge zu unterdrücken. Einige Fachbegriffe aus seinem Arbeitsalltag schrien förmlich danach, umständlich in ihre Einzelteile zerlegt werden zu wollen.

»Wieso schleppt ihr mir den hierher?«

»Psst, nicht so laut!«, zischte Lina.

»Leute, übermorgen kommt meine Nichte zu Besuch, was soll ich der denn erzählen?«, wollte die Späherin wissen, der das Haus gehörte.

»Keine Sorge. Bis dahin hat er geredet. Naja, oder er ist tot. Ist nur fair, kann er sich schließlich selbst aussuchen.« Lara hatte entschlossen ihre Hände in die Hüfte gestemmt.

»Macht mir hier keine Sauerei im Keller. Das Blut kriegst du vom Boden nicht mehr runter«, sagte die Hausbesitzerin.

Sie trafen sich zur Dienstbesprechung, um das Vorgehen abzustimmen. Es war nicht damit zu rechnen, dass noch Pakete gefunden werden würden. Was bislang nicht angespült worden war, schien unwiderruflich verloren. Die meisten Späher sollten ausgezahlt und ab dem Folgetag nicht mehr beschäftigt werden. Die beiden Jungs standen weiterhin zu Verfügung und würden erst gemeinsam mit Lina und Lara die Insel verlassen.

»Was macht seine Geschäftspartnerin?«, fragte Lina.

»Sie sucht ihn fleißig, hat aber nicht geplaudert. Sie wird beobachtet. Die Drohne ist ebenfalls im Einsatz.« Lara schaute auf das Display des Handys. Die Frau ihres Entführungsopfers irrte durch die Straßen des Ortskerns.

Die neue Technik hatte es in sich. Doch sie war mit Vorsicht zu genießen, denn Drohnen waren vielerorts nicht wirklich erlaubt. Und die Polizei rechnete vermutlich damit, dass die Drogenkartelle Zugang zu diesen technischen Möglichkeiten hatten. Der Luftraum der Insel wurde mit großer Wahrscheinlichkeit ebenso observiert wie die Strände und der Fährverkehr.

»Heute Nacht räumen wir die provisorische Asservatenkammer der Polizei aus, holen die Pakete und setzen spätestens morgen über«, informierte Lina.

»Genau. Wir sind dann längst über alle Berge, wenn die seine Leiche finden. Die Pakete in der Asservatenkammer tauschen wir aus. Das merkt niemand, und wir können uns unauffällig absetzen.«

Alle Augenpaare am Tisch starrten auf die schwarz folierten Päckchen, die sich auf der Tischplatte stapelten. Auf der Anrichte der Küche lagen einige Tüten Mehl, deren Inhalt scheinbar nicht mehr als Füllung benötigt wurde. Niemand würde den Diebstahl je bemerken.

»Wir lösen zwei Notrufe aus. Feueralarm und irgendwas mit Dealerei. Dafür muss halt so 'ne Jugendgruppe herhalten. Die Asservatenkammer befindet sich ohnehin nicht direkt beim Polizeiquartier«, erklärte Lina. Mehr mussten die Späherinnen nicht wissen, da sie das Team jetzt verlassen würden.

»War wohl zu eng im Gemeindehaus«, kommentierte eine der Mitarbeiterinnen lachend.

Lina goss sich grünen Tee nach und setzte dazu an, sich bei allen zu bedanken. Die Abschlussrede an alle Beteiligten war immer ihre Aufgabe. Als Denkerin des Teams sollte sie diese Ehre auch unbedingt erhalten.

Heute jedoch scheinbar nicht, denn ihre Geschäftspartnerin räusperte sich plötzlich. »Leute«, Lara legte eine bedeutungsvolle Pause ein, »wir danken euch für den diskreten Einsatz und hoffen, dass euch die Arbeit mit uns Spaß gemacht hat. Eure Umschläge teilen wir jetzt aus. Vernichtet die Handys genau so, wie wir es euch beschrieben haben. Und falls jemand fragt, wir haben uns nie gesehen.«

Lina fühlte sich überfahren. Wie konnte Lara nur? Sie versuchte, ihre entgleisten Gesichtszüge wieder unter Kontrolle zu bringen, und stimmte zu einem kleinen Applaus ein. Im Gegensatz zu Lara war sie klug genug zu wissen, wann Schweigen angebracht war. Wegen blöder Zickereien durfte die gesamte Geschäftsmission nicht gefährdet werden.

»Das mit dem Typen regeln wir dann später!«, flüsterte Lara der Hausbesitzerin zu und erhielt ein zustimmendes Nicken.

Die Späherinnen verließen emsig das Gebäude und unterhielten sich fröhlich. Der üppige Zuverdienst erfreute die Gemüter. Zwei der Frauen tauschten sogar ein Rezept aus. Gut so. Noch mehr nach Kaffeekränzchen konnte es für Außenstehende kaum aussehen.

Lina schloss die Tür hinter den Frauen und steuerte sofort auf die Herren der Schöpfung zu, die es sich auf dem Sofa bequem gemacht hatten. »Geht's noch?«, rief sie wütend.

Die jungen Männer schreckten auf und setzten sich kerzengerade hin.

Lara musste grinsen. Lina war viel zu stolz, um ihre Aktion vor dem versammelten Team anzusprechen. Stattdessen verarbeitete sie ihren Unmut wie immer in überzogenen Kommandos für alle.

»Checkt gefälligst mal, was der Typ im Keller macht. Und versucht zur Abwechslung, ein bisschen mitzudenken. Er darf uns nicht entwischen. Quetscht den richtig aus. Aber ohne Folter! Naja, oder eben nur so viel wie notwendig. Und einer von euch sollte ein wenig Obst einkaufen, es ist nichts mehr da. Wie sollt ihr denn mit all eurem Fast Food richtig denken können?«

Zwischen Lara und Lina erfolgte ein bedeutungsvoller Blickwechsel, während sich die Jungs auf den Weg machten, um die Befehle durchzuführen. Lara wusste genau, wie sie ihre Geschäftspartnerin zur Weißglut bringen konnte. Das vorhin war die Retourkutsche dafür gewesen, dass Lina sich ständig für die Schlauere von ihnen hielt. Ausgesprochen hatte sie das zwar nie, aber Lara spürte es dafür umso deutlicher. Die eigentliche und viel witzigere Rache war jedoch, dass Lara immer etwas Butter oder Zucker in das Essen ihrer Kollegin mischte. Schaute die kurz nicht hin, landete unbemerkt ein Spritzer Sahne in ihrem Joghurt. Lara genoss die genervten Blicke in den Spiegel, während Linas Gesichtsausdruck die unausgesprochene Frage verriet, warum ihre neuen Leggings trotz des vielen Trainings kniffen. Lara lachte sich derweilen ins Fäustchen und konnte die Großspurigkeit ihrer Partnerin gleich viel besser ertragen.

»So, fast erledigt. Jetzt kommt das große Finale!«

»Du meldest nachher einen Gebäudebrand von diesem Apparat! Ich von hier aus.« Lina zeigte auf der Karte auf zwei Standorte, an denen sich auf dieser lächerlichen Insel tatsächlich noch Telefonzellen befanden. »Die Jungs tauschen das Zeug aus. Falls die erwischt werden, sind die dran, nicht wir.«

»Jawohl!«, erwiderte Lara stramm wie ein Soldat, um Linas Befehlston widerzuspiegeln.

Lina wurde langsam wirklich ärgerlich, schaltete jedoch einen Gang zurück. Sie versuchte, Lara mit gezielten Fragen einzubinden.

»Was machen wir mit dem Onkel im Keller? Was wäre am schlausten, was meinst du?«

»Am besten gleich ersticken«, murmelte Lara lachend.

Lina rollte mit den Augen. »Nee, mal ehrlich.«

»Vielleicht redet er, wenn die Jungs ihn ein bisschen ärgern. Sonst wiederholen wir das mit der Pekingente.« Lara pausierte, bevor sie ergänzte: »Er hat uns gesehen. Tot kann er uns am wenigsten schaden. Seine Geschäftspartnerin plaudert dann nicht, weil die Schiss hat. Und die anderen Firmen wissen gleich, woher der Wind weht. Wir können uns nicht alles gefallen lassen.«

Es donnerte und goss wie aus Kübeln. Das Krachen der Atmosphäre klang wie ein riesengroßer Auffahrunfall. Frau Müller war komplett durchnässt, sodass ihre Schuhe bei jeder Bewegung quietschten. Hildegard fiepte und tapste durch die stetig größer werdenden Pfützen. Gewitter hatte er noch nie gemocht.

Sie waren nun seit Stunden unterwegs und hatten weder ihren Mann gefunden, noch eine der kriminellen jungen Frauen oder ihre Untergebenen getroffen. Ihre Schritte waren mit der Zeit langsamer geworden. Die Euphorie, die sie verspürt hatte, war fast vollständig verflogen. Frau Müller trottete durch die Straßen und ignorierte den Regen. Ein Plan musste her. Und trockene Kleidung. Sie bog in den Weg ein, der zum Hotel führte. Die Karaokebar hatte geöffnet und war gut besucht. Kein Wunder, wo sollten sich die ganzen zugedröhnten jungen Leute bei dem Wetter sonst einfinden? Lauter Gesang schallte durch die halbgeöffneten Fenster nach draußen.

Vor dem Hotel wrang Frau Müller mit müden Gliedern ihre Regenjacke aus. Die hatte nicht lange durchgehalten, sie schien eher für den Weg vom SUV zum Eingang der Schule sinnvoll nutzbar.

»Oh, wow, Sie sind ja nass geworden.«

Der junge Mann am Empfang staunte nicht schlecht. Er holte eines der hinter ihm aufgestapelten Saunahandtücher hervor und reichte es Frau Müller. Sie trocknete erst sich damit notdürftig ab und im Anschluss Hildegard.

Mit einem Seufzer setzte sie sich in Bewegung und bemerkte eine Stimme, die leise sang. Vielmehr lallte die Person: »Ich liebe dich, ich liebe dich, ohhhooo.«

Sie folgte dem Geträller in der leisen Hoffnung, dass es von Herrn Müller stammte, der sich aufgrund des Schocks und der anstehenden Scheidung vorgenommen hatte, jeglichen Alkohol in der Hotelbar zu vernichten. Dort saß tatsächlich ein Mann am Tresen. Er war zwar nicht ihr Ehemann, jedoch erkannte sie ihn trotz des regen Treibens in der Bar sofort. Auch ohne Polizeiuniform wäre ihr das prompt gelungen.

»Peeetra! Komm mal hierher! Komm … nur kurz zu mir«, rief er, als er sie bemerkte. Er schnalzte, als versuchte er, eine Katze anzulocken. »Miez, miez, komm«, lallte er.

Nicht auch das noch.

Faust starrte Frau Müller irritiert an. »Warsuschwimmen, oder was? Trink was mit mir, komm schon!«

»Nee du, danke. Ich muss los. Mich umziehen!« Sie drehte sich um und wollte dieser Situation schnellstmöglich entfliehen.

»Warum wolltest du mich nicht? Petra. Ich sehe gut aus!«, fragte er deutlich zu laut.

Ihre Schritte beschleunigten sich. Und da, gerade als sie auf den Flur einbog, lief ihr eine junge Frau entgegen. Miriam.

Als sie Frau Müller bemerkte, senkte die Hotelangestellte den Blick so tief, dass die Befürchtung bestand, sie würde vornüberkippen und flach auf dem Boden aufschlagen. Als sich ihre Wege auf gleicher Höhe kreuzten, wandte Miriam wie beiläufig den Kopf zur Wandseite. Sie grüßte nicht einmal, was für das Personal im Dienst sicher nicht vorgesehen war. Ein beklemmendes Gefühl löste sich in Frau Müllers Brust. Plötzlich fiel es ihr wie Schuppen von den Augen. Miriam war es, die gestern mit dem Fahrrad an ihnen vorbeigefahren war, als sie gemeinsam im Restaurant gesessen hatten. Besonders gefreut hatte sie sich über den Anblick, Frau und Herrn Müller in trauter Zweisamkeit vorzufinden, vermutlich nicht. Im Gegenteil, sie hatte empört gewirkt. Herr Müller hatte den Abend zuvor in Miriams Begleitung verbracht, wie ihre Nachricht an ihn vermuten ließ. Frau Müller war nicht der Sinn danach gestanden, ihren Mann darauf anzusprechen. Beziehungsweise war es ihr abwechselnd gleichgültig gewesen und schlicht unfair vorgekommen. Schließlich hatte sie sich ebenfalls nicht besonders edel verhalten und sich mit dem Polizisten getroffen.

Frau Müller eilte zum Hotelzimmer, ihr war mittlerweile kalt. Sie warf ihre nasse Kleidung auf einen Haufen und zog sich sofort an, ohne besonders auf ihr Outfit zu achten. Sie fühlte sich körperlich völlig ausgelaugt, aber ihre innere Unruhe überlagerte alle anderen Gefühle. Sie musste sich ordnen, einen Plan fassen und irgendwie alle Informationen miteinander vernetzen, um Herrn Müller finden zu können.

Ihre lederne Handtasche zog ihre Aufmerksamkeit auf sich. Darin befand sich nach wie vor das Papierbriefchen, welches das kostbare Pulver enthielt. Es hatte Spaß gemacht, gestern auf der Party. Die Drogen hatten ihr das Hoch verschafft, welches die Menschen sich durch die Zufuhr dieser Substanz erhofften. Ein wenig dieser Energie hätte sie in diesem Moment durchaus vertragen können. Nur hatten sie gestern offensichtlich keine guten Entscheidungen getroffen, nachdem sie das Kokain konsumiert hatten.

Sie knüllte das Papier zusammen und verstaute ihr kleines Geheimnis im kleinsten Fach ihrer Tasche. Frau Müller benötigte jetzt definitiv einen klaren Kopf. Irgendetwas stimmte mit dieser Miriam nicht. Was war vorgestern Abend mit Herrn Müller passiert und warum hatte sie gestern merkwürdig reagiert? Frau Müller musste unbedingt erfahren, ob die junge Frau etwas wusste, das ihr und ihrem Mann helfen konnte.

So machte Frau Müller sich auf den Weg in die Hotellobby. Sie trug den mittlerweile erschöpfen Hildegard auf ihrem Arm. Er roch intensiv nach nassem Hund, und wo er ihren Cardigan berührte, blieben feuchte Flecken und modriger Gestank zurück. Das war in diesem Moment jedoch egal, sie waren jetzt ein Team.

Auf der Treppe überkam Frau Müller plötzlich der Gedanke, dass sie unbedingt den völlig betrunkenen Polizisten unbemerkt ausfragen musste, ob sich in den Untersuchungen zu den Drogenvorfällen auf der Insel Neuigkeiten ergeben hatten. Einen Versuch war es wert. Sie hoffte inständig, dass er ihr die unvermittelte Abfuhr nicht nachhaltig übel nahm.

Frau Müller blickte sich in der Lobby um. Das Gewitter hatte nachgelassen. Kühle Luft zog durch die offen stehende Tür hinein. In der Bar herrschte aufgrund des Unwetters ein für den späten Nachmittag unüblich hoher Betrieb. Faust saß immer noch am Tresen und umklammerte sein halb volles Bierglas fest. Bei näherer Betrachtung war es vermutlich aber eher das Glas, das dem Polizisten Halt verlieh. Frau Müller steuerte jedoch zunächst die Rezeption an. Die Reaktionen von Miriam waren einfach zu merkwürdig. Ein schlechtes Gewissen war ihr im Flur förmlich anzusehen gewesen. Irgendetwas versuchte die junge Frau zu verbergen. Gleichzeitig riskierte Frau Müller mit jeder Sekunde, dass Faust möglicherweise nicht mehr ansprechbar sein würde. Sie musste sich sputen.

Der schlaksige Mann, der ihr am Vormittag das Zimmer von Herrn Müller aufgeschlossen hatte, telefonierte offenbar mit bald anreisenden Gästen. Sie wartete ungeduldig, bis er das Gespräch beendet hatte.

»Entschuldigung, ich habe eine Frage. Es gibt hier eine Mitarbeiterin, Miriam heißt sie. Könnte ich die kurz sprechen?«

Der Angestellte hinter dem Tresen schien irritiert. »Ähm. Ich weiß gerade nicht, wo die ist. Kann ich ihr etwas ausrichten?«

»Es eilt leider etwas. Aber wissen Sie, ich schaue selbst nach ihr.«

Die Augen des Mannes weiteten sich. Er schwankte offenbar zwischen erforderlicher Höflichkeit und einer Gefahreneinschätzung. »Also, ja, die muss irgendwo rumschwirren. Geht es Ihrem Gatten denn besser?«, erkundigte er sich sicherheitshalber.

»Ja, ja, hatte nur eine Magenverstimmung. Danke erst mal, bis später.«

Frau Müller joggte zum Frühstücksraum, welcher derzeit für gemütliche Kaffeetreffen und den Genuss erster alkoholischer Getränke genutzt wurde. Sie blieb eine Weile an der Tür stehen und beobachtete das Treiben. Miriam war nicht zu sehen. Also stieg sie wieder die Treppe hinauf und nahm sich vor, jeden Hotelflur innerhalb der vier Stockwerke zu inspizieren. Der erste war verwaist. Die Zimmer schienen ebenfalls nicht besetzt zu sein. Leise lief Frau Müller über den Flurteppich und folgte den Stufen hinauf in die zweite Etage. Auch dort herrschte gähnende Leere. Im dritten Geschoss hörte sie, wie sich Personen begrüßten. Sie bog rasch um die Ecke, sodass sie den Gang vollständig überblicken konnte. Dabei prallte sie fast mit einem älteren Paar zusammen, das ihr entgegenkam.

»Hoppla, sorry!«, sagte sie schnell.

Wen hatten die beiden vor wenigen Sekunden begrüßt? Einander mit Sicherheit nicht.

Am Ende des Flures fiel die Tür zum Treppenhaus ins Schloss, Frau Müller rannte und sog mit jedem Atemzug den Geruch des nassen Hundes auf ihrem Arm ein. Hildegard wippte hin und her, während Frau Müller hinterherhastete. Das Trippeln schneller Schritte drang zu ihr, die sich mehr nach Flucht als nach Arbeit anhörten. Das Geräusch bestätigte ihr, auf der richtigen Spur zu sein. Doch sie benötigte einen Trick, denn der Vorsprung ihrer Kontrahentin war einfach zu groß. Mit Vierbeiner und deutlichem Altersnachteil würde es ihr nicht gelingen, Miriam zu erwischen. Viel weiter hinauf konnte Miriam nicht gehen, immerhin befand sich nur noch eine Etage über ihnen. Sie würde ihr in den unteren Stockwerken in die Arme laufen. Frau Müller musste sich nur ruhig verhalten und im Sichtschutz warten. Und das tat sie.

Frau Müller stieg die Stufen hinunter und kauerte sich möglichst tief in eine Ecke. Ihr Atem kam zur Ruhe. Hildegard ließ sich genüsslich den Kopf kraulen und schloss die Augen. Von ihm war kein Mucks zu erwarten. Über ihr öffnete sich leise eine Tür. Kurz war es still. Dann hörte sie gedämpfte Schritte. Mit einem Ruck trat Frau Müller aus ihrem Versteck.

Miriams Augen weiteten sich vor Schreck. Mit einem Ruck setzte sie zum Wegrennen an, doch Frau Müller hatte ihren Arm bereits fest im Griff. »Wo ist mein Mann?«, zischte sie leise.

Miriam versuchte panisch, sich loszureißen. Vergeblich. »Ich weiß es nicht …«, murmelte sie hilflos. Sofort traten ihr Tränen in die Augen.

Frau Müller hatte mit Beleidigungen gerechnet, mit wütenden Anschuldigungen, aber nicht damit.

»Rede mit mir. Was weißt du? Was ist passiert? Die Frauen mit den Leggings haben ihn mitgenommen!«

Miriam presste ihre Hand vor den Mund und bemühte sich, ihr Schluchzen zu verbergen. »Scheiße«, flüsterte sie.

Frau Müller ließ ihren Arm los. »Was ist denn passiert? Als ihr unterwegs wart, hat er da …«, sie stockte, »etwas erzählt?«

»Wir hatten *so* einen schönen Abend.« Ein verträumtes Leuchten trat in Miriams Augen.

Offensichtlich hatte die junge Frau Gefallen an Herrn Müller gefunden.

»Und dann?«

Miriam blickte Frau Müller an. »Dann hab ich euch am nächsten Tag im Restaurant gesehen. Ihr habt so … so glücklich ausgesehen. Und er hat sich einfach nicht mehr bei mir gemeldet. Richtig verarscht kam ich mir vor.«

Frau Müllers Gedanken schweiften zum gestrigen Abend, und erst jetzt erkannte sie, wie viel Spaß sie und ihr Mann gehabt hatten.

»Das ist wirklich mies, da hast du völlig recht«, stimmte Frau Müller der jungen Frau zu, um sie auf ihre Seite zu ziehen.

»Ich war wirklich sauer, weil er sich nicht gemeldet hatte … Wir waren uns so nah. Ich dachte, da wäre was. Etwas Echtes. Ich habe noch nie jemanden wie ihn kennengelernt.«

Frau Müller verstand. Wirklich. Sie sah der Frau den Kummer an und nahm sie in den Arm. Hildegard versuchte ebenfalls zu trösten, indem er Miriams Gesicht mit einem Hundeküsschen versah.

Miriam lachte. Frau Müllers Plan ging auf. Nur in Entspannung konnten Menschen Denkprozesse effizient abrufen.

»Und danach?«, fragte Frau Müller vorsichtig.

»Ich wollte ihm eins auswischen. Ihm Ärger bereiten, so 'nen richtigen Schock. Er sollte sich genauso scheiße fühlen auf seinem hohen Ross. Mit ’ner tollen Frau und so ’nem süßen Hund. Der hat doch schon alles. Und dann bagger ich den auch noch voll an!«

»Ach, Mensch, da fühle ich richtig mit dir«, sagte Frau Müller und kam sich dann doch etwas zu freundlich vor mit diesem gefühlsduseligen Satz, der vermutlich ein Resultat des letzten Deeskalationstrainings für das Schulkollegium war.

»Was ist dann passiert?«

»Ich … Ich hab den Generalschlüssel genommen und das Paket aus eurem Schrank geholt.« Miriam brach in Tränen aus, ihre Hände zitterten.

»Woher wusstest du davon?«, schoss es aus Frau Müller hervor.

»Meine Freundin wusste davon. Sie hat telefoniert, und ich habe das Gespräch zufällig mitgekriegt. Mir war sofort klar, dass es nur um euch gehen kann. Ich hab dann euer Zimmer durchsucht und das Paket gefunden. Es tut mir so leid.«

»Wo ist das Paket jetzt? Weiß deine Freundin, dass du es mitgenommen hast?«

Wie auch immer diese ominöse Freundin mit den zwei Verbrecherinnen in Verbindung stand – ihr Mann wäre aus dem Schneider, wenn den Leggings-Mädels glaubhaft vermittelt werden konnte, dass sich das Paket nicht mehr in seinem Besitz befand.

»Nee, ich bin doch nicht bescheuert. Meine Freundin darf darüber gar nicht sprechen. Sie hat nicht gemerkt, dass ich sie hören konnte. Die haben auch ’ne Art Schweigepflicht, und sie soll keinen Ärger bekommen. Diese Frauen sind voll die Psychos. Die bringen meine Freundin um und mich gleich mit. Das Paket habe ich einfach in einen Mülleimer an der Straße geworfen.«

»Na toll, und die ›Psychos‹ haben jetzt meinen Mann.« Frau Müller lehnte sich gegen die Wand des Flures und versuchte, in Anbetracht dieser Informationen nicht ohnmächtig zu werden. »Ist das Paket noch im Mülleimer?«

Ein Hoffnungsschimmer keimte in ihr auf.

»Die Müllabfuhr war längst da. Der Müll wird aufs Festland gefahren.«

Beide schwiegen und versanken in ihre eigenen Gedanken. Frau Müller war sich sicher: Hätte sie die Gelegenheit, würde sie Miriam sofort verpfeifen, um ihren Mann wiederzubekommen. Allerdings würden sie ihr vermutlich kaum glauben. Wie konnte Miriam ihr sonst behilflich sein?

»Hast du irgendeine Idee, wo die ihn hingebracht haben können? Ich schwöre dir, ich lasse deinen Namen aus dem Spiel und spreche auch nicht mit der Polizei«, flehte Frau Müller.

Miriam schaute sich um und schien zu überlegen. Irgendetwas wusste sie, das war ihr anzusehen. Außerdem war offensichtlich, dass sie ein solches Ende nicht beabsichtigt hatte.

»Die haben im Wohngebiet ihren Treffpunkt, Richtung Campingplatz – mehr will ich wirklich nicht sagen. Die bringen meine Freundin um, wenn die was erfahren.«

Frau Müller stockte der Atem vor Aufregung. Allein diese Information war ungemein wichtig. Das nächste Ziel war nun klar. Sie nahm die aufgelöste junge Frau erneut in den Arm, drückte sie fest und bedankte sich.

Sie hatte bereits kehrtgemacht, hielt jedoch plötzlich inne. »Miriam?«

»Ja?«

»Die Äpfel am Frühstücksbuffet – sind die konventionell?«

»Was sind die?«

Ungeduldig verdrehte Frau Müller die Augen. »Sind die biologisch angebaut?«

»Weiß nicht. Das sind ganz normale Äpfel.«

Die Plausibilität traf Frau Müller mit einer Wucht eines Fußballs, den sie nicht hatte kommen sehen.

Es war wie verhext. Faust schien in eine völlige Sexflaute zu geraten. Nachdem er die Leggings-Ladies erst angelächelt, dann angegafft und später angesprochen hatte, war die Aussicht auf ein prickelndes Abenteuer mit zwei Supermodels schnell verblasst.

»Wir sind leider schon vergeben«, hatten sie ihm mit mitleidigem Blick mitgeteilt.

Als ob das ein Argument wäre. Er hatte seinen Streifendienst im Anschluss verrichtet und geflirtet, was das Zeug hielt. Das Ergebnis war niederschmetternd. Niemand flirtete auf dieser beschissenen Insel zurück. Alle hatten einen riesigen Stock im Arsch. Nur leider nicht seinen. Der Tag heute war damit sextechnisch abgehakt.

Heute hätte er sich sogar gern seinem Team angeschlossen, allerdings – und das war ihm noch nie passiert – schauten alle betreten zu Boden, als er die Idee geäußert hatte. Er kannte dieses Verhalten von sich selbst. Viele Male hatte er das Ausweichmanöver angewendet. Selbst seine Kollegen legten offenbar keinen Wert auf ihn. Autsch.

Demnach war er allein losgezogen, hatte eine unförmige Umweltsünderin zusammengepfiffen und wurde letztlich nass. Sehr nass. Als das Gewitter richtig loslegte, hielt er sich am Strand auf und hatte Mühe, schnell einen Unterschlupf zu finden. In einem Lokal hatte er dann das erste Bier getrunken. Anschließend hatte er sich leicht angesäuselt zum Hotel begeben, um sich umzuziehen. Aber bis in sein Zimmer war er nicht gelangt, er war sofort zur Bar abgebogen, um dort in Ruhe zu trinken und zu trocknen. Dabei befand er sich eigentlich noch im Dienst. Mit zwei, drei Bieren intus hatte er immer anständig arbeiten können.

Dieses Maß hatte er nun jedoch deutlich überschritten. Doch das machte nichts. Ihm waren heute zwei Dinge klar geworden. Erstens war sein Marktwert als Mann offenbar drastisch gesunken. Vor einiger Zeit hätte er die beiden heißen Mädels aus dem Hotel sofort an Land gezogen. Schließlich steckte ein richtiges Sexraubtier in ihm. Aber irgendetwas hatte ihm offensichtlich gehörig die Krallen gestutzt. Vermutlich lag es an dieser Scheißinsel, die mit ihrem aufgesetzten Flair und der als charmant getarnten Fischerdorfromantik zu überzeugen versuchte. Andererseits beruhte die Begründung vielleicht in Erkenntnis Nummer zwei: Er würde einsam und allein sterben und hatte die einzige Beziehung, die ihm je etwas bedeutet hatte, gründlich in den Sand gesetzt. Und das im Grunde vorsätzlich.

Er hatte während seiner Ehe mit so vielen anderen Frauen geschlafen, dass er neben der Arbeit nur wenig Zeit für seine damalige Gattin erübrigen konnte. Dieser Umstand hatte sie in die Arme eines – natürlich ehemals – guten Kumpels getrieben. Seine Ex-Frau würde im Falle seines Todes mit ihrem emotional erreichbaren Freund an seinem Grab stehen. Über seiner Beerdigung würde eine bedrückende Stille des Mitleids liegen und allen anderen das Gefühl vermitteln, als Gewinner aus dem Spiel des Lebens hervorzugehen. Diese Gesellschaft war unfair. Alles war unfair.

Der Alkohol sollte heute also gefälligst seinen Dienst tun und den erholsam betäubenden Schleier über seinen Schädel legen. Doch auch nach diversen Getränken hallten Selbstmitleid und Wut in seinen schläfrigen Synapsen nach.

»Petraaa! Wasmachsudennhier?«

»Wir haben uns doch gerade erst hier gesehen«, erwiderte Frau Müller lachend, als sie am Tresen ankam.

Der Polizist versuchte möglicherweise, ihr direkt in die Augen zu schauen. Das gelang ihm nicht annähernd. Seine Pupillen schienen die Kooperation miteinander eingestellt zu haben. Sie hatten ein Eigenleben entwickelt und starrten in unterschiedliche Richtungen. Ihr Urlaubsflirt erinnerte Frau Müller in diesem Moment an ein schielendes Chamäleon.

Seufzend setzte sie sich neben ihn auf einen Barhocker. »Ein großes Wasser und einen doppelten Espresso, bitte«, teilte sie der Barkeeperin mit.

»Petra … Petra, lass dir eins sagen: Die Welt ist kaputt, imarschistdie!«, sprach der Polizist eher zu sich selbst als zu Frau Müller. »Niemand will mich mehr. Ich habe es überall versucht. Bei wirklich *jeder* auf der Insel.«

»Das ist wunderbar, das höre ich wirklich gern«, murmelte Frau Müller.

Sie empfand eine noch größere Erleichterung als ohnehin schon, nicht mit diesem Mann geschlafen zu haben. Nur ihre Mission zählte jetzt.

»Ach was. Du bist so ein toller Typ, das kommt schon noch«, sprach sie und versuchte, möglichst aufmunternd zu klingen.

»Ich hatte ja eine ganz normale Frau. Hat mich einfach stehen lassen für … Wiehießernochmal? Carsten oder so. Mit seinem Entenarsch, der Carsten. Der sieht aus wie 'ne Frau, wenn der sich bückt. Also größtenteils. Da guckt immer ein Stück Arschritze raus.«

War das die Möglichkeit, ihn geschickt zu den Mädels in den Stringtanga-Leggings zu befragen, die Frau Müller händeringend suchte? Sie musste seinen mitleiderregenden Redeschwall unterbrechen. Ihre Fingernägel waren bereits raspelkurz gekaut. Das subtile Verhör musste erfolgen, bevor der Polizist bewusstlos vom Hocker fiel.

»Du, das wird wieder. Auch andere Mütter haben schöne Töchter«, sagte Frau Müller im ruhigen Tonfall und legte ihre Hand auf seine Schulter. Mit diesem blöden und bei Liebeskummer überhaupt nicht helfenden Spruch brachte sie das Gespräch in die richtige Richtung. »Da sind zwei neue junge Frauen im Hotel, die mit den Push-up-Leggings, hast du die gesehen? Sprich die doch mal an, oder kennst du die schon?«

Faust schürzte die Lippen und erweckte kurzzeitig den Eindruck, als wäre dringend ein Eimer erforderlich. Er stieß ausführlich auf. »Der war für dich, Petra. Der kam von Herzen, von ganz tief drin.« Er lachte und suchte bei den Umstehenden nach Zustimmung für seinen geistreichen Witz.

Vergebens. Die traurige Figur an der Bar ignorierten alle gekonnt, um bloß nicht in ein Gespräch verwickelt zu werden.

»Petra, ichsachsdirganzehrlich, für 'nen Dreier mit denen würde ich sterben! Einfach so, tot. Aber weißuwas, der funktioniert nicht mehr.« Er zeigte auf seinen Schritt und schüttelte langsam den Kopf.

Das ging nun in die falsche Richtung.

»Musst du denn morgen wieder arbeiten? Habt ihr alles aufgeklärt? Es sind ja nicht mehr viele Streifen unterwegs.«

»Ich arbeite doch gerade, das siehsudoch«, platzte es sofort aus ihm heraus. Dann flüsterte er ihr zu: »So gut wie erledigt. Mehr Pakete wird's nicht geben. Die sind längst über alle Berge und besorgen was Neues. Mich feuern die sowieso. Noch nicht mal die wollen mich mehr.«

Frau Müllers Körper erwärmte sich spürbar vor Aufregung. Die Polizei hatte also keine Ahnung davon, dass sich auf der Insel mindestens eine kriminelle Bande noch tummelte.

»Wisst ihr denn, wer das war oder wo, ähm, also wo die sich getroffen haben?«, fragte Frau Müller mit brillanter Beiläufigkeit.

»Nee. Isochscheißegal, Petra. Mensch, denk doch mal nach! Das ist immer das Gleiche. Sackt die Polizei was von dem Zeug ein, holen die einfach neues, und zack«, sein Arm schoss ruckartig mit ausgestrecktem Finger in die Höhe, »geht der ganze Scheiß wieder von vorne los. Ein Scheißekreislauf.« Der Polizist lachte erneut und fiel dabei fast vom Stuhl.

Frau Müllers Plan ging nicht wie erhofft auf. Sie wusste durch das Gespräch mit Miriam zwar nun ungefähr, wo sie suchen könnte, aber wie sollte sie das anstellen? So ganz allein. Sie schaute hinab zu Hildegard, der sich neben ihr auf dem Fußboden zusammengerollt hatte.

Plötzlich erklang in ihrer Nähe ein lautes Piepen. Ein schrilles Geräusch, das Frau Müllers Stresslevel sofort vervielfachte. Alle Gäste im Raum drehten sich zu ihnen um, und die Blicke blieben an ihrer Person und ihrem schwankenden Gegenüber hängen.

»Upsi«, nuschelte der betrunkene Polizist und tastete nach einem kleinen Gegenstand, der an seinem Gürtel befestigt war und das Geräusch scheinbar auslöste.

»Nun mach das schon aus«, flüsterte Frau Müller eindringlich.

Faust starrte unbeteiligt nach vorne und trank weiter sein Bier.

»Ähm, was piept denn so laut?«

Frau Müller hatte eine Ahnung, die sie dringend bestätigt wissen wollte.

»Alarm. Gucksdukeinfernsehen, oder was?«, antwortete der Polizist schroff.

Frau Müller lachte gezwungen. So ging sie bei ihren Schülerinnen und Schülern vor. Alle freuten sich, wenn ihre Witze ankamen. Das schweißte zusammen.

»Was bedeutet das denn, musst du da nicht hin oder zumindest anrufen?«

»Die feuern mich eh. Mir egal. Wo ist eigentlich dein Mann?«

Frau Müller ignorierte diese Frage gekonnt. Denn Herr Müller war vielleicht dort, wohin der Polizist gerade gerufen wurde.

»Ach, Quatsch. Doch wenn du nicht gehst, dann entlassen sie dich vielleicht wirklich. Du bist bestimmt ein toller Polizist. Zeig mir doch mal, wie das so geht mit dem Pieper und was man da machen muss. Das ist bestimmt total interessant«, brachte Frau Müller motiviert ein.

Faust lächelte und nickte begeistert.

»Oh, super. Dann los, trinken.« Frau Müller schob dem Mann den Espresso und das Wasser hin, welches sie vor Aufregung nicht angerührt hatte.

Er kippte beide Getränke in einem Zug hinunter. Ohne Effekt.

»Wo musst du hin?«

»Steht auf dem Pieper«, nuschelte Faust.

»Komm mit!«

Er bewegte sich keinen Millimeter.

»Faust, jetzt los!«

Frau Müller zog ihn von seinem Stuhl und eilig weiter bis zur Herrentoilette. Obwohl diese sichtgeschützt lag, konnten einige Personen im holzgetäfelten Raum das Spektakel gut beobachten. Dass sie mit ihrer Vermutung so falsch wie möglich lagen, hätte Frau Müller gern erwähnt, aber dafür war keine Zeit.

Frau Müller wühlte in ihrer Handtasche und fand schnell einen Müsliriegel. »Essen!«

Faust schien Hunger zu haben. Er schob sich den schokoummantelten Riegel vollständig in den Mund und kaute das Getreide kaum.

»Trinken!«, kommandierte Frau Müller und drückte ihm ihre Wasserflasche in die Hand, die er ebenfalls anstandslos leerte. Dann sprang sie in eine der Kabinen und winkte ihn hastig heran.

»Oh … ja. Gut. Okay, ja. Weiber, nee, wissen auch nicht, wassewollen. Aber okay, okay, ich bin bereit«, nuschelte Faust und öffnete in freudiger Erwartung den Reißverschluss seiner Hose.

»Mach deine Hose zu und komm schnell rein, ich hab was für dich.«

Ein weiteres Mal wühlte Frau Müller in ihrer Handtasche. Das hier war ein Notfall, mit dem sie nicht gerechnet hatte. Das Pulver würde das Gehirn des Polizisten wieder aktivieren. Mit schlafwandlerischer Sicherheit hatte sie ihren Handspiegel gezückt und präsentierte Faust einen dicken Streifen des Kokains.

»Mannomann, du hast es echt drauf, ne? *Very* geil.«

Er zog die Linie gekonnt in die Nase. Seine nicht vorhandenen Hemmungen ließen darauf deuten, dass er bereits Erfahrungen mit der Einnahme des weißen Goldes gesammelt hatte.

»Du machst dich frisch. Ich checke deinen Pieper und die Adresse, zu der wir müssen. Ich bringe dich hin.« Frau Müller lief auf höchster Effizienzstufe.

Das war ein guter Plan. Faust wirkte jetzt wesentlich klarer und würde ihr aus Dankbarkeit und im Rausch alles erzählen, was sie wissen wollte. Eine Hand wusch schließlich die andere. Sie tippte die angezeigte Adresse in ihr Handy ein, in der Hoffnung, dass sie sie zu ihrem Mann führen würde, und sofort öffnete sich die Wegführung in der App. Ein Wunder der Technik.

»Ist vier Straßen weiter, wir laufen. Also los!«, rief Frau Müller.

Der Polizist schaute auf seinen Pieper. Er konnte am Code erkennen, um was für eine Art Einsatz es sich handelte. Personenkontrolle. Er rief sein Team an und erhielt die erforderlichen Informationen.

»Ein paar Teenager sollen gedealt haben. Wurde anonym gemeldet. Und dafür hör ich auf zu saufen, Mannomann!« Er lachte und stupste Frau Müller mit dem Ellenbogen an, die das gar nicht witzig fand.

»Was wäre, wenn auf der Insel Leute sind, die die Pakete suchen? Also professionelle Leute …«, erkundigte sich Frau Müller, während beide aus dem Hotel auf die Straße traten.

Sie hätte im Übrigen schwören können, dass sich deutlich mehr Menschen vor der Toilette versammelt hatten, als

Frau Müller sie mit Faust verlassen hatte. Neugierig hatten sich die Augenpaare an das vermeintlich illustre Pärchen geheftet.

Die frische Luft fühlte sich kühl in ihren Lungen an, als sie sich vor dem Hotel in Bewegung setzten. Von der schwülen Feuchtigkeit, die am Tag über der Insel gelegen hatte, war keine Spur mehr vorhanden.

Die kühle Brise schien Faust gutzutun, denn er beantwortete ihre Frage überraschend klar: »Wir konnten keine verdächtigen Personen ermitteln. Was natürlich nichts heißen muss. Aber das müsste es an Paketen gewesen sein, und die liegen alle bei uns in der Kammer. Der Rest bleibt irgendwo im Meer oder wurde abgefischt. Wenn überhaupt, liegt nur noch ganz wenig auf der Insel verstreut. Irgendwelche Gangs gehen für so eine geringe Menge kein Risiko ein.«

Wieder ertönte das nervtötende Piepen.

»Was ist denn jetzt los?«, brummte der Polizist.

Sein Handy begann ebenfalls, laut zu klingeln. In der sich senkenden Dämmerung leuchtete das Blau des Displays unwirklich.

Er nahm das Gespräch entgegen. »Noch ein anonymer Anruf? Feueralarm, okay. Ich gehe zu den Teenagern. Alles Klärchen.«

Zumindest klang er einigermaßen nüchtern.

»Komisch, beide Anrufer waren anonym«, murmelte Faust, lief mit großen Schritten voraus und hielt schlagartig inne. »Äh, wo muss ich hin?«, fragte er mit kurzer Verwirrung.

Frau Müller zeigte mit dem Finger nach links und zog den trägen Dackel an der Leine hinter sich her. Der zottelige Rüde schien sein Tempo deutlich gedrosselt zu haben. Frau Müller dachte angespannt nach. In ihrem Kopf schrillte eine Warnglocke, und die feinen Härchen auf ihrem Arm richteten sich alarmiert auf. Irgendetwas stimmte hier nicht.

»Sag mal, was für eine Kammer meintest du gerade?«, fragte Frau Müller so beiläufig wie möglich.

»Die Asservatenkammer. Guckst echt kein Fernsehen, ne? Da ist das ganze eingesammelte Zeug drin, das liegt doch nicht einfach irgendwo rum. Neben dem Gemeindehaus ist noch 'n Gebäude, dort haben wir das in Kisten gelagert.«

»Hmm, das macht Sinn.«

Frau Müllers gespielte Unwissenheit schien ihn nicht weiter zu verwundern. Dass beide Anrufe anonym und kurz hintereinander erfolgt waren, machte sie stutzig. Und das, während die Verbrecher-Ladies mit den irritierenden Leggings eine Entführung durchführten. Ihr Mann war verschwunden und, so betete Frau Müller, hoffentlich nur das. Alle weiteren Eventualitäten musste sie aus ihrem Gehirn löschen, um funktionieren zu können. Die Bande nahm mit der Entführung ihres Mannes ein großes Risiko auf sich. Dabei kämpften sie nur um ein einziges Paket. Wie weit würden die Dealer gehen, um ein ganzes Arsenal des Stoffes an sich zu reißen? Wussten sie von der Asservatenkammer? Steckte Faust etwa mit ihnen unter einer Decke? Wäre das der Fall, wären Frau Müller und ihr Mann in größter Gefahr.

»Okay, das ist da vorne gleich!« Frau Müller blieb abrupt stehen und deutete auf den Weg vor ihnen, während sie weiter ausführte: »Ich kann ja nicht mitkommen. Sonst denken die: Hä, wen schleppt der denn da mit? Der Faust, die olle Quasselstrippe.«

Der Polizist blieb stehen und tippte sich anerkennend mit dem Finger an die Stirn. »*Very clever*! Und Petra«, sagte er sanft und nahm ihre Hand, »danke!«

»Puh, du brauchst wirklich einen Kaugummi!« Frau Müller lachte und Faust setzte sich mit überraschendem Tatendrang in Bewegung. Die Pfützen, die sich durch den Regen auf dem Pflaster gebildet hatten, säumten die Straße. Frau Müller rief ihm hinterher: »Kann ich dich nachher anrufen?«

Er drehte sich zu ihr um und grinste frech. »Klar, meine Nummer haste ja noch.«

Frau Müller seufzte und beneidete den Polizisten für sein erfrischend einfaches Gemüt.

Sie orientierte sich kurz und schlug sofort den Weg ein, der parallel zur kleinen schmalen Straße verlaufen musste, die zum Gemeindehaus führte. Sie wusste jetzt genau, wie sie die Entführerinnen ihres Mannes aufspüren konnte.

Lina und Lara trafen sich am Strand wieder. So hatten sie es vereinbart, bevor sie losgezogen waren, um von den fest installierten Fernsprechgeräten ihre anonymen Anrufe bei der Polizei abzusetzen. Lina hatte ihren Ärger zurückhalten müssen, als Lara ihr bei der Besprechung in die Parade gefahren war. Völlig unnötig! Die Mission war fast abgeschlossen, der Plan war genial und morgen würden sie wieder abreisen. Aber in einem Fall musste sie ihrer Partnerin recht geben: Sie würden diesen Onkel töten müssen. Sie hatten einen der Jungs bei Geisel-Kalle im Keller gelassen. Der war derart eingeschüchtert, dass er vermutlich auch unbeobachtet keinen Mist gebaut hätte, aber man wusste ja nie.

Währenddessen holten sie gemeinsam zum großen Finale aus. Dieses bestand darin, dass die von der Polizei fleißig eingesammelten Pakete ihren Weg zurück zu ihnen fanden. Lina und Lara hatten einen kompetenten Mitarbeitenden ausgewählt, der die Asservatenkammer leeren und die Imitate hinterlegen sollte. Sie selbst würden sich natürlich nicht in die Schusslinie begeben. Sollte der Mitarbeitende ertappt werden, wären sie immer noch aus dem Schneider.

Die ortskundigen Späherinnen hatten ihnen zur Vorbereitung viele Informationen zukommen lassen, die den Einstieg in die schludrig gesicherten Räumlichkeiten der Polizei erleichtern sollten. Währenddessen konnte der Mitarbeitende, der in diesem Moment den alten Onkel bewachte, mit der Drohne die Asservatenkammer von oben sichten und warnen, wenn sich Gefahr näherte. Das war unternehmerische Effizienz, wie sie im Buche stand. Nachdem sie die Späherinnen und alle übrigen Helfer ausgezahlt hatten, waren sie nur noch zu viert im Team auf der Insel. Schließlich wollten alle ein möglichst großes Stück vom Kuchen. Lina und Lara hatten die Ressourcen reduziert und verschachtelt, sodass alle Aufgaben erledigt waren und nicht zu viel freie Zeit entstand. Und wenn, dann würde diese natürlich den Chefinnen zustehen.

Die beiden jungen Frauen liefen aufgeregt die Strandpromenade entlang und machten sich über die ansässige Polizei lustig.

»Die sollen ja auch mal was zu tun haben! Ich habe sogar meine Stimme verstellt. Als wäre ich ’ne alte Frau, vierzig oder so …« Lara kicherte.

Sie hielten sich vor Lachen die flachen und ästhetisch bebauchnabelten Bäuche.

»*Safe.* Haben die dich eigentlich was gefragt? Zu mir meinten die nur: ›Gut, wir fahren hin.‹ Und ich hatte mir extra einen schönen Text überlegt.«

»Bei mir haben sie nachgehakt, ich hab dann aber aufgelegt«, sagte Lara.

Lina ärgerte sich indes wirklich darüber, dass sie keinen größeren Auftritt hatte hinlegen können. Sie war überdurchschnittlich hübsch und intelligent. Auch deswegen hatte sie bereits vor Jahren den Weg als Schauspielerin einschlagen wollen. Letzten Endes mussten sie in ihrem jetzigen Metier ebenfalls jeden Tag in Rollen schlüpfen. Ihr Finanzierungsplan versprach ein üppig gefülltes Konto plus Schwarzgeld in bar. Aber die Anerkennung in aller Öffentlichkeit blieb aus. Stattdessen dachten ihre Familien tatsächlich, dass sie und Lara sich mit dem Vertrieb von Kinderkleidung im skandinavischen Stil selbstständig gemacht hatten. In jedem Telefonat musste sie sich langweilige Details über besserverdienende Eltern ausdenken, die ihrem nichts ahnenden Nachwuchs entzückt die schadstofffreie Trendkleidung überstreiften.

»Hoffentlich reicht die Zeit zum Austauschen der Pakete. Wenn er das versaut, war alles umsonst. Im wahrsten Sinne des Wortes.« Lara schien unüblich nachdenklich.

»Er ist gut vorbereitet und wird es schaffen«, beschwor Lina.

Die jungen Frauen hatten derweil mit einem leichten Training begonnen. Das war die perfekte Tarnung. Menschen aus dem Drogenmilieu lebten behaftet mit den Vorurteilen, sich ungesund zu ernähren und wenig Sport zu treiben. Mit kleinen Hanteln in ihren Händen walkten sie über den feuchten Sand. Dort, wo die Wellen sich sekündlich zurückzogen, war der Boden hart wie Asphalt.

»Bisher läuft es echt mega. Nur den alten Sack müssen wir noch loswerden. Sollen wir an dem mal üben, naja, also …«

»Was üben?«, fragte Lina und blickte ihre Kollegin von der Seite an.

Lara zögerte und starrte aufs Meer hinaus. »Also, ich glaube schon, dass wir langfristig selbst lernen sollten, jemanden schnell und sauber zu töten. Oder nicht?«

Lina schaute Lara überrascht an. Sie drohten in der Tat gern damit, bisher hatten das jedoch die Jungs übernommen. Sie besaßen Expertise. »Berufserfahrung«, wie sie es im Vorstellungsgespräch mit einem Augenzwinkern genannt hatten.

»Stimmt eigentlich«, erwiderte Lina.

Beide Frauen verzogen vor Ekel kurz das Gesicht.

»Ich hätte das auch lieber ein bisschen vorbereitet und mir vorab ein paar Tipps eingeholt.« Lara zuckte mit den Schultern, während sie das Lauftempo beschleunigte. »Aber falls Kalle wegmuss, wäre der ein optimales erstes Opfer. Der wehrt sich bestimmt nicht. Also das wäre was so richtig für Anfänger. Ein Einsteigermord sozusagen. Besser können wir es gar nicht haben.«

Lara hatte recht. Wenn sie in diesem Geschäft Fuß fassen wollten, dann würde das dazugehören. Natürlich so selten wie möglich, allein des Aufwands wegen, aber es war Lina nun mal sehr wichtig, authentisch zu wirken. Auch vor den Mitarbeitenden.

»Ich glaube, jemanden zu erschlagen, würde mir am leichtesten fallen«, fuhr Lara fort.

Lina nickte und stimmte mit ein: »Oder Plastiktüte. Ist nicht so eine Sauerei. Obwohl, naja, da dauert's länger. Und dann das ganze Gejammere …«

»Und das sieht so gruselig aus, findest du nicht?«, fragte Lara mit großen Augen.

In der Gischt der Wellen wirbelten kleine Vögel mit langen Schnäbeln umher. Ein paar Wasserspritzer schossen jedes Mal empor, wenn eine der jungen Frauen den lupenrein weißen Trainingsschuh in den sandigen Untergrund setzte. Es war kühl geworden und der Abend näherte sich bereits. Wenn sie zum Stützpunkt zurückkämen, war fast alles erledigt.

Der Flüssigkeitshaushalt des Körpers war eine solide Erfindung. Wasser wurde oben hineingefüllt und kam unten wieder heraus. Ganz einfach. Dass es gleichzeitig auch noch Schadstoffe hinausspülte, konnte mit Fug und Recht als genialer Kniff der Evolution anerkannt werden. Weniger genial stellte sich allerdings recht zügig die Situation dar, wenn nicht ausreichend Flüssigkeit zur Verfügung stand. Zunächst setzten Kopfschmerzen und Antriebslosigkeit ein. Das Denken verlangsamte sich allmählich, bis der Körper schließlich alle Energie verlor. Ein schleppender und qualvoller Tod.

Es galt im Schwarzwald – oder vielmehr im Heimatdörfchen des Ehepaars Müller – als offenes Geheimnis, dass Herr Müller ungewöhnlich schnell dehydrierte. Mit jedem Lebensjahr wurde der Effekt offenbar schlimmer. Als Herr Müller im vergangenen Herbst bei acht Grad Celsius eine zweistündige Wanderung mit Hildegard unternommen hatte, hatte er seine wiederauffüllbare Getränkeflasche zu Hause vergessen. Als die Dunkelheit hineinbrach, begann Frau Müller, sich ernsthafte Sorgen über den Verbleib ihres Mannes zu machen, denn sie hatte seine Trinkflasche auf der Anrichte stehen sehen. Der Förster, den sie kontaktierte, fand ihn regungslos auf einer Bank sitzend. Herr Müller hatte leise vor sich hingesungen und sich offenbar im Delirium befunden. Das Handy zu bedienen, war ihm nicht mehr möglich gewesen. Im Sommer musste er täglich mindestens vier Liter Flüssigkeit zu sich nehmen. Bei der kleinsten Mundtrockenheit stellte sich zudem eine Hypochondrie-Dehydration ein. Er fühlte sich schlapp und verwirrt, selbst wenn er kurz zuvor einen ganzen Liter Wasser getrunken hatte.

Herr Müller wusste nicht mehr, wie lange er bereits im dunklen Kellerverlies feststeckte. Er hatte Angst um sich und um seine Frau. Und um Frau Müller auch. Diesen Witz, der Hildegard als *First Lady* etikettierte, hatte er sicherlich bereits einhundertmal erzählt. Zumindest hatte das lästige Aufstoßen nachgelassen. Wie ein Ballon hatte er alle Luft ablassen können und saß jetzt schlaff auf seinem Stuhl. Seine Schultern taten weh und sein Gesäß war mittlerweile fast taub. Die Position konnte er wegen der Fesseln nur geringfügig verändern. Die Augenbinde begann langsam zu jucken, und er hatte Durst. Es war zum Verrücktwerden.

Er hatte versucht, einigermaßen aufmerksam zu verfolgen, was in der oberen Etage vor sich ging. Herr Müller hatte den Eindruck, als wäre zumindest eine der Damen verbal etwas entglitten und laut geworden, während sie sich unterhalten hatten. Auch hatte er mitbekommen, wie die Haustür mehrmals zugeschlagen worden war. Seitdem herrschte eine unheimliche Stille. Herr Müller war sich nicht sicher, aber möglicherweise lief im Zimmer über ihm ein Fernseher. Es schien sich also jemand Weiteres im Gebäude aufzuhalten. Langsam wurde Herr Müller wütend. Er hatte nicht nur Durst und diverse schmerzende

Körperzonen, sondern wollte zudem ein wenig Zuwendung in seiner offiziellen Rolle als Geisel. Irgendwann musste doch wirklich mal nachgeschaut werden, ob das Opfer noch atmete oder sich überhaupt noch an Ort und Stelle befand.

Als über ihm Schritte über den Boden hallten, entschied er sich im Stillen um. Er würde doch lieber bevorzugen, für sich zu bleiben. Seine Wünsche wurden allerdings ignoriert. Die Kellertür öffnete sich langsam und jemand stieg die Treppe hinab. Der Lichtschalter wurde betätigt.

»Alter, was stinkt denn hier so?«, fragte eine tiefe Stimme scharf.

»Ähm, Entschuldigung. Nervöser Magen, ich musste doll aufstoßen. Ich habe viel zu viel gefrühstückt, und dann die ganze …«, versuchte sich Herr Müller zu rechtfertigen.

»Ey, hab ich dich was gefragt? Laber mich nich' voll«, tönte die Männerstimme barsch.

Herr Müller hörte, wie ein Fenster knarzend geöffnet wurde. Welch eine Unverschämtheit! Die könnten ihn ja auch einfach rauslassen aus diesem Loch. Freundeten sich Entführer nicht eigentlich sogar mit den Opfern an? Es könnte vielleicht sogar lustig werden. Wie bei einer Klassenfahrt. Herr Müller fühlte sich in seiner Rolle benachteiligt, schluckte seinen Ärger jedoch pflichtbewusst hinunter. Er wollte sich freundlich und kooperativ zeigen. Wenn sie ihn erst mal kennenlernten, ließen sie ihn mit Sicherheit gern frei. Jeder mochte Herrn Müller.

»Entschuldigen Sie, könnte ich ein wenig Wasser haben? Ich bin schon ganz ausgetrocknet.«

»Ich bin schon ganz ausgetrocknet …«, äffte der Mann ihn mit hoher Stimme nach und nahm ihm die Augenbinde ab.

Der Blick von Herrn Müller schärfte sich, und er entdeckte das Gesicht des Entführers nur wenige Zentimeter vor seinem. Herr Müller war sich sicher, dass er einer der Muskelprotze war, die ihn und seine Frau beim Frühstück durch das Fenster beobachtet hatten. Der junge Mann mit den kurz geschorenen Haaren starrte ihn an. Herr Müller konnte seinen Atem riechen. Er hatte getrunken, vermutlich Bier.

»Wo ist das Zeug? Sag es!«

»Ich weiß es nicht, wirklich nicht«, stammelte Herr Müller. »Wo ist meine Frau?«

»Erzähl keinen Scheiß. Ich wette 'ne Million, dass das nicht deine Frau ist.«

Diese Aussage machte Herrn Müller dann doch stutzig. »Warum ist das nicht meine Frau?«, fragte er trotzig.

»Wie, warum? Du hast hier gar nichts zu fragen! Du sollst Infos rausgeben, nicht blöd rumsülzen.«

Der Mann riss wütend mit einem Ruck das Regal an der Wand um und trat gegen einen alten Farbtopf, der mit einem blechernen Knall in der Ecke landete. Herr Müller kniff die Augen zu und schwieg, um keine weitere Angriffsfläche zu bieten. Dann passierte etwas, das Herrn Müller surreal erschien: Sein Entführer brach in Gelächter aus. Er lachte so lange und schallend, dass er sich angestrengt den Bauch hielt.

»Nur Spaß, Mann, nur Spaß. Außer das mit dem Gestank. Dein Rülps stinkt so dermaßen, ey, was hast du denn bitte gegessen? Du bist voll der Zerstäuber.«

Herr Müller entspannte sich, doch dem Frieden wollte er nicht trauen. Nachdem sich bereits die beiden jungen Frauen wie diplomierte Serienmörderinnen verhalten hatten, vermutete er auch in diesem Fall ein hinterlistiges Spiel.

»Haben die euch das mit der Pekingente erzählt?«, wollte der Kidnapper wissen.

»Ja, haben sie.«

»Ehrlich? Das ist echt 'ne gute Story!«, erwiderte der Mann anerkennend und blickte aus dem Kellerfenster.

»Naja, also aus meiner Sicht …«

»Ich gebe dir einen Tipp«, wurde Herr Müller jäh unterbrochen, »wenn du weißt, wo das Zeug ist, rück besser raus mit der Sprache. Mit den Weibern, also den Chefinnen, ist nicht zu spaßen. Ein einziges Paket, das braucht ihr doch nicht so dringend, oder? Ihr seid alt, ihr müsst schon ewig im Geschäft sein und wissen, wie der Hase läuft.«

»Wirklich, ich habe es nicht. Es war weg, als ich es wieder vergraben wollte. Und so richtig alt sind …«

»Hmm. Na gut, dann lass mal stecken. Ist in Ordnung.« Mit einer Handbewegung schien der Mann das Gespräch beenden zu wollen.

Herr Müller sah sein Gegenüber verwundert an. »Wie, na gut? Das war's? Heißt das etwa, ich kann gehen?«

Der Mann lachte. »Auf keinen Fall. Die Chefinnen haben das letzte Wort. Die entscheiden alles. Deswegen kann ich auch so nett zu dir sein. Ist eh egal, was ich mache. Wenn die sagen, dass du morgen tot bist, schwimmst du in ein paar Stunden ohne Kopf in der Nordsee, diese scheißbraune Brühe. Hoffentlich findet der nächste Einsatz auf Mallorca statt, das wäre was.«

Herr Müller schluckte. »Meine Frau, geht es ihr gut?«

»Alter, jetzt mal echt. Du musst dir was anderes ausdenken, das glaubt dir kein Mensch. Ihr pennt nicht mal im selben Hotelzimmer und habt beide mit anderen rumgemacht. Wir sind doch nicht blöd. Wir haben euch die ganze Zeit observiert.«

Herr Müller fühlte sich und seine Ehe beleidigt. Dass alles Mist war, wusste er selbst. Aber nur er und seine Frau durften schlecht über ihre Beziehung reden. Ähnlich verfuhren sie als Eltern mit Lästereien über ihren Nachwuchs, dem immer neue Methoden einfielen, um zu nerven. Herr und Frau Müller hatten hinter dem Rücken ihrer heranwachsenden Kinder oft dermaßen ausgepackt, dass sie in der ein oder anderen schlaflosen Nacht befürchteten, das Karma würde zurückschlagen. Aber wie sie es drehten und wendeten, es war jede Sekunde des großen Spaßes wert gewesen. Nur wehe jedem rücksichtlosen Verwandten oder überambitionierten Erzieher, der es wagte, sich über ihre Lieblinge negativ zu äußern … Könnte Herr Müller die Zeit zurückdrehen, würde er an diesen Stellen die Pekingente ins Spiel bringen.

»Warst du schon mal über zwanzig Jahre verheiratet?«, erkundigte sich Herr Müller ruhig.

Auf sekundenlanges Schweigen folgte schließlich ein knappes: »Nee.«

»Dann halt die Klappe«, entfuhr es Herrn Müller.

Sein Gegenüber zog eine Augenbraue hoch und schien zu überlegen, ob er sich diesen Ton gefallen lassen sollte. Doch er lächelte. »Was soll denn daran so schwer sein? Ich werde meine Frau auf Händen tragen und sie mich. Sina und ich sind schon fünfzehn Monate zusammen.«

Dieser Klugscheißer hatte ja keine Ahnung! Herr Müller war vermutlich länger verheiratet, als dieser neunmalkluge Ganove sich auf dem Planeten befand.

Er verdrehte die Augen und holte Luft, um dem jungen Mann die Leviten zu lesen. »Ja, genau, und dann kommt der Alltag. Verrat mir mal, wie lang deine längste Beziehung war? Na, sag doch! Weißt du überhaupt, was Alltag bedeutet? Der Job, der Haushalt, die Schwiegereltern, vielleicht Kinder, oder halt keine. Und irgendwann passiert nichts Neues mehr. Man hat alles schon mal miteinander gemacht und erlebt. Und dann? Ehe du dich versiehst, seid ihr zwei völlig andere Menschen. Einer von euch fängt an zu schnarchen, kauft sich einen Hund oder macht den ganzen Tag lang Yoga. Und irgendwann erkennst du deine eigene Frau nicht mehr. Und das macht vielleicht gar nichts, denn die will nicht mehr und du auch nicht. Und keiner auf der Welt weiß am Ende, wann das ganze Nicht-Wollen überhaupt angefangen hat.« Herr Müller war völlig außer Atem, als er seine Ausführungen beendete.

»Okay, irgendwie glaube ich dir das mit eurer Ehe jetzt ein bisschen.« Der Typ lachte.

Immerhin, dachte Herr Müller. Der ganze Ärger hatte ihn noch durstiger gemacht.

»Sie hat dich auf jeden Fall wie verrückt gesucht.«

Herr Müller zuckte zusammen. »Wirklich?«

»Jap. Haben wir mit der Drohne gesehen. Wir haben sie kurz beobachtet, dann brauchten wir die Drohne für … naja, eine andere Aufgabe, sag ich mal.«

»Wie geht es ihr? Bitte lasst sie in Ruhe, sie hat damit nichts zu tun«, flehte Herr Müller.

»Mensch, nun guck doch nicht so bescheuert aus der Wäsche. Immerhin stirbst du nun mit dem Wissen, dass du deiner Frau oder Geschäftspartnerin nicht völlig egal warst. Auch ganz geil!« Die Freude des Mannes geriet ins Stocken, als er das Gesicht des erschrockenen Herrn Müllers betrachtete. »Ist doch so, oder hättest du das lieber nicht gewusst und wärst tot?«

»Ähm, also eigentlich irritiert mich erst mal, dass die Worte ›Tod‹ und ›sterben‹ so oft in unserem Gespräch fallen.« Herr Müller schluckte zweimal und überlegte in dem Moment tatsächlich, ob der Gedanke ihn erleichterte oder seinem Herzen einen weiteren Schlag versetzte. »Nee, das war gut. Danke für die Info!«, fügte er unsicher hinzu.

»Ja, *Digga*, sag ich doch«, sagte der junge Mann und grinste.

Der Entführer drehte sich um und löschte das Licht. Er hatte wirklich fröhlich ausgesehen, als hätte er eine gute Tat vollbracht, indem er nett zu Herrn Müller gewesen war.

»Äh, Moment«, meldete sich Herr Müller leise zu Wort, »könnte ich eine Flasche Wasser haben?«

Der Angesprochene nickte und zupfte an seinem weiten schwarzen T-Shirt, als plötzlich die Haustür über ihnen aufgeschlossen wurde und mit einem lauten Knall ins Schloss fiel. Zwei Frauen lachten amüsiert.

»Oh, die Chefinnen sind wieder da.« Der Mann flüsterte. »Die wollen kein Catering für Geiseln … Ressourcen schonen, weißte ja. Und falls die fragen – ich hab dich voll fertig gemacht. Richtig eingeschüchtert. Alles klar?« Er schlich langsam die Treppe hinauf und ließ den ungläubig nickenden Herrn Müller durstig zurück.

Der wünschte sich, dass seine Frau schleunigst Hildegard einpackte und diese Insel verließ. Sollte sie ihn suchen, würde sie sich nur in Gefahr begeben. Und das wollte er unbedingt vermeiden.

Herr Müller spürte die Kälte, die durch den Spalt des geöffneten Fensters hereinzog, und war sich sicher, kommentarlos und ohne zu zögern, sein Leben für sie herzugeben.

»Da sind sie ja, unsere Babys!«

Die Teambesprechung wurde direkt nach dem Einsatz vollzogen. Wie seriös doch alles klang, wenn die richtigen Worte genutzt wurden.

Der Küchentisch war bedeckt mit rechteckigen Paketen in schwarzer Folie. Die vor Stolz grinsenden Gesichter konnten sich von der Ware kaum abwenden.

»Geil, Leute, mega. Das hat richtig gut geklappt!« Lina konnte ihre Freude kaum bändigen.

Star des Abends war in jedem Fall der Mitarbeitende, der die Pakete ausgetauscht und die wertvolle Ware zurückgebracht hatte. Der Ruhm gehörte ihm und den sollte er heute auch erhalten. Lina und Lara mussten sich zurücknehmen. In ihrem Wirtschaftspsychologiekurs hatten sie sich mit der sogenannten intrinsischen und extrinsischen Motivation befasst. Kleine und große Erfolgserlebnisse hielten das Personal dazu an, aus Eigeninitiative langfristig gute Ergebnisse erzielen zu wollen. Die Motivation erfolgte aus eigenem Antrieb und musste nicht durch Vorgesetzte eingeprügelt werden.

»Ich sag euch, es war niemand mehr im Revier. Alle waren bei den Einsätzen. Diese Trottel haben sogar das Fenster aufgelassen. Und jetzt passt mal auf!« Alle schwiegen und schauten den jungen Mann gespannt an. »Ich musste kein einziges Werkzeug benutzen!«

»Leck mich am Arsch«, schrie Lara und erntete einen bösen Blick von Lina aufgrund der unprofessionellen verbalen Entgleisung.

»Und ich so: Hä, geh ich da einfach rein, oder was? Ich konnte am Fenster hinter dem Haus rumgreifen, Hebel runter und fertig. Der Schlüssel für die Box mit den Kisten hing am *fucking* Schlüsselbrett.«

Alle schüttelten belustigt den Kopf, ein Anflug von Fremdscham angesichts der stümperhaften Polizeiarbeit machte sich breit.

»Und dafür zahlen wir Steuern …«

»Naja …«, sagte Lara und alle lachten über ihren Schwarzgeldwitz.

Jedoch war das nur die halbe Wahrheit. Zwecks Geldwäsche verkauften sie als Alibi wirklich Kinderkleidung, um einen Teil des Geldes legal zu erwerben und in die Rentenkasse einzuzahlen. Immerhin mussten auch Drogendealer für das Alter vorsorgen.

»Hast du gut gemacht, wirklich sehr mutig und konsequent«, sprach Lina mit voller Anerkennung und begann zu klatschen. Die Runde stimmte mit ein. »Leute, der Applaus ist für euch alle. So was ist immer eine Teamleistung. Toll gemacht. Wir sind sehr stolz auf euch.«

Gemeinsame Freude und Zugehörigkeit signalisieren, auch das war Thema innerhalb der Fortbildungen gewesen. Das Drogenmilieu war eine von Kälte und Verunsicherung geprägte Geschäftslandschaft. Umso wichtiger war die gegenseitige Stärkung, die im Businessplan der jungen Frauen sogar ein eigenes Kapitel erhalten hatte.

Lina und Lara spendeten ausdauernd Beifall und insgeheim auch beziehungsweise vor allem für sich selbst. Der Wetterumschwung, die Uhrzeit und das Vorgehen hatten perfekt zusammengepasst. Es hatte sich kaum jemand auf der Straße aufgehalten. Alle Feriengäste waren in ihren Wohnungen oder im Restaurant gewesen. Sie hatten eine perfekte Planung aufgestellt und den reibungslosen Ablauf koordiniert.

Die Geschäftspartnerin von Geisel-Kalle hatte verzweifelt nach ihrem Partner gesucht, sich jedoch schließlich zu ihrem Macker an den Hoteltresen verfrachtet. Diese Frau Müller sah derart fertig aus, dass sie kein weiteres Risiko darstellen würde. Sie hatten die Observierung getrost einstellen können. Auch die Drohne konnte abgezogen werden. Der *Lover* der Eso-Tussi war zwar Polizist, sicherlich geschmiert, aber sie hatten ihn sorgsam gecheckt. Über ihre *Connections* hatten sie erfahren, dass dieser Typ für ihr Vorhaben überhaupt keine Gefahr darstellte. »Völlige Inkompetenz«, lautete die Diagnose ihrer Kontaktperson. Darüber hinaus hatten sie die anderen Streifenteams über einen Kollegen auf der Insel lästern hören. Als der *Loser* sie dann allzu optimistisch angebaggert hatte, hatte Lina sofort eins und eins zusammengezählt. Er hatte sie und Lara ernsthaft gefragt, ob sie nicht Lust auf eine Leibesvisitation hätten. In Dienstuniform. Lina und Lara hatten ihn freundlich, aber bestimmt abserviert. Zu schade, dass ihr Aufenthalt dienstlicher Natur war, ansonsten hätten sie ihn umgehend bei seinen Vorgesetzten gemeldet.

»Sollen wir das eigentlich ein bisschen feiern gehen?«

Die Frage der beiden jungen Mitarbeitenden kam unvermittelt. Sie schauten Lina und Lara flehend an.

»Ach, Leute. Wisst ihr eigentlich, was Alkohol mit eurem Körper anstellt? Wir sollten uns ausruhen und morgen vorsichtig die Insel verlassen. Wir sind nicht zum Spaß hier.«

»Kommt schon. Wir sollten uns etwas gönnen. Das haben wir uns wirklich verdient. Und ehrlich: Ihr habt euch das auch verdient! Eine Eins-a-Planung war das!«

Der eine Kollege stimmte dem anderen zu: »Ihr sagt immer, die Dosis macht das Gift. Also, ein Bierchen ist doch nicht so schlimm, stimmt's?«

Lina und Lara lächelten sich an. »Wir überdenken das. Gebt uns einen Moment.«

Ebenfalls eine wichtige Taktik. Bitten des Personals niemals sofort umsetzen. Es war wichtig abzuwarten. Denn vor einem Ja musste stets glaubhaft der Eindruck vermittelt werden, dass das Anliegen nochmals geprüft, durchgerechnet, aufwendig evaluiert und eben alles Erdenkliche getan worden war, um es wahr werden zu lassen.

»Wir sollen doch aussehen wie Touris, dann müssen wir auch raus wie normale Leute in unserem Alter«, gab der junge Mann an.

Lina überlegte angestrengt. Das waren schlagkräftige Argumente, aber was sollten sie in der Zwischenzeit mit Geisel-Kalle anstellen? Ihre Gastgeberin wollten sie eigentlich nicht allzu ausführlich mit einbeziehen, selbst wenn sie bereits als Späherin für sie gearbeitet hatte. Sie bekam eine saftige Provision dafür, dass die beiden Jungs ohne offizielle Buchung in ihrem Haus übernachten konnten. Zudem durften sie hier die Ware lagern und die Besprechungen abhalten. Sie hätte vielleicht nichts dagegen, die Kellertür gegen einen kleinen finanziellen Aufschlag im Blick zu behalten.

»Okay, Leute, wir gehen was essen und es gibt einen Drink«, eröffnete Lina.

Die Jungs jubelten und sprangen sofort auf. »Dann gehe ich eben duschen. Wer weiß, wen wir heute noch kennenlernen.«

Das konspirative Zwinkern zwischen den Männern ließ Lina bereits jetzt ihre Entscheidung anzweifeln. Aber gut, sie hatten es sich redlich verdient und schließlich ging es auch darum, ein Wir-Gefühl herzustellen und die Mitarbeitenden bei Laune zu halten.

Somit griff Lina nach ihrem Handy. Nachdem das Freizeichen viermal klingelte, erklang eine Stimme am anderen Ende der Leitung. Nach der kurzen Begrüßung konnte Lina ihr Anliegen einbringen.

»Liebste Simone, was hast du eigentlich heute Abend vor …?«

Sie wäre die perfekte Polizistin. Frau Müller hatte eine beruhigende Quadratatmung eingeschoben und sich anschließend in Richtung Gemeindehaus bewegt. Ihr war nach den anonymen Hilferufen sofort klar geworden, welche Strategie die Bande verfolgte. Das Manöver war abgebrüht und so dämlich, dass es genial erschien. Dummdreist hatte der Leggings-Clan scheinbar den Plan gefasst, alle Polizisten aus dem Gebäude zu locken. Dem maroden Haus war die Baufälligkeit schon von Weitem anzusehen. Vermutlich hätte man die Steine mit ein wenig Geschick einfach aus der Wand drücken können, um sich Zutritt zu verschaffen. Es war von keinen unüberwindbaren Widerständen auszugehen, um in die Asservatenkammer zu gelangen.

Frau Müller waren lediglich zwei Personen auf dem Weg dorthin begegnet. Sie hatte Halt gemacht und Hildegard unter ihrer Windbreaker-Jacke versteckt. So war zumindest ein Erkennungsmerkmal ausradiert. Der stramme Bund der Jacke fing den Rüden auf wie ein Tragetuch kleine Kinder. Eine dünne Mütze diente Frau Müller ebenfalls als Tarnung. Sorgsam hatte sie ihre mittelblonden Haare unter den Stoff geschoben.

Sie kannte die Umgebung des Zielobjekts bereits. Genau hier hatten sie und Herr Müller ausführlich gestritten. Frau Müller würde jeden Konflikt der Welt in Kauf nehmen, um nur ein weiteres Mal mit ihrem Mann zusammen sein zu können. Noch nie hatte sie ihn mehr geliebt. Umgeben von hohen Bäumen und linksseitig von dunkelgrünem Buschwerk bedeckt, fand sie den optimalen Standpunkt, um das Gebäude aus weiterer Ferne zu beobachten. Um kein Aufsehen zu erregen, würde sie vortäuschen, unendlich viele Selfies von sich zu erstellen. Das war ja beileibe der Regelfall bei den meisten Touristen. Meistens führte dieses Verhalten dazu, dass alle Umstehenden peinlich berührt wegsahen, sobald der Selfie-Stick ausgeklappt wurde.

Frau Müller wartete wenige Minuten und nahm auf einmal in weiter Entfernung eine Person wahr. Der junge Mann näherte sich unauffällig dem Gebäude neben dem Gemeindehaus. Sie konnte ihn aufgrund der Distanz kaum erkennen. Nach ein paar vorgetäuschten Selfies nutzte sie die Vergrößerungsfunktion, um sein Gesicht auf den Fotos besser erkennen zu können. Bingo. Das war definitiv einer der Bluthunde, die die Leggings-Ladies auf sie losgelassen hatten. Er hatte nicht in ihre Richtung geschaut und sich stattdessen auf den undurchsichtigen blauen Müllbeutel konzentriert, der gut befüllt in seiner rechten Hand baumelte. Kurz darauf war er verschwunden. Er war auf den schmalen Pfad eingebogen, der durch einen hohen Bordstein begrenzt wurde und direkt zum Gemeindehaus führte.

Frau Müller wartete. Nachdem die ersten Minuten verstrichen waren, überkam sie eine überwältigende Unsicherheit. Ihr wurde heiß. Hatte sie erneut einen Fehler gemacht? War die Müller-Effizienz etwa fortan beschädigt?

Doch plötzlich erschien der Gangster wieder auf dem Fußweg vor dem Gebäude.

»Hab ich dich«, flüsterte Frau Müller und nahm mit erheblichem Abstand die Verfolgung auf.

Der junge Mann marschierte Richtung Wohngebiet und wirkte mit seinem schwungvollen Gang fröhlich. Er warf sich den Müllbeutel unbefangen über die Schulter. Dieser schien recht schwer zu sein. Er lief wippend und zügig voran. Kein einziges Mal schaute er sich um. Frau Müller kannte das vom Spicken der Kinder und Jugendlichen in der Schule. Umso auffälliger sie sich aufführten, desto eher wurden die Lehrkräfte aufmerksam. Dieser Mann hingegen verhielt sich auffällig unauffällig. Ohne Hintergrundinformationen hätte er tatsächlich wie ein Tourist wirken können, der mit Chips und Bier beladen zu seinen Kumpels zurückkehrte.

Nach einem ungefähr zwanzigminütigen Fußmarsch blieb er stehen und öffnete eine Gartenpforte, die sich unfassbar laut quietschend bewegte. Es gab Zeiten, in denen dieses Geräusch bei Frau Müller einen kompletten Nervenzusammenbruch bewirkt hätte.

Mit einem kurzen Blick zur Seite ermittelte Frau Müller die Hausnummer des Gebäudes, auf dessen Höhe sie gerade stand. Nummer 39. Das Haus, in dem der Gangster verschwand, musste, rein rechnerisch, die Nummer 49 haben. Auf diese Weise würde sich Frau Müller ein allzu auffälliges Hinschauen ersparen, wenn sie das Grundstück in wenigen Sekunden erreichte. Ihre Augenbewegungen durften sie auf keinen Fall verraten. Sie war zwar gut getarnt, doch das Verbrecherquartier wurde sicherlich überwacht. Schließlich befand sich hier nun eine gehörige Menge Kokain und zudem, hoffentlich, ihr Mann.

Ihr Herz schlug schneller, als sie sich dem Haus näherte. Sie begab sich in Gefahr, das war ihr bewusst. Zudem musste die Bande damit rechnen, dass sie aufkreuzte. Entweder als rachsüchtige Geschäftspartnerin oder eben als besorgte Ehefrau. Es gab kein Zurück mehr. Frau Müller kümmerte sich lieber selbst um die wichtigen Dinge. Zumal einer der wenigen Polizisten auf der Insel derzeit einem Kokainrausch verfallen war. Verstärkung vom Festland würde erst in Stunden eintreffen, wenn überhaupt.

Frau Müller lief langsam am Gebäude vorbei. Sie konzentrierte sich und versuchte, sich alle Einzelheiten zu merken. Gerüche, Geräusche, Stimmengewirr und … Moment mal, was war das denn? Sie vernahm gedämpfte Gespräche und … Klatschen? Applaudierten sie dem jungen Mann etwa?

Aber da war noch etwas anderes. Ein weiterer Laut drang aus dem Inneren zu ihr, war jedoch kaum zu hören. Irgendwie schien er aus einer anderen Ecke des Hauses zu stammen. Sie schloss die Augen und konzentrierte sich. In ihrem Kopf rumorte es. Ihre Synapsen durchsuchten Abertausende Karteikarten nach der Assoziation, die Frau Müller für diesen Klang gespeichert hatte.

*»And I just can't get enough …«*, sang eine Männerstimme so leise und brüchig, dass der Song kaum zu erkennen war.

In diesem Moment fand ihr Gehirn die richtige Schublade. Frau Müller musste sich zwingen, nicht sofort zum Kellerfenster zu stürmen, das sie unmittelbar erspähte und als Quelle des geliebten Wisperns ausmachte. Alles in ihr schrie förmlich danach, ihren Mann zu beruhigen und ihm bestenfalls zwei Liter Wasser zu verabreichen.

Als der Förster ihn im vergangenen Herbst dehydriert auf einer Bank gefunden hatte, hatte Herr Müller ebenfalls dieses Lied gesungen. Seit diesem Vorfall hatte ihr

Mann den Wald nicht mehr betreten, sofern sich nicht mindestens vier Liter Wasser in seinem Rucksack befanden. Die Songauswahl war ihr damals schon merkwürdig vorgekommen, weil er für die entsprechende Band eigentlich keinerlei Interesse hegte.

Unter ihrer Jacke regte sich ein aufgeregtes Bündel aus Fell, das eindringlich versuchte, sich zu befreien. Auch Hildegard hatte die Stimme seines Herrchens erkannt. Er fiepte und würde erfahrungsgemäß gleich bellen. Frau Müller lief ruhig, aber präzise weiter und murmelte dem Dackelrüden beruhigende Mantras vor, was überraschenderweise funktionierte. Sobald es möglich war, bog sie in eine Seitenstraße ein, die wieder zum Hotel führen musste. Atemlos hielt sie inne und versuchte, aus den eben gewonnenen Erkenntnissen einen Lagebericht zu erstellen. Ihr Mann lebte und so sollte es auch bleiben. Sie benötigte mehr Informationen. Jeder Hinweis würde ihr helfen, ihre bisherigen Eindrücke zu bestätigen oder zu korrigieren. Und in dem Fall gab es nur eine Möglichkeit.

Sie holte ihr Telefon aus der Jackentasche und fand die Nummer sofort. »Na, hat alles geklappt?«, eröffnete Frau Müller möglichst unbefangen das Gespräch.

Er lachte. »Ja, einigermaßen, ganz frisch war ich nicht. Ich trink jetzt 'nen Kaffee und mach den Papierkram fertig, und dann ist Feierabend.«

»Heißt das … Du bist also auf der Wache?«, hakte Frau Müller nach.

»Jupp, gerade wiedergekommen«, antwortete Faust, der auf einem Bleistift zu kauen schien.

»Ach, fein, fein«, rang Frau Müller um Worte und versuchte, mit einem Scherz die Informationen zu erhalten, die sie haben wollte. »Und noch alles da? Das ganze schöne Zeug?«

Dem Polizisten entfuhr ein wissendes Lachen. »Petra, Petra, Petra. Ich weiß ja nicht, wo du dein Zeug in deiner Handtasche herhattest, aber ich füll dir bestimmt nichts ab. Da musst du mich gar nicht erst drum bitten.«

»Ach Quatsch, das mein ich nicht. Interessiert mich nur. Nicht, dass die Gangster wieder einsteigen.«

Frau Müller konnte es kaum ertragen, den Polizisten nicht über das Verschwinden ihres Mannes zu informieren.

»Die sind über alle Berge. Zwei Kollegen sind auch schon wieder abgedüst. Wusste ich gar nicht, dass du so neugierig bist. Oder vermisst du mich etwa?«

»Das hättest du wohl gern. Nein, also, ich wollte mich einfach erkundigen, wie es dir geht. Du wirktest vorhin so … traurig irgendwie«, setzte Frau Müller nach.

»Ich doch nicht«, widersprach Faust sofort, »ich hatte einfach zu viel getrunken. Weiter nichts. Also, wir sehen uns vielleicht die Tage. Grüße deinen Mann lieb von mir!«

Frau Müller konnte sich das schelmische Grinsen am anderen Ende der Leitung bildhaft vorstellen. Wenn der nur wüsste, dachte Frau Müller und verabschiedete sich.

Als sie auflegte, sah sie im Augenwinkel eine Frau auf dem Fahrrad. Diese Insel war derart klein, dass einem nach drei Tagen fast alle Leute vertraut waren. Aber woher kannte sie diese Person? Aus dem Hotel? Nein, daran würde sie sich erinnern. Vom Einkaufsbummel? Das Fahrrad war ein deutlich älteres Modell und die typische Nummerierung der Leihunternehmen fehlte. Eine Inselbewohnerin also.

Wie ein Blitz durchzuckte Frau Müller die Erinnerung, die jeden Muskel in ihrem Körper anspannen ließ. Das war doch die Frau, mit der ihr Mann sich in der Bar unterhalten hatte, bevor sie zur Strandparty gegangen waren. Die ihn umarmt und Frau Müller skeptisch beäugt hatte. Der wütende Blick der schrulligen Dame mittleren Alters war ihr gut im Gedächtnis geblieben. Dabei kannten sie sich gar nicht. Vielleicht hatte Herr Müller sich bei ihr über seine boshafte Ehefrau beschwert. Allerdings passte solch ein Verhalten nicht zu ihrem Mann. Er sammelte lieber die Vorwürfe und platzte irgendwann damit heraus, wenn alle Diskussionen längst verebbt waren.

Ähnlich arbeitete auch Frau Müllers Gehirn in diesem Moment. Es sammelte Informationen und legte die einzelnen Teile zusammen, bis die Lösung plötzlich vor ihr lag. Die Frau auf dem Fahrrad war nicht mehr zu sehen, als Frau Müller um die Ecke rannte, um sie im Auge zu behalten. Doch allein eine quietschende Gartenpforte war zu hören, die sich soeben wieder schloss.

Das Leben als Geisel hatte er sich angenehmer vorgestellt. Herr Müller erhielt so wenig Beachtung, dass er befürchtete, sie hätten ihn vergessen. Grundsätzlich passte die Rolle jedoch gut zu ihm. Er war zwar ein richtiger Warteprofi, aber langsam reichte es. Das war ja fast wie zu Hause, dachte er und musste lachen. Die Fesseln hielten seinen Oberkörper davon ab, wie sonst ruckartig nach vorn zu schnellen. Das führte wiederum dazu, dass Herrn Müller das Lachen nur noch halb so viel Spaß machte.

Es hielten sich jetzt wieder mehrere Personen im Gebäude auf, das konnte er an den Schritten über ihm und den dumpfen Gesprächsstimmen feststellen. In regelmäßigen Abständen schallten verschiedene Geräusche zu ihm herunter, die er jedoch kaum zuordnen konnte.

Zumindest hatte der junge Mann ihm die Augenbinde abgenommen. Vielleicht hatte er auch einfach nur vergessen, sie ihm wieder umzubinden. Besonders klug war er ihm nicht erschienen. Dafür hatte ihn seine Freundlichkeit überrascht.

Im ohnehin düsteren Keller war mit der Dämmerung schnell die vollständige Dunkelheit eingetreten. Herr Müller vermutete, dass hinter dem Wandvorsprung ein Kühlschrank stand. Er konnte diesen Teil des Vorraumes nicht einsehen, jedoch hörte er ein leises Surren. Oder bildete er sich das nur ein? Gaukelte ihm sein dehydriertes Hirn eine akustische Täuschung vor?

Sein Durst war kaum auszuhalten. Er wollte sich eigentlich konzentrieren und sich alles merken, damit er seine Aussage bei der Polizei möglichst vollständig machen konnte. So ging er auch bei Spaziergängen mit Hildegard vor. Sah er verdächtige Fahrzeuge, notierte er sich das Kennzeichen, um für eventuelle Entführungen oder Fahrerfluchten vorbereitet zu sein. Nur hatte er in dieser Situation keinen Notizzettel und sein ausgetrocknetes Gehirn befand sich auf der Schwelle zum Wahn. Warum sollte er diesen eigentlich nicht willkommen heißen, dachte Herr Müller. So musste er sich nicht mühsam all die Fragen stellen, auf die er nie oder erst spät eine Antwort erhalten würde. Ging es seiner Frau gut? Hatte er sie ausreichend eingeführt in Hildegards Versorgung? Ohne sein Spezialfutter bekam der Dackelrüde regelmäßig Durchfall. Außerdem hatte Herr Müller das Gewitter gehört. Hildegard hasste Unwetter.

Gedankenversunken bemerkte Herr Müller erst spät, dass sich oben im Flur ein Stimmengewirr bildete, welches sich kurz darauf auflöste, nachdem die Haustür in ihr

Schloss donnerte. Nur die quietschende Gartentür konnte er noch vernehmen.

»Nee ne, jetzt gehen die echt los?«, entfuhr es Herrn Müller. »Ist das nicht ein Ding, Hildegard? Hast du das gehört?« Er schaute im Restlicht auf den Boden und realisierte erst einen Herzschlag später, dass vor seinen Füßen kein Rauhaardackel lag.

Das Delirium setzte ein, er hatte nun bereits seit Stunden keine Flüssigkeit aufnehmen können. Blanke Panik erfasste ihn.

»Hildegard!«, rief er, so laut es sein geschwächter Zustand zuließ. »Hilfe!«

Trotz der Kälte im Kellerraum bildete sich ein Schweißfilm auf seiner Haut. Sein Wasserhaushalt ließ es absolut nicht zu, die kostbaren Ressourcen an Angstschweiß zu vergeuden. Ungelenk versuchte er, mit seiner Zunge die wenige Feuchtigkeit von seiner Oberlippe zurückzugewinnen. Diese verdammte Insel. Und das soll ein Kurort sein?

»Danke, Borkum, du Arschloch«, murmelte Herr Müller und sank zurück, um sich auf das Ende vorzubereiten.

Nie hatte ihm eine Pizza besser geschmeckt, was vielleicht auch an seinem Kater lag. Die Pizzeria war durch zahlreich aufgestellte Kerzen gemütlich beleuchtet. Das Mobiliar wirkte traditionell italienisch. Faust fragte sich, ob er jemals eine wirklich schlechte Pizza in seinem Leben gegessen hatte. Selbst im billigsten Imbiss schien die Mischung aus Käse, Teig und Belägen aller Art als Kassenschlager zu funktionieren.

Sein Blutalkoholwert war mit Sicherheit nicht bei wieder null angelangt, aber immerhin hatte er jetzt Feierabend. Er fühlte sich mit jeder Stunde deutlich nüchterner, was nach seinem Absturz an der Hotelbar eine Erleichterung darstellte. Die Situation war nicht nur peinlich, sondern hätte beruflich bittere Konsequenzen nach sich ziehen können. Er hoffte inständig, dass er niemandem aufgefallen war. Als sich sein Pieper lautstark an der Theke gemeldet hatte, war eigentlich klar zu erkennen gewesen, dass er sich im Dienst befand. Und dann auch noch das Kokain … Es hätte seinen absoluten Untergang als Polizisten bedeuten können. An dieser Stelle jedoch hatte ihm die Prise geholfen und ihn wieder in Form gebracht. Seinen kurzen Einsatz hatte er reibungslos durchführen können.

Faust bestellte sich einen halben Liter Apfelschorle, um seinen Nachdurst zu löschen.

Den Job auf dieser Insel hatte er sich irgendwie spannender vorgestellt. Noch nicht mal bei den Frauen hatte er Erfolge verbuchen können. Bei Außeneinsätzen hatte er sein Leben lang mindestens einmal sein Schiff versenkt. Die lustige Metapher, die zu seinem aktuellen Aufenthaltsort so gut passte, brachte ihn zum Schmunzeln. Vermutlich würde er spätestens übermorgen zurück aufs Festland versetzt werden. Hoffentlich verbesserte sich das Wetter nach dem Gewitter wieder, damit er zumindest noch ein paar heimliche Blicke auf die knappen Bikinis am Strand werfen konnte.

Petra hatte ihm heute wirklich den Arsch gerettet. Hätte es bei der Personenkontrolle einen Zwischenfall gegeben, hätte er dennoch alt ausgesehen. Doch er war mit dem Schrecken davongekommen und nahm sich nun vor, den Rest der Zeit nicht unbedingt abstinent, aber zumindest nicht betrunken zu verbringen. Vielleicht war der Beruf alles, was ihm im Leben bleiben würde.

Petra war eine merkwürdige Frau. Als sie sich kennengelernt hatten, wirkte sie ganz anders. Sie hatte sich wenig selbstbewusst gezeigt und kaum von sich erzählt. Er war davon ausgegangen, durch sein Imponiergehabe leicht bei ihr landen zu können. Dann war alles ganz anders gekommen. Wo hatte sie das Kokain her und warum hatte sie ihm eigentlich geholfen? Sie war clever und cool vorgegangen, schien auf alles vorbereitet zu sein. Petra wäre eine großartige Polizistin geworden. Dass ihr Mann nicht bei ihr war, hatte ihn zunächst nicht verwundert. Schließlich war sie bereits auf der Fähre auf Flirtkurs gewesen. Er hielt inne und schmiedete einen genialen Filmtitel: *Auf Flirtkurs ins Glück* – eine romantische Kreuzfahrtkomödie mit Happy End. Vielleicht sollte er die Branche wechseln. Trotzdem hatte er den Eindruck gewonnen, dass sich Petra mit ihrem Gatten letzten Endes doch gut verstanden hatte. Er hatte die beiden durch die Stadt schlendern sehen und erinnerte sich gut an das Gefühl, das sich bei diesem Anblick in ihm geregt hatte. Er war neidisch. Wie schafften Paare es, so lange zusammenzubleiben? Wie kamen sie über Langeweile und Streit hinweg? Was für ein schönes und besonderes Erlebnis musste es sein, gemeinsam und runzelig in den Ruhestand zu gehen. Mit einer Person, von der man geliebt wurde und die man zurücklieben konnte. Einfach so, jeden Tag.

Während Faust sich seinen Gedanken hingab, betrat eine gut gelaunte Gruppe junger Menschen die Pizzeria. Sie wurden von der Kellnerin zu ihrem Tisch begleitet und ließen sich dort unablässig redend nieder. Als er sich umdrehte, stellte er fest, dass er die Ärsche der Mädels sofort erkannte, nur die beiden jungen Männer waren ihm fremd und störten darüber hinaus das Bild. Das waren die Perlen aus seinem Hotel. Einen etwas peinlichen Flirtversuch hatte er da unternommen. Möglicherweise war er nach ein paar Drinks ein bisschen zu offensiv vorgegangen. Er wollte sich nicht rechtfertigen, aber das Angebot einer Leibesvisitation war durchaus als Kompliment aufzugreifen. Wenn er den Praktikantinnen sagte, dass sie nicht nur klug, sondern zudem wunderschön seien, freuten sie sich immer sehr. Sie lächelten daraufhin ganz süß und verlegen. Natürlich, schließlich war er ein gut aussehender Polizist. Nur sein Vorgesetzter sah das leider anders. Sein Zug schien in diesem Fall jedoch abgefahren zu sein. Diese beiden Wunderwerke der Schöpfung hatten sich nun zwei Typen ausgesucht, die auf *Bad Boy* machten. Auch gut. Dann sollten sie doch auf der dunklen Seite fischen.

Faust widmete sich dem letzten Viertel seiner Pizza und nahm sich vor, den Balzgesang des Quartetts interessehalber ein wenig zu belauschen. Das Gehabe und Getue wirkte amüsant, und er hatte schließlich nichts Spannenderes für den Abend geplant. Die zwielichtigen Typen bestellten Pizza und Bier, die Frauen Salat und eine Weinschorle. Der Polizist rümpfte ungesehen die Nase. Arsch hin oder her, aber so eine Salat-Tussi war der *Abturner* schlechthin. Vielleicht waren das ja sogar Veganerinnen, überlegte Faust und bekam bei diesem Gedanken eine Gänsehaut. Dass ihre Begleiter ihr Bier bereits vor dem Essen ausgetrunken hatten, konnte er der zügigen Bestellung einer weiteren Runde hinter ihm entnehmen. Merkwürdig, irgendwie kam ihm die Gruppe etwas zu aufgedreht für ein Doppeldate vor.

Sie stießen an. »Auf die besten Chefinnen der Welt«, sagte einer der Männer leise, jedoch nicht leise genug.

Ein kurzes Zischen folgte, wich jedoch schnell wieder einer fröhlichen Unterhaltung.

Damit hatte Faust nicht gerechnet. Er fragte sich, wie diese Truppe zusammengefunden hatte. Um Dating ging es offenbar nicht. Zumindest so lange sich kein besonderer Fetisch für Rollenspiele herausstellte.

Faust war kein guter Polizist. Das würden seine Kollegen sicher gern bestätigen. Hätte er sich mit allen Kräften bemüht, dann würde diese Tatsache sicherlich an ihm nagen. Da jedoch das Gegenteil der Fall war, machte es ihn bisher eher stolz, dass er stressfrei unter dem Radar blieb. Immer den Weg des geringsten Arbeitsvolumens gehen, das war seine Devise. Trotzdem hatte er während seiner beruflichen Laufbahn einen Instinkt entwickelt. In all den Dienstjahren hatte er alles Mögliche und Undenkbare erlebt und gesehen. Sein guter Riecher hatte sich schon in vielen Situationen bewährt. Die unstimmige Konstellation rund um die Leggings-Torten machte ihn stutzig. Irgendetwas stimmte hier nicht.

Er folgte dem Gespräch, so gut er konnte. Ihn erreichten nur Fragmente, doch es gelang ihm, einige Stichwörter und Sätze aufzuschnappen. Zu gern hätte er sich umgedreht oder den Platz gewechselt. Doch die Gefahr, sich dadurch zu erkennen zu geben, war zu groß. Die Unterhaltung schien ihm unnatürlich, aber zugleich wirkten die vier wie eine eingeschworene Truppe. Vielleicht waren sie Teil eines Sportteams? Eher unwahrscheinlich.

Dass die Herren sich innerhalb kurzer Zeit bereits das dritte Bier bestellten, schien den Damen nicht recht zu gefallen. Einer der Männer setzte zu einer voraussichtlich ausschweifenden Erzählung an.

»Ach, nee, nicht noch mal«, murrte eine der angeblichen Chefinnen.

Faust konnte vom Rest der Geschichte nur einzelne Fetzen verstehen. So richtig spektakulär kam ihm eine Anekdote, in der es um eine Box, ein Fenster und einen Schlüssel ging, nun wirklich nicht vor. Es klang eher wie der lahme Witz eines Zauberers.

Petra. Petra, Petra, Petra … Da war doch was. Sein Gehirn galoppierte davon und hinterließ diffuse Spuren. Sie hatte merkwürdige Fragen gestellt. Oder war er selbst der Merkwürdige?

Er konnte nicht anders. Seine Intuition schrie ihm förmlich ins Gesicht, dass sich hier etwas Wichtiges abspielte. Dass er die Gruppe hinter ihm nicht aus den Augen lassen sollte. Somit bestellte er einen doppelten Espresso und einen Nachtisch, spitzte die Ohren und blieb an seinem Platz.

Frau Müller rannte, so schnell ihre müden Füße sie tragen konnten. Sie hielt Hildegard fest umklammert. Der Dackel würde vermutlich jeden Moment seekrank werden. Frau Müller entsandte ein nicht konfessionelles Gebet an wen auch immer, dass Miriam noch im Dienst sein möge.

Das Wetter verdüsterte die Umgebung stärker, als es um diese Uhrzeit eigentlich hätte sein sollen. Die meisten Gäste würden sich in Restaurants und Bars tummeln und den Abend genießen. Auch Frau Müller hatte Hunger. In ihrem Koffer stapelten sich einige zertifizierte Bio-Äpfel, die vor lauter Urlaubsstress bisher keine Beachtung gefunden hatten. Vielleicht, so dachte sie sich, war mittlerweile die Zeit für ein anderes Obst angebrochen. Birnen zum Beispiel. Die unterschätzte Kollegin des Apfels.

Etwas weniger ansehnlich und vom tristen Grünbraun eingehüllt. Dafür aber originell und schmackhaft.

Das Hotel rückte in Sichtweite. Sie rannte mit dem schaukelnden Dackel zu ihrem Zimmer, füllte seinen Futternapf auf und tätschelte ihm den Kopf.

»Lass es dir schmecken, mein Freund.«

Ihr wurde schlagartig bewusst, wie glücklich es sie heute gemacht hatte, diesen felligen Gefährten bei sich zu haben. Ihr Magen verkrampfte sich schmerzhaft, als ein Gedanke sie durchzuckte. Vielleicht ging es ihrem Mann ähnlich. Möglicherweise brauchte er Hildegard, weil sie mit anderen Dingen beschäftigt war? Schließlich kannte sie dieses Gefühl der Einsamkeit ebenfalls sehr gut. Mit Aufmerksamkeit hatten sie sich gegenseitig nicht unbedingt überschüttet, eher im Gegenteil. Dennoch war sie bisher selbstverständlich davon ausgegangen, dass ausschließlich ihr Mann an der Misere schuld war. Unterm Strich blieb nur ein Fazit: Sie hatten sich beide komplett und durchweg scheiße verhalten. Nichts anderes drückte den ganzen Schlamassel passender aus. Sie hatten sich nicht mehr füreinander interessiert, nichts mehr gegönnt, nichts verzeihen können und keine Erlebnisse geteilt. Da war es, das perfekte Geheimrezept für das Scheitern einer Beziehung.

Sie musste Herrn Müller finden, mit ihm sprechen. Ihm unbedingt sagen, dass sie ihn liebte und für immer lieben wollte. Vielleicht würde das nicht reichen, vielleicht würde er es gar nicht mehr hören wollen, aber sie musste es loswerden, dringend!

Frau Müller stattete sich zügig mit einigen kompakten Multifunktionswerkzeugen aus, die ihr Mann in ihrem Zimmer versehentlich hatte liegen lassen. Eine Art Schweizer Taschenmesser für Fortgeschrittene landete in ihrer Handtasche. Schließlich musste sie das schmale Kellerfenster möglichst geschickt entfernen, damit sie hineinschlüpfen und ihren Mann befreien konnte.

»Drück mir die Daumen!«, flüsterte sie Hildegard zu und stürmte aus der Tür.

Sie rannte polternd die Treppe hinab und begab sich im Power-Walk zum Frühstücksraum, in dem die Gäste mit Vollpension gerade ihr Abendessen zu sich nahmen. Die Kellner jonglierten mit feierlich dekorierten Tellern und Drinks in eleganten Kristallgläsern. Doch Frau Müller hatte für diesen Schnickschnack keine Zeit.

Miriam nahm gerade die Getränkebestellung eines grau melierten Paares auf. Frau Müller bahnte sich den Weg zu ihr und umschiffte dabei diverse Gäste. Das höfliche Lächeln von Miriam erstarb sofort, als sie Frau Müller erblickte.

»Entschuldigung, ich muss Ihnen kurz meine Kollegin entführen«, log Frau Müller, »geht um die Vorbereitungen fürs Frühstück.«

Das Paar winkte freundlich ab und Frau Müller hakte sich verbindlich bei Miriam unter, deren Augen sich vor Schreck mehr und mehr weiteten.

»Ich arbeite gerade«, zischte sie nervös.

»Geht ganz schnell«, erwiderte Frau Müller und lächelte, um die Rolle der netten Kollegin aufrechtzuerhalten.

»Diese Freundin, die in der Sache mit dem Paket drinhängt. Die wohnt im Wohngebiet, korrekt?«

Miriam nickte knapp.

»Die halten dort meinen Mann fest, vermutlich im Keller. Ruf deine Freundin sofort an und finde heraus, wer sich im Haus befindet.«

»Ich will damit nichts zu tun haben. Echt nicht, wenn rauskommt, dass Simone sich verquatscht hat … Und dann habe ich auch noch das Paket weggeworfen. Da bin ich gleich mit dran.«

Da hätte sie ruhig vorher mal drüber nachdenken können, dachte sich Frau Müller, verkniff sich allerdings den Kommentar. Sie musste Miriams Vertrauen gewinnen, nur so konnte ihr Vorhaben funktionieren.

»Schau mich an«, bat Frau Müller ruhig.

Miriam musterte die Umgebung, doch niemand schien sie zu beachten.

Frau Müller legte ihre Hände vorsichtig, aber bestimmt auf Miriams Arm. »Ich will einfach meinen Mann zurück. Nicht mehr, nicht weniger. Wenn die Luft rein ist, hole ich ihn da raus. Wir machen uns vom Acker, und das war's. Ich werde deinen Namen nicht erwähnen. Versprochen.« Ihr flehender Blick schien etwas in Miriam auszulösen. Frau Müller konnte zum finalen Manöver ausholen. »Wir können beide unsere Fehler ausbügeln. Alles wird gut werden. Keiner wird irgendetwas bemerken.«

Miriam kratzte sich unsicher am Kopf. Sie wusste, dass sie ihren Teil zu der Misere beigetragen hatte. »Ich hole mein Handy«, sagte sie schließlich und verschwand hinter der Küchentür.

Sekunden später erschien sie wieder, winkte Frau Müller zu sich und dirigierte sie in eine stille Ecke auf dem Flur. Sie wählte eine Nummer und stellte auf Lautsprecher.

Das Freizeichen ertönte und bald meldete sich eine Frauenstimme: »Miri, mein Schatz. Bist du nicht bei der Arbeit?«

»Hab grad Pause und wollte eben deine Stimme hören. Diese eine Kollegin ist wieder so nervig«, sagte Miriam glaubhaft.

Das Vorgehen gefiel Frau Müller. Eine falsche Fährte auslegen, um unbemerkt die gewünschten Informationen einzuholen.

Miriam ließ noch ein paar Beschimpfungen über die hinterlistige Arbeitskollegin fallen und machte sich schließlich an die Arbeit. »Und du? Benehmen sich deine neuen Feriengäste denn?«

»Oh ja, die sind wirklich nett. Und geldmäßig hat sich das richtig gelohnt«, sprach Simone begeistert.

»Super!«

»Die sind grad draußen essen und wollen ein bisschen ausgehen. Junge Leute, weißte ja. Morgen reisen die wieder ab, und dann kommen die nächsten. Hauptsaison, ne?«

Miriam lachte.

Frau Müller faltete kurz die Hände als Zeichen der Dankbarkeit und machte sich sofort auf den Weg. Diese Gelegenheit musste sie nutzen, wenn sie ihren Mann lebend wiedersehen wollte.

In einer anderen Umgebung wäre es Lina auf jeden Fall peinlich gewesen, sich mit ihren beiden Mitarbeitenden in der Öffentlichkeit zu zeigen. Gut, dass Lara dabei war. Zumindest eine halbwegs vernünftige Person. Sie mussten die Jungs unbedingt im Zaum halten, damit sie nicht ins Plaudern gerieten. Sie würden nach dem Abschlusscocktail wieder schleunigst getrennte Wege gehen. Vielleicht war der Spa-Bereich im Hotel noch geöffnet.

Nach der vierten Runde machte sich der beschwipste Übermut der Männer bemerkbar. Sie waren stolz und das zu Recht. Feiern sollten sie jedoch lieber zu Hause, weit weg von dieser Insel. Ihre Mitarbeitenden verschlangen ihre Pizzen nicht nur, sie fraßen wie die Schweine. Lara lächelte und schaute Lina an. Ihr jedoch war nicht nach Lachen zumute. Wie konnten die Jungs nur? Sie sahen nicht nur widerlich aus, sondern würden möglicherweise auch Aufmerksamkeit auf sich ziehen. Und das war ungünstig. Bisher hatte alles wie am Schnürchen funktioniert. Jetzt noch ein Risiko einzugehen, war völlig unnötig.

»So, das ist das letzte Bier hier«, sagte Lina mit gepresster Stimme.

»Na gut«, gaben die Jungs einstimmig von sich.

Sie hatten in aller Öffentlichkeit bereits zu viel gequatscht. Gott sei Dank hatte das jedoch keiner bemerkt. Das Lokal war gut besucht, aber alle waren mit ihren Pizzen oder Begleitungen beschäftigt.

»Sagt mal, wie würdet ihr es machen?«, flüsterte Lara.

Lina war der Ohnmacht nahe und schäumte innerlich vor Wut. »Psst«, zischte sie.

Könnten Blicke töten, würde Lara sofort von ihrem Stuhl rutschen und nie wieder aufstehen. Die Männer stutzten. Ein süffisantes Lächeln schlich sich auf ihre Gesichter. Leider hatten sie Laras Frage verstanden.

Lina fuchtelte so dezent wie möglich mit ihren Händen, um die Antwort im Keim zu ersticken. Vergebens.

»Plastiktüte. Sieht scheiße aus, aber ist weniger sauber zu machen«, erwiderte der eine schmatzend.

»Hier auf der Insel? Am besten einfach ins Meer. Badeunfall«, schlug der andere kauend vor. »Oder Gift. Schöner Herzschlag, passt zum Alter.«

Sein Partner entgegnete empört: »Gift machen doch nur Weiber.«

»Digga, in welchem Jahr lebst du denn, laber nicht! Wie heißt das noch? Diskretion. Darauf sollten wir achten. Und überhaupt, ich mach das, wie …«

»Jetzt. Haltet. Die. Klappe!« Dieser Satz saß wie ein Pfeil. Lina hatte sich nach vorne gebeugt und ihren eiskalten Blick in die Runde gelenkt.

»Wir kümmern uns um Geisel-Kalle«, gab Laras Partnerin wütend zu verstehen. »Seine Möchtegernfrau lassen wir in Ruhe. Die ist schissig und froh, wenn sie von der Insel runter ist. Damit ist die Diskussion beendet. Reißt euch einfach zusammen, fallt nicht auf und morgen sind wir weg.«

Hinter der großen Palme, die offensichtlich als Raumtrenner diente, telefonierte ein Mann, der die ganze Zeit am Tisch hinter ihnen gesessen hatte. Ganz allein. Lara konnte ihn nur von hinten sehen. Er tat ihr leid. Vermutlich hatte er keine Familie, vielleicht war er sogar verwitwet. Sie befürchtete sogar, dass sich am anderen Ende der Leitung niemand befand und er nur aus Einsamkeit vorgab zu telefonieren.

Lina war ein richtiger Psycho, das hatte sie leider etwas zu spät erkannt. Lara selbst könnte wohl ebenfalls als »nicht ohne« durchgehen. Sie hatte Spaß an den kriminellen Machenschaften und tat, was getan werden musste. Aber Lina toppte alles Dagewesene und war im Übrigen genau deswegen so erfolgreich. Lara war sich sicher, dass Lina im Zweifelsfall ihre Eltern umbringen würde, wenn das Geschäft es erforderte. Somit war sich auch Lara ihrer eigenen Austauschbarkeit bewusst. Sie hatte bereits einige Male mit dem Gedanken gespielt, sich abzuseilen und die Zusammenarbeit mit Lina zu beenden. Ein Ausstieg war derzeit jedoch unmöglich, ohne enorm viel Geld und vielleicht sogar ihr Leben zu riskieren.

Vielleicht war sie auch nur einfach gestresst, dachte Lara. Dieses Gefühl würde sich vermutlich erledigen, wenn sie und Lina wieder eine Zeit lang auf Abstand gehen konnten. Lara war froh, am nächsten Tag endlich abreisen zu können. Sie hatte sich mit Lina ein Zimmer geteilt, was sich als unerwartet nervenaufreibend erwiesen hatte. Ständig stand ihre Partnerin vor dem Spiegel und machte Selfies, um sie auf Instagram zu posten.

»Ich hätte gern eine Portion Tiramisu«, bestellte Lara, als der Kellner an ihrem Tisch vorbeilief.

Er lächelte anzüglich, als sie ihm in die Augen schaute. Seine Haare hatte er sorgsam zurückgegelt und ein blinkender Ohrstecker glitzerte in der dezenten Beleuchtung des Restaurants. Mit diesem klassischen »Arschfickerblick«, wie Lara und Lina den Ausdruck nannten, wurden sie regelmäßig von Männern verschiedenster Altersklassen bedacht. Flirten ging anders.

»Kommt sofort!«

Lina konnte sich ihr hämisches Viel-Spaß-beim-Fettwerden-Grinsen kaum verkneifen. Lara genoss gerade deswegen jeden Bissen ihres Nachtischs, der cremig auf ihrer Zunge zerschmolz. Zehn Esslöffel Schlagsahne hatte sie heute Morgen lächelnd in Linas Proteinquark untergemischt, während die sich am Buffet einen weiteren Smoothie geholt hatte.

»Das haben die in der Produktentwicklung toll hingekriegt, schmeckt ultracremig«, hatte Lina entzückt und mit vollem Mund geschwärmt.

Wer zuletzt lacht ..., dachte Lara und schloss die Augen, um jedes Molekül des italienischen Klassikers zu genießen.

»Hey, Petra«, murmelte Faust leise in sein Handy.

Seine Gesprächspartnerin schien über den Anruf verwundert. »Oh, na, du, was gibt's?", stotterte sie hastig.

Gute Frage, was gab es denn? Er war es durchaus gewohnt, Personen auf Sachverhalte anzusprechen, zu denen ihnen das Schweigen deutlich leichter fiel. Manchmal war ein Überraschungsangriff jedoch die beste Wahl. Denn hatten die Befragten erst mal Lunte gerochen, konnten sie gründlich Ausreden aller Art vorbereiten.

»Kann ich deinen Mann mal sprechen?«, fragte er deswegen umgehend.

Er konnte am anderen Ende der Leitung nur leise Umgebungsgeräusche wahrnehmen. Petra befand sich also nicht in ihrem Hotelzimmer.

»Was? Wieso?«, erwiderte sie hastig.

»Ich will mir einen Hund kaufen, 'nen Dackel. Ich brauche Tipps.«

»Der …«, sie stockte, »ist gerade nicht da.« Ihre Stimme wirkte anders.

»Ah, okay. Vielleicht kann er mich ja morgen zurückrufen. Und du, was treibst du heute Abend so?«

»Ich gehe eine Runde spazieren. Und dann wahrscheinlich direkt ins Bett.«

»Oh, wo bist du denn? Hast du einen Spaziergehtipp für mich? Die anderen von der Arbeit sind immer froh über einen Hinweis. Die denken, ich kenne mich auf der Insel aus. Die Idioten. Als würde ich freiwillig hierherfahren.«

»Sagen wir mal so, der Strand ist schön, der Rest kann weg.«

Ein Witz sollte das offenbar nicht werden, zumindest klang sie viel zu ernst.

»Stimmt wohl. Und ein bisschen Party machen?«, fragte er betont amüsiert.

»Party?«

»Naja«, erwiderte er noch leiser, »hast ja alles dabei.«

Frau Müller lachte kurz, und sogar das kam nicht annähernd authentisch rüber. »Du, ich hab halt Ferien. Das … war eine Ausnahme.«

»Ich verpfeif dich nicht, keine Sorge.«

Ein kurzes Schweigen folgte. Er kannte sie noch nicht lange, aber irgendetwas stimmte nicht.

»Vielleicht treffen wir uns nachher einfach alle zusammen in der Bar. Ich glaube, ihr seid ein echt nettes Paar. Du und …«

»Mein Mann?«

»Ja. Wie … War noch mal sein Name?«

»Müller. Also Kalle.«

»Ach was, das ist ja ein geiler Name.«

»Hmm.«

Er merkte mit jeder Faser, dass sie es eilig hatte und ihn schnellstmöglich abwürgen wollte.

»Petra?«

»Ja?«

»Wenn du in Schwierigkeiten stecken würdest, würdest du es mir sagen?«

Es wurde still am anderen Ende der Leitung. Er schaute auf das hell erleuchtete Display und verstand.

Sie hatte aufgelegt.

»Hey, da unten, halt endlich die Klappe!«

Herr Müllers glasige Augen folgten dem fahlen Licht, das von der Treppe in den dunklen Keller drang. Diese Stimme war neu. Sie gehörte einer Frau, die etwas älter sein musste als seine Entführerinnen. Herr Müller konzentrierte sich, das war vielleicht seine letzte Chance.

»Ich verdurste. Bitte, helfen Sie mir …«

Es folgte keine Antwort, nicht mal eine Beleidigung. Jedoch hatte die Frau die Tür offensichtlich nicht wieder geschlossen. Andernfalls säße er in vollkommener Finsternis. Ein genervtes Stöhnen folgte. Wenige Sekunden später tapste jemand mit einer Taschenlampe die Stufen hinab.

»Hier. Aber wenn du jetzt nicht die Klappe hältst, sage ich den Chefinnen Bescheid, und dann kannst du was erleben.«

Und tatsächlich. Herr Müller konnte das Gesicht der Frau nicht erkennen, da ihn das Licht der Taschenlampe schmerzhaft blendete, jedoch spürten seine Lippen den Rand eines Glases und kurz darauf die alles Dagewesene in den Schatten stellende, erlösende Flüssigkeit. Er leerte das riesige Glas in wenigen Zügen und bedankte sich atemlos bei der Frau. Die leuchtete ihm direkt ins Gesicht und schwieg. War das eine neue Foltermethode? Wortlos drehte sie sich um, folgte der Treppe hinauf ins Erdgeschoss und schloss leise die Tür.

Herr Müller ließ den Kopf in den Nacken fallen. Er konnte das Wasser noch auf seiner Zunge schmecken. So klar und frisch. Und obwohl er nach wie vor durstig war, klärten sich seine Gedanken sofort.

Umso verwunderter war er, als er ein dumpfes Geräusch aus Richtung des Fensters wahrnahm.

»Müller?«

Die Stimme seiner Frau. Das war nun aber wirklich ein außergewöhnlich gemeiner Scherz seines vermutlich auf Rosinengröße dehydrierten Gehirns. Das verabreichte

Glas Wasser schien leider nur ein Tropfen auf den heißen Stein gewesen zu sein.

»Nick mal, wenn du mich hörst!«, zischte die Fata Morgana seiner Frau.

Herr Müller fixierte das Fenster, welches immer noch einen Spalt breit offen stand. Da war er jetzt aber gespannt, was die unheimliche Gestalt auf sein Nicken entgegnen würde.

»Gut. Ich komme zu dir.«

Er sah nicht, was passierte, er registrierte lediglich sehr leise und konzentrierte Handgriffe. Was würde denn geschehen, wenn er nun als Geisel quasi aus der Entführung entführt werden würde? Da würden die jungen Frauen aber ganz schön blöd aus der Wäsche schauen. Als geklaute Geisel erwartete ihn hoffentlich eine bessere Verpflegung.

Ein Geräusch riss ihn aus seinen wirren Gedanken. Hatte er etwa Schritte gehört? Irgendetwas oder irgendjemand bewegte sich langsam auf ihn zu. Und dann, tatsächlich, schlang die Person die Arme um ihn und küsste ihn genau drei Mal. Sein Herz raste. Sie war es. Er konnte sie am Geruch erkennen. Ihr Deo, dem sie trotz der als bedenklich eingestuften Inhaltsstoffe nicht den Rücken kehren wollte, das Waschmittel, das sie gemeinsam benutzten, gepaart mit einer Duftnote, die nur von einem nassen Hund stammen konnte. Eine Welle aus Erleichterung und Liebe durchflutete ihn. Er könnte in diesem Moment sterben, es würde ihm nichts ausmachen. Wenn dies das Gefühl sein sollte, das er als Letztes in seinem Leben spüren sollte, wäre er glücklich und zufrieden. »Ich hab alles gehabt«, würde er an der Pforte zum Himmel stolz verkünden.

»Du bist es wirklich. Was machst du hier, es ist viel zu gefährlich!«, flüsterte er.

»Halt die Klappe und steh auf. Wir müssen uns beeilen und abhauen, bevor sie zurückkehren«, wisperte Frau Müller.

Schnell durchtrennte sie seine Fesseln. Er konnte sich zunächst kaum rühren und musste sich dehnen, um überhaupt auf die Beine zu kommen. Plötzlich ertönten über ihnen Schritte, die sich rasch näherten. Herr und Frau Müller hielten die Luft an.

»Steig hier drauf.« Frau Müller nahm die Hand ihres Mannes und führte ihn an eine stabile Oberfläche. »Erst das Knie.« Seine Frau drückte und schob, damit er ausreichend Schwung aufnahm.

Das Kellerfenster war gerade so groß, dass eine Person hindurchklettern konnte. Hätte Herr Müller heute Morgen auch nur ein Brötchen mehr gegessen, wäre es vermutlich knapp geworden. Er zog sich am Rahmen nach oben und zwängte sich ins Freie, bis sein Oberkörper den feuchten Rasen berührte. Neben seinen Beinen erschien bereits der Kopf seiner Frau. Wie eine Katze schob sie sich aus dem Fenster. Er reichte ihr die Hand. Sie lächelten bis über beide Ohren.

»Hallo?«, erklang eine Stimme hinter ihnen im Keller.

Sie erhoben sich schlagartig und rannten, so schnell sie konnten. Herr Müller humpelte eher, was die Flucht nicht vereinfachte.

»Los!«, rief ihm seine Frau hastig zu und reichte ihm die Hand.

Hinter zwei Bäumen pausierten sie, als sie das Ende der Straße erreicht hatten. Ihr Atem kam nur langsam zur Ruhe.

»Trink das!« Frau Müller zauberte eine kleine Flasche aus ihrer Handtasche hervor.

Laut glucksend rann das kühle Wasser seine Kehle herunter. Sie hielten sich immer noch an den Händen. Sie schwitzten und ihre Beine fühlten sich an, als bestünden sie aus Gummi.

»Wir müssen zur Polizei und denen alles erzählen. Die können uns bestimmt aufs Festland bringen und uns beschützen.«

Herr Müller nickte. »Wie hast du mich gefunden? Geht es dir gut? Ist Hildegard im Hotel?«

»Ja, der Polizist, den ich kennengelernt hab, muss ihn nachher einsammeln und zu uns bringen. Den Rest erzähle ich dir später.«

»Dann gehen wir direkt zur Hauptwache?«

»Ja. Bist du bereit?«

Frau Müller hoffte inständig, dass die Wache besetzt war und keine Anfänger-Combo aus dem Milieu Streiche spielte. Sie hatte Faust unmittelbar nach dem Verlassen des Kellers anrufen wollen, doch ihre Entdeckung ließ ihr keine Zeit dazu.

Unter den üppig belaubten Bäumen war die Hand vor Augen kaum zu sehen. Herr und Frau Müller standen Seite an Seite und sammelte Energie für die anstehende Strecke. Die Polizeiwache lag ungefähr einen Kilometer weit entfernt.

»Warte«, sagte Her Müller, als sie schon im Begriff waren, wieder loszurennen. Er nahm das Gesicht seiner Frau in beide Hände und küsste sie zärtlich. »Ich liebe dich. Die ganze Zeit und für immer und ewig. Egal, was passiert.«

Frau Müller umarmte ihren Mann und legte ihren Kopf für wenige Sekunden auf seine Brust. »Ich dachte, ich seh dich nie wieder …«, flüsterte sie, bevor sie hinzufügte: »So, wir müssen weiter!«

»Okay, los geht's«, stimmte Herr Müller mit ein.

Ihnen beiden war bewusst, dass die Bande die Verfolgung aufgenommen hatte. Zwei Zeugen waren ihre Gesichter bekannt, und nun würde ihnen auch noch die Geisel als Druckmittel fehlen. Würden die Müllers erwischt werden, gäbe es keinen Zweifel mehr an ihrem Schicksal.

»Nein, warte. Lass mich vorgehen«, murmelte Herr Müller, »du wartest hier in Sicherheit, und ich hol dich mit der Polizei ab.«

Das Risiko war sicherlich geringer, wenn einer von ihnen sich verstecken konnte. Aber sie schüttelte den Kopf. »Ohne dich geh ich nirgendwo hin. Nie wieder.« Sie nahm seine Hand.

Beide sprinteten los. Sie blieben in den Schatten von Gebäuden und Bäumen, um sich möglichst unauffällig fortzubewegen.

»Vorne rechts«, keuchte Frau Müller.

Sie wollte nicht auf direktem Wege zum Ortskern vorstoßen, da die Bande sie dort sicherlich erwartete. Sie nahmen die Kurve mit Schwung. Hinter der Abbiegung würde das Gemeindehaus bereits zu sehen sein. Das Ziel war zum Greifen nahe.

Im Augenwinkel nahm Frau Müller plötzlich eine Bewegung wahr. Das Licht der nächsten Straßenlaterne blendete sie jedoch, sodass sie nichts Genaues erkennen konnte. Ein Geräusch ließ ihren Puls nach oben schnellen. Einfach weiterlaufen, wir haben es gleich geschafft, schoss es Frau Müller durch den Kopf.

Es war ihr letzter Gedanke, bevor sich alles veränderte.

Der Höhepunkt großer Geschichten wird oft mit den Worten eingeleitet: »Und dann ging alles ganz schnell.« Daraufhin nimmt die Handlung eine dramatische Wendung. Meist verliert mindestens eine Person ihr Leben. Andere werden geboren, fliegen in das Weltall, streiten sich, trennen sich, kommen zusammen und küssen sich.

Das Harmoniebedürfnis vieler Menschen sehnt fröhliche Ausgänge herbei. Krankheiten sollen gefälligst überlebt werden. Die Liebenden sollen zueinanderfinden. Die Menschheit übersteht den Angriff der Aliens.

Aber hey: Das hier ist Ostfriesland, nicht Hollywood.

# TAG VIER

Der Körper verfügt über eine geheime Superkraft. Er blendet den Schmerz während des Schlafes aus, damit sich das gesamte System erholen kann. Dies gilt für körperliche Qualen ebenso wie für das Leid der Seele. Umso tragischer ist der Moment des Erwachens. Auf völlige Ahnungslosigkeit folgt eine Phase der Orientierung. Innerhalb weniger Sekunden bündelt sich die Pein und schlägt wie ein Komet mit voller Wucht ein.

Frau Müller erwachte in ihrem Hotelbett. Ihr Körper schmerzte. Unmittelbar traten ihr dicke Tränen in die Augen, rannen ihr über das Gesicht und bedeckten ihren Hals. Sie schielte zur Seite. Auf der Betthälfte, auf der vor zwei Tagen noch ihr Mann gelegen hatte, schlief nun Hildegard. Der schien bemerkt zu haben, dass Frau Müller wach war. Ungelenk robbte er heran und leckte über ihre Wange. Sein fragender Blick traf den ihren.

Der Dackelrüde müffelte ein wenig. Frau Müller freute sich über den kurzen Moment der Normalität, wohlwissend, dass sie nicht wiederkehren würde. Hildegard musste sicherlich dringend seine Morgentoilette verrichten. Frau Müller schälte sich aus dem Bett und zuckte zusammen. Ihr Körper war übersät mit blauen Flecken, die vermutlich beim Klettern durch das Kellerfenster entstanden waren. Viel schlimmer hatte sich jedoch der Sturz ausgewirkt.

Frau Müller schob den Gedanken schnell beiseite. Sie würde das Bett ansonsten niemals verlassen können. In

Jogginghose und Kapuzenpulli lief sie über den Hotelflur. Sie nahm den Fahrstuhl, den sie im Erdgeschoss wieder verließ. Hinter dem Hoteltresen entdeckte sie Miriam. Bitte sprich mich nicht an, versuchte Frau Müller, ihr mit den Augen zu verstehen zu geben. Auf der ganzen Insel mussten sich die Neuigkeiten bereits verbreitet haben.

Hildegard hatte es eilig, ins Freie zu kommen. Nur wenige Meter neben dem Hotel hob er sein Bein. Lange. Ein kleiner gelber See bildete sich auf dem Boden. Ein schlechtes Gewissen erfasste Frau Müller heftig. Sie hätte den Hund gestern noch rausbringen müssen, aber sie war dazu nicht in der Lage gewesen. Dafür hatte sie Ben und Caro am Abend informiert. Es war unerträglich gewesen. Sie hatten bitterlich geweint und sich große Vorwürfe gemacht. Die Lektion, dass das Leben endlich ist, musste die Familie nun schmerzhaft über sich ergehen lassen.

Ihr Handy klingelte schrill. Der Name von Faust leuchtete auf dem Display. Er war einer der wenigen, mit denen sie derzeit sprechen wollte.

»Hey, Petra. Wie geht's dir?«

»Beschissen.«

»Bitte sag mir, kann ich irgendwas tun?«, fragte er vorsichtig.

»Du hast schon so viel getan, wirklich. Ich werde dir das nie vergessen.« Sie schluchzte.

»Ist schon gut, schon gut. Warst du denn im Krankenhaus?«

»Nein. Die wollen mich anrufen, wenn ich … zu ihm kann.«

»Okay, lass uns nachher einen Kaffee trinken. Und ich lad dich auf ein Stück Kuchen ein. *Very* lecker, okay?«

Sie wusste, dass er lächelte.

»Na gut. Ich schreibe dir, wenn ich bei ihm war.«

Frau Müller bog ab Richtung Meer. Die Luft war kühl, trotzdem roch es frisch und auf eine besondere Art und Weise sauber. Dicke weiße Wolken zogen vorüber und ließen dem strahlend blauen Himmel trotzdem großzügig den Vortritt. Anhand der Beschilderung versuchte Frau Müller, den Weg zum Hundestrand zu ermitteln. Hildegard hatte sich ein wenig Abwechslung verdient. Außerdem hätte ihr Mann es sich so gewünscht, das wusste sie.

Der Gedanke, das Inselkrankenhaus zu betreten, schnürte ihr beinahe die Kehle zu. Ihr wurde schwindelig. An einem Mülleimer machte sie kurz Halt, um sich festzuhalten.

Hildegard war sofort zur Stelle und drängte sich nah an ihr Bein. Er schaute ihr von unten so tief in die Augen, dass Frau Müller den Eindruck hatte, er verstünde ihren Schmerz.

Sie musste nach der Gassirunde unbedingt etwas trinken und ein kleines Frühstück zu sich nehmen, um den schweren Gang, der sie erwartete, überstehen zu können.

Faust saß regungslos auf seinem Bürostuhl. Die gestrige Hitze war aus dem winzigen Büro im Gemeindehaus noch nicht vollständig entwichen.

»Ist alles klar bei dir?«

Er hatte die Kollegin nicht bemerkt und zuckte zusammen. »Äh ja, alles gut.«

Sie klopfte ihm auf die Schulter. Er nickte ihr freundlich zu.

Faust atmete schwer durch den Mund ein und aus. Es war knapp gewesen gestern Nacht. Einerseits hatte er lange nicht mehr so gute Polizeiarbeit geleistet, andererseits hatte er auch selten so viele Fehler gemacht.

Im Restaurant hatten die Mitarbeiter der Leggings-Ladies bierselig derart viele auffällige Worte fallen lassen, dass er nur eins und eins hatte zusammenzählen müssen, um ihnen auf die Schliche zu kommen. Spätestens als er kombiniert hatte, dass der benannte »Geisel-Kalle« mutmaßlich ein und dieselbe Person war wie der nicht mehr gesichtete Kalle von Frau Müller, hatte er die Verbrecherbande verfolgt, nachdem sie die Pizzeria plötzlich in heller Aufregung verlassen hatte. Die Gruppe war nicht gerannt, das wäre zu auffällig gewesen. Doch sie war in Eile gewesen, und die jungen Frauen wütend, so viel war klar gewesen.

Er informierte sein Team umgehend und konnte vorbildlich die Lage schildern. Es befand sich zwar nur noch eine weitere Polizistin auf der Insel, die jedoch rückte sofort aus und alarmierte sicherheitshalber den Rettungsdienst. In der Dunkelheit fiel Fausts Observierung nicht im Geringsten auf. Durch den Streifendienst der letzten Tage kannte er alle Straßen und konnte zahlreiche Abkürzungen und Verstecke nutzen. Er schlich sich voraus, um mithilfe der Verstärkung dem Quartett den Weg abzuschneiden. Auch ohne zu wissen, welches Ziel die vier ansteuerten, ließ ihre Laufrichtung das gewagte Manöver durchaus zu. Sein Gespür verriet ihm, dass Petra und ihr Mann in irgendeiner Form in Gefahr sein mussten. Beide Seiten sollten sich besser nicht begegnen. Dass es dafür zu spät war, wurde ihm klar, als er Kalle und Petra um die Ecke rennen sah – direkt in die Arme der Gang. Und dann fielen Schüsse. Noch heute klingelten seine Ohren, er hörte nur die Hälfte von allem.

Er hätte sich sofort zwischen das Paar und die Angreifer geworfen, damit Kalle und Petra haben konnten, was ihm selbst unerreichbar schien. Liebe. Doch dazu kam es nicht mehr, die Distanz war zu groß. Die Schüsse trafen nicht ihn.

Die Kollegin hatte ihm die Lokalzeitung gebracht. Ein großer Artikel dominierte die erste Seite: *Spektakuläre Jagd – Polizei fasst Drogenbande.*

Ein Teil in ihm war stolz. Seine Kollegen überschütteten ihn mit Anerkennung und Lob für seine aufmerksamen Beobachtungen. Selbst sein Vorgesetzter hatte ihn angerufen und gratuliert, nachdem sie die vier Gangmitglieder in Gewahrsam genommen hatten. Dennoch blieb die große Freude aus. Er hätte früher Verstärkung anfordern und aufgrund der Verdachtslage eine Observierung von Petra veranlassen müssen.

Hinterher ist man immer schlauer, dachte sich Faust und begann, die Stapel von Papier abzuarbeiten, die im Falle eines Personenschadens ausgefüllt werden mussten.

Der Geruch von Desinfektionsmittel stieg ihr in die vom Hochseeklima angenehm gereizte Nase und sorgte dafür, dass sich das erdrückende Gefühl in ihrer Brust verstärkte.

Diese Klinik war eigentlich spezialisiert auf Haut- und Lungenkrankheiten, die mit Unterstützung der Seeluft und des Salzwassers auskuriert werden sollten. Das bunte Treiben im Gebäude überraschte sie. Anders als in anderen Krankenhäusern waren die meisten Patienten gut gelaunt und gerade auf dem Weg zum Mittagessen. Vermutlich lag es an der direkten Strandlage.

Frau Müller blieb vor einem Schild stehen, auf dem alle Abteilungen aufgeführt waren. Die Buchstaben verschwammen vor ihren Augen. Sie wollte nicht hier sein. Die Ärztin hatte sie höchstpersönlich und behutsam mit allen wichtigen Informationen versorgt. Frau Müller durfte sie jederzeit anrufen, falls sie Fragen haben sollte.

»Sind Sie Frau Müller?«, fragte eine freundlich lächelnde Frau.

»Ja, das ist richtig. Ich möchte meinen ...«, sie stockte kurz, »meinen Mann sehen.«

Die ehrenamtliche Mitarbeiterin eskortierte sie zur Station, auf der sie erscheinen durfte. Sofern sie wollte.

»Der Anblick wird schwer für Sie sein. Bitte stellen Sie sicher, dass Sie am Nachmittag nicht allein sind. Das ist eine Ausnahmesituation, Sie werden viel Unterstützung brauchen. Kommen Sie auch gern zu uns, wir helfen Ihnen.«

Frau Müller atmete tief durch. Ihre Hände zitterten, als sie im Fahrstuhl die Taste für das erste Untergeschoss drückte. Die Tür schloss sich und der Aufzug setzte sich ruckelnd in Bewegung. Wie in einem alten Film tönte aus den Lautsprechern ein mechanisches »Pling«, als sie die gewünschte Etage erreichte.

Frau Müllers Augen brannten bereits, als sie den Keller des Krankenhauses betrat.

So eine dumme Scheiße. So eine dumme, dumme, dumme Scheiße. Lina starrte in die Spiegelung des vermutlich aus Panzerglas bestehenden Fensterelements der massiven Tür, an der sie vorbeigeführt wurde. Einen Spiegel würde sie nun für eine Weile nicht nutzen können. Von ihrem Handy ganz zu schweigen. Einigermaßen ansprechende Kleidung und gesunde Ernährung, daran war gar nicht zu denken.

Für die Untersuchungshaft waren sie getrennt untergebracht worden. Sie wusste nicht, wo Lara oder die beiden Jungs sich befanden. Mittlerweile war ihr das auch egal, denn sie würde die längste Haftstrafe erwarten, sofern sich beweisen ließ, dass sie auf Geisel-Kalle geschossen hatte. Immerhin hatte sie beide Male getroffen. Das sollte ihr ohne Training erst mal jemand nachmachen, zumal sie sich in einer absoluten Stresssituation befunden hatte.

Sie selbst wäre natürlich nie bewaffnet aus dem Haus gegangen, sie besaß nicht mal ein entsprechendes Gerät. Einer ihrer Mitarbeitenden hatte die Knarre mitgeschleppt und vor lauter Wut gezogen, als Simone die Gruppe informiert hatte, dass Kalle befreit worden war. Sie hatte ihm die Waffe aus der Hand gerissen und einfach abgedrückt, als das Paar plötzlich vor ihnen aufgetaucht war. Überrascht stellte sie fest, dass es ihr nichts ausmachte, eine Person zu töten. Als der alte Sack zusammengeklappt war, empfand sie eher Gerechtigkeit als Reue. Er hatte sie schließlich bestohlen. Somit hatte er angefangen.

In Filmen sah es anders aus, wenn Leute erschossen wurden. In Wirklichkeit sackten sie viel langsamer zusammen. Seine Partnerin spielte ihre Ehefrauenrolle mittlerweile echt gut. Die hatte einen richtigen Nervenzusammenbruch zum Besten gegeben.

Nun musste Lina all ihr schauspielerisches Können zu einem großen, effektvollen Auftritt zusammenkratzen, um möglichst schnell aus diesem Loch herauszukommen. Am besten bevor ihre Haut vom Gefängnisfraß picklig wurde und ihr Arsch fett. Auf der Waffe befanden sich Fingerabdrücke von zwei Personen. Sie hatte bei der Festnahme behauptet, dass ihr Mitarbeiter geschossen hatte. Mit dieser Anschuldigung schien er nicht gerechnet zu haben, denn er war ziemlich ausgerastet, was auf der Polizeiwache natürlich nicht gut ankam. Seine Vorstrafen sprachen ebenfalls für sich und entlasteten sie. Dass ihr Personal bei Simone untergebracht gewesen war, sollte bis heute keiner erfahren haben. Camping am Strand schien sowieso viel wahrscheinlicher. Im besten Fall blieb das so. Denn in Simones Haus lagen weiterhin die wertvollen Pakete mit der teuren Ware. Simone würde sie sicher gut für sie aufbewahren.

Währenddessen war Geisel-Kalle hoffentlich tot. Sein Leben hatte jedenfalls bereits am seidenen Faden gehangen, als der Rettungsdienst gekommen war. Seine Pseudo-Ehefrau hatte, bevor die richtige Polizei vom Festland eingetroffen war, noch voll einen auf dicken Macker gemacht. Aber so richtig *random* hintenrum. Sie und ihre Mitarbeitenden hatten in Handschellen und mit Fußfesseln im stinkenden Gemeindehaus gesessen. Diese Frau Müller – mit dem bescheuertsten Decknamen der Welt – war ebenfalls auf die Behelfswache gebracht worden und musste ihre Aussage aufnehmen lassen. Alle Ausgänge waren bewacht gewesen. Diesen Polizisten namens Faust kannten sie aus dem Hotel. Ein ekeliger Typ, der sich an jeden Arsch dranhing, der ihm begegnete. Er ließ sich wenig anmerken, aber seine dilettantischen Anmachsprüche vom Vortag waren ihm sichtlich peinlich. Als er kurz einen Stift holte, war Frau Müller zu ihnen herübergerückt. Lina war sich sicher, dass dies gegen irgendeine Regel verstoßen musste. Die Jungs waren schnell zwei Meter weitergerutscht, aus Angst, dass diese Frau ihnen den Schädel einschlagen würde. Genau so sah sie nämlich aus.

»Ihr kleinen *Bitches* glaubt wohl, ihr wüsstet alles«, zischte sie hervor. »Wenn meinem Mann etwas passiert, töte ich euch mit bloßen Händen. Einen nach dem anderen, qualvoll langsam, glaubt mir das. Ich liebe diesen Mann, und seine Kinder tun das auch. Habt ihr schon mal jemanden verloren? Hä?«

Eine rhetorische Frage, aber Lina und Lara schüttelten kaum merklich und widerwillig ihre Köpfe.

»Und übrigens: Ihr habt so viele Fehler gemacht, das war richtig peinlich. Das mit der Pekingente war ja noch eher eine Glanzleistung.«

Die Frau schien richtig sauer zu sein. Ihre Worte jedoch verließen ihren Mund leise und präzise formuliert. Sie war offensichtlich ein Vollprofi.

»Erstens, ihr müsst eure Zielpersonen viel besser observieren. Zweitens, ein bisschen weniger Handyzeit, dann klappt es auch mit der Konzentration. Und vor allem: Unterschätzt eure Feinde nicht. Unterschätzt mich nicht. Und über eure Hosen sprechen wir ein anderes Mal.«

Die Furie schielte zur Seite. Merkwürdigerweise war der Polizist für Linas Geschmack etwas zu lange auf der Suche nach einem beschissenen Stift. Das war natürlich reine Schikane, glasklar. Sie hatten den Widerling und diese Frau Müller zusammen gesehen. Zwischen den beiden war auf jeden Fall etwas gelaufen. Vielleicht war der Arsch sogar Teil ihrer Crew. Clever, beim nächsten Mal würde sie ebenfalls auf interdisziplinäre Zusammenarbeit setzen. Wenn es denn ein nächstes Mal geben sollte.

Diese Frau Müller war noch nicht fertig. In ihr brodelte es augenscheinlich, der nächste Ausbruch folge sogleich. »Ey, und warum habt ihr das scheiß Paket nicht einfach aus unserem Schrank geholt? Eure Leute hatten doch mitbekommen, dass wir es haben. Informationstransfer, Leute, Informationstransfer! Und dann noch diese unnötige Entführung? Hattet ihr Bock auf ein bisschen Action, oder was? Ihr habt euch schön selbst in die Scheiße geritten, richtig reingaloppiert seid ihr. Mannmannmann, organisiert ihr erst mal ein Schulfest, bevor ihr einen auf Drogenboss für Anfänger macht.« Sie starrte sie missbilligend an. Ihr eiskalter Blick pendelte zwischen Lina und Lara hin und her.

Lina und Lara schwiegen und blickten bedrückt auf den Fußboden. Leider lag die schrullige Frau mit den rotgeränderten Augen nicht ganz falsch. Sie hatten sich in ihrem Höhenflug etwas verkalkuliert. Diese Frau Müller hingegen schien sich auszukennen. Und sie hatte sich bis zum Showdown in ihre Rolle als liebende Ehefrau perfekt eingefunden. Lina konnte nicht verhindern, eine Welle neidvoller Anerkennung zu verspüren. Diese Frau hatte bestimmt bereits auf alle erdenklichen Arten und Weisen Menschen getötet.

In Zeitlupe bewegte sich der Polizist endlich wieder zur Gruppe. Bevor er sich in Hörweite befand, schloss Frau Müller ihre Ausführungen mit einem Knall ab: »Und übrigens, es kann nur eine Chefin geben. Ein gutes Team ist wichtig, aber eine Person trifft die Entscheidungen. Und ihr? Ihr traut euch doch noch nicht mal gegenseitig über den Weg. Das sieht man auf hundert Metern Entfernung. Deswegen bringt ihr es auch nicht. So einfach ist das …« Diesen Worten war eine bedeutungsvolle Pause gefolgt. »Aber wisst ihr, was das Wichtigste ist?«

»Ähm, nein«, hatte Lina vorsichtig gesagt. Sie hatten es hier offenbar mit dem größten Drogenboss zu tun.

»Wenn ich einen von euch noch mal in der Nähe meines Mannes erwischen sollte, seid ihr tot. Ohne jeden Zweifel.«

Das hatten sie gewusst, ohne dass Frau Müller es hätte aussprechen müssen.

Frau Müller hatte einen Schutzanzug anziehen müssen. Ihre Hände hatten dabei so stark gezittert, dass der Krankenpfleger ihr helfen musste.

»Sie können jetzt reingehen. Klingeln Sie ruhig, wenn Sie uns brauchen.« Der Pfleger schaute sie mitfühlend an und öffnete ihr die Tür.

Die Kraft in ihren Beinen verließ sie, sodass sie fast stürzte. »Geht schon, danke«, versuchte sie möglichst glaubhaft zu vermitteln.

Sehr viele bunte Kabel und durchsichtige Schläuche führten von laut piependen Geräten direkt hinein in den Mann, den sie seit so langer Zeit in ihrem Herzen trug. Durch die Atemmaske, die immense Verkabelung und das OP-Hemd wirkte er fremd. Kurz keimte in ihr die Hoffnung, dass es gar nicht ihr Mann war, der zwei Mal angeschossen und schwer verletzt in ein nicht geeignetes Krankenhaus eingeliefert worden war. Doch die Realität setzte sich langsam durch.

Frau Müller bewegte sich zögerlich auf das Bett zu. Eine Hand presste sie beständig auf ihren Mund mit dem Versuch, das Schluchzen zu unterdrücken, das wie eine Flutwelle in ihr aufbrandete.

Sie berührte seine Hand. »Mein Herz«, flüsterte sie, »es tut mir unendlich leid.«

Der Rettungsdienst hatte ihn in diese Kurklinik eingeliefert. Es waren so viele Hände notwendig gewesen, um die Blutungen zu stillen, dass fast das gesamte diensthabende Personal mit der Versorgung ihres Mannes beschäftigt gewesen war. Die Operation war gut verlaufen. Glücklicherweise schien diese Lina das Schießen nicht zu beherrschen. Trotzdem hatte die Ärztin gestern Nacht am Telefon erwähnt, dass der Eingriff nicht einfach gewesen war, da viele große Blutgefäße beschädigt worden waren und Herr Müller viel Blut verloren hatte. Auf der ganzen Insel hatten sie alle passenden Blutkonserven zusammengekratzt und ihm verabreicht. Er war viel zu instabil, um mit dem Hubschrauber transportiert zu werden. Selten hatte Frau Müller so viel Dankbarkeit verspürt. Dass Menschen mit Blaulicht losrasten, um fremde Leute zu retten oder Kriminelle zu verhaften und somit den Rest der Bevölkerung zu schützen, war nicht selbstverständlich. Wer hatte das wohl erfunden, fragte sich Frau Müller und nahm sich vor, die Antwort darauf beizeiten zu recherchieren. Das schönste Wunder war jedoch, dass sie das Unmögliche geschafft hatten. Ihr Mann lebte und lag nun vor ihr.

Ein Stuhl stand neben seinem Bett, das sich mittig im fensterlosen Raum befand. Sie setzte sich und legte ihren Kopf seitlich neben seinem Oberkörper auf der Matratze ab. Von seinem Arm ging der herrlich vertraute Duft seines Körpers aus. Sie atmete tief ein und hoffte, einige Partikel in sich aufnehmen zu können, um sie für immer zu konservieren. Das Verlangen, ihn so fest wie möglich zu umarmen, überwältigte sie nahezu. Die vielen Verbände, Pflaster und Infusionen ließen es jedoch nicht zu. Sie musste mit seiner Hand vorliebnehmen, die sie beständig streichelte.

»Es wird alles gut. Wir kriegen dich hier gesund wieder raus, ganz bestimmt. Ich war auch schon mit Hildegard draußen, du musst dir keine Sorgen machen. Sogar am Hundestrand waren wir«, sagte sie leise und lächelte. Die umstehenden Geräte surrten und piepten. Frau Müller schwieg eine Weile und suchte nach Worten. »Das ist jetzt nicht der Zeitpunkt, an dem wir uns trennen werden, hast du gehört? Du musst es schaffen. Es ist noch nicht Schluss.« Sie beobachtete ihn und setzte nach: »Du kannst auch jeden Tag eine Weste tragen, versprochen.«

Gespannt betrachtete sie das Gesicht ihres Mannes in der Annahme, dass diese Provokation etwas in ihm auslösen würde. Er zeigte jedoch keine Reaktion.

Frau Müller blickte sich um. Wie konnten die Leute, die hier arbeiteten, sich nur merken, wofür all diese Geräte einzusetzen waren? Unmittelbar vor ihrem Urlaub hatte sie eine Fernsehdokumentation über Pflegemissstände gesehen. Vor Kurzem hatte ein Pfleger sogar mehrere Menschen getötet, indem er vorsätzlich falsche Medikamente verabreicht hatte. Frau Müller rümpfte argwöhnisch die Nase und drückte den Rufknopf, der über dem Bett an einem weißen Kabel hing. Vertrauen war gut, Kontrolle aber immer noch besser.

Eine Ärztin betrat den Raum. Sie wirkte freundlich und trug die prototypische hellblaue Kleidung, die in jeder Krankenhausserie zu sehen war. Ihre Haut schien ein wenig zu blass für die Jahreszeit und ihre Anwesenheit auf einer Insel. Sie informierte Frau Müller über den Zustand ihres Mannes. Das Ärzte-Team war zufrieden mit seiner Verfassung. Frau Müller war das ebenfalls, wirklich, sie war überglücklich, dass er lebte. Aber ein wenig auf den Zahn fühlen musste sie der Ärztin trotzdem, um die allerbeste Behandlung für ihren Mann zu gewährleisten. Schließlich existierten in jeder Berufsgruppe Menschen, die nur das Nötigste taten und schlampig arbeiteten, wann immer es ging.

»Und Sie sind … äh, Hautärztin?«, wollte Frau Müller wissen.

Keine Antwort.

Frau Müller blieb an ihrer Qualitätsprüfung dran. »Was ist denn, wenn es Komplikationen geben sollte? Können Sie damit umgehen? Wo haben Sie denn studiert, wenn ich das mal nachhaken darf?« Die Fragen sprudelten unkontrolliert aus Frau Müllers Mund hinaus. Sie redete immer schneller.

Ihr Gegenüber zog verwundert die Stirn kraus und hob die Hand, um das Verhör zu beenden. »Wir haben ihrem Mann das Leben gerettet. In einer Klinik für Haut- und Lungenerkrankungen. Er ist stabil, aber lange noch nicht über den Berg. Und das allein grenzt schon an ein Wunder. Eine Infektion ist nie auszuschließen, auch mit anderweitigen Komplikationen müssen wir rechnen!« Das Ausrufezeichen war klar zu vernehmen.

»Ich möchte ja nur das Beste für meinen Mann. Also im Internet steht, dass …«

Die Medizinerin wusste offenbar nicht recht, wie ihr geschah. »Ich versichere Ihnen, die Verlegung wird …«, holte sie ärgerlich aus und stoppte mitten im Satz.

Mit geweiteten Augen glitt ihr Blick an Frau Müller vorbei. Dort schien etwas zu passieren.

»So geht das zu Hause die ganze Zeit«, flüsterte Herr Müller kaum hörbar und mit geschlossenen Augen.

Frau Müller erschrak sichtlich und versuchte, zwischen all den Kabeln möglichst viel Körperkontakt zu ihrem Mann herzustellen. »Da bist du ja, mein Schatz«, sprach sie leise und konnte ihr Glück kaum fassen. Tränen der

Freude tropften auf den OP-Kittel, in den ihr geliebter Mann gehüllt war.

Währenddessen überprüfte die Ärztin alle Werte und wandte sich an den Patienten. »Herr Müller, ich bin Doktor Janssen«, sprach sie ruhig, aber bestimmt, »können Sie mich hören?«

Herr Müllers Lider blieben gesenkt. Dennoch war er bei Bewusstsein und nickte kurz. »Die fängt hier noch als Ärztin an«, nuschelte er anschließend.

»Er ist ja ganz durcheinander, das liegt sicherlich an den Schmerzmitteln«, rechtfertigte sich Frau Müller verlegen. Sie kümmerte sich halt um ihn.

Frau Doktor Janssen waren offenbar besorgte Angehörige vertraut, die die gesamte Behandlung infrage stellten, um die Poleposition für ihre Lieben zu sichern. Sie lächelte Herrn Müller verschwörerisch an. Obwohl seine Augen weiterhin geschlossen waren, hätte Frau Müller schwören können, ein leichtes Grinsen auf seinen Lippen gesehen zu haben.

»Er hat viel Blut verloren, aber alle wichtigen Organe sind intakt, seine Blutwerte sind gut«, erklärte die Ärztin. »Er ist zu instabil für eine Verlegung. Wir haben eine versierte Kollegin für Schussverletzungen kontaktiert. Sie stimmt unserem Vorgehen völlig zu. Die Person, die die Waffe abgefeuert hat, war glücklicherweise kein Profi. Er wird sich erholen, sofern keine Komplikationen entstehen.«

Frau Müller atmete auf und bedankte sich.

Doktor Janssen verließ den Raum, nachdem sie Frau Müller darauf hingewiesen hatte, dass sie ihren Besuch auf maximal eine Stunde beschränken musste. Dafür durfte sie am Abend erneut kommen und sich jederzeit telefonisch nach der Verfassung ihres Mannes erkundigen. Sie genoss jede Sekunde mit ihm, obwohl er nach seinen kurzen Äußerungen wieder in einen tiefen Schlaf gefallen war.

Beim Verlassen der Klinik erwartete sie strahlender Sonnenschein. Frau Müller blinzelte kurz und schaute sich um. »Aha, wir beide also«, murmelte sie und spürte, dass dieses schicksalhafte Erlebnis sie für immer mit dieser schrulligen Insel verbinden würde. Sie würde hier noch viele Tage verbringen, vermutlich sogar Wochen. Auf keinen Fall würde sie ihren Mann allein lassen. Er würde in Ostfriesland im Handumdrehen sprachlich und kulinarisch verwildern.

Der Weg zum Hotel führte sie vorbei an Restaurants und kleinen Läden. Sie kannte die Straßen mittlerweile in- und auswendig. Obwohl es ihr vorkam, als wäre sie schon seit Wochen auf der Insel, sah sie die gesamte Umgebung heute in einem anderen Licht. Sie dachte an die Filterfunktion, mit der Handyfotos bearbeitet werden konnten. Die Farben erschienen wärmer, alle Umrisse klarer. Wer das Unperfekte suchte, war an diesem Ort sicherlich richtig. Aber möglicherweise und nur ganz eventuell hatte diese Insel doch etwas unerwartet Charmantes an sich.

Im Hotel angekommen, holte sie sofort ihren neuen Zweitehemann ab. Hildegard begrüßte sie stürmisch und hoffte nach der langen Wartezeit offensichtlich auf einen Spaziergang am Meer als Belohnung. Der Hundestrand war von der Promenade aus gut erreichbar. Sie wollte sich nicht zu weit vom Ortskern entfernen, falls sich der Zustand ihres Mannes verändern sollte. Hildegard hatte es eilig und trabte munter unter der späten Sonne des Tages. Er zog an der Leine und änderte rasant das Leine-Frauchen-Verhältnis.

Sie erkannte die Hundeleute bereits von Weitem, und dann auch noch Ostfriesen, zumindest teilweise, wie sie aus dem kaum zu bändigenden Gequake schließen konnte. Frau Müller war überrascht, als zwei Personen sie heranwinkten. Zögerlich näherte sie sich der Gruppe.

»Das ist doch Hildegard, oder?«

»Ähm, ja, stimmt«, antwortete sie vorsichtig.

»Na, wo habt ihr denn Kalle gelassen?«, erkundigte sich der ältere Herr eher bei Hildegard als bei Frau Müller.

Damit hatte sie nicht gerechnet. Die Menschen kannten ihren Mann und sahen ernsthaft besorgt aus. Vermutlich brachten sie die Geschehnisse des gestrigen Abends, die sich wie ein Lauffeuer verbreiteten, mit Herrn Müller in Verbindung. Erschrockene Gesichter starrten Frau Müller an, als ihr umgehend die Tränen in die Augen schossen.

»*Kom man even her, mien Leev*«, sagte eine der älteren Damen und legte liebevoll ihren Arm um Frau Müller.

Frau Müller hatte kaum etwas von diesen kantigen Worten verstanden, aber ihr Herz erwärmte sich, als ihr die völlig fremden Menschen Trost spendeten. Sie fühlte sich sofort herzlich aufgenommen. Es stellte sich heraus, dass die skurrile Runde aus Einheimischen und Gästen bestand, die seit vielen Jahren die Insel besuchten. Einige von ihnen hatten Kalle und Hildegard zu Beginn ihres Urlaubs kennengelernt und offensichtlich ins Herz geschlossen. Hans wohnte sogar im Schwarzwald und hatte sich bereits mit Herrn Müller zu einem Hundewochenende verabredet.

Während Hildegard mit seinen Freunden auf vier Pfoten umhertollte, erzählte Frau Müller, wie es um ihren Ehemann stand. Einige Details musste sie natürlich gekonnt umgehen. Die Gruppe schien erschüttert.

»Hier auf der Insel?«

»Nee, wa?«, schallte es gleichzeitig aus mehreren Mündern.

Als der ältere Mann seine Thermoskanne zückte und den schon mit Sahne und Kluntje verfeinerten Tee in Pappbechern abfüllte, schienen sich die Gemüter schlagartig zu beruhigen.

»Na dann, Prost Tee. Auf Kalle.«

Der Tee schmeckte nicht besonders gut, aber die fürsorgliche Geste rührte umso mehr. Auch im Hotel hatte sie ihr Zimmer für unbestimmte Zeit behalten dürfen. Sogar ein Beistellbett für Ben und Caro wurde organisiert, damit sie bei ihrer Mutter übernachten konnten. Ihr schlechtes Gewissen regte sich. Sie war Land und Leuten voreingenommen begegnet, und das völlig zu Unrecht. Die lustige Hundetruppe betüddelte Frau Müller geradezu. Die Leute boten ihre Hilfe an und nahmen sie ohne Unterlass in den Arm. Die frische Luft tat allen gut, und trotz der widrigen Umstände verspürte Frau Müller eine unerwartete Entspannung. Sie jagte Hildegard über den Strand, der begeistert mit voller Wucht in die Wellen sprang.

»Kommst du morgen wieder?«, fragte Hans etwas später.

Freundliche Gesichter schauten Frau Müller an, als sie die Leine an Hildegards Halsband einklicken ließ. »Ein paar von uns sind eigentlich immer hier.«

Warum sie einige Sekunden zögerte, hätte Frau Müller im Nachhinein nicht erklären können. »Ja«, sagte sie knapp und schloss ehrlich lächelnd an: »Ja, gern. Vielen Dank.«

Sie waren verabredet. Aber anders als beim letzten Mal.

Faust saß an einem Tisch in der Hotelbar. Er hatte sich vorgenommen, zwei Stücke Kuchen zu essen. Die Auswahl in der Auslage hatte hervorragend ausgesehen. Die Form war so asymmetrisch, dass er der Behauptung, der Kuchen sei selbst gebacken, sogar Glauben schenkte. Morgen würde er wieder abreisen. Seine Kollegen waren bereits aufs Festland zurückgekehrt. Er sollte die abschließende Schlüsselübergabe für die gemieteten Räumlichkeiten übernehmen.

Petra betrat die Hotelbar mit zerzausten Haaren und einem nach nassem Fell riechenden Dackel. Sie umarmten sich herzlich.

»Also ich nehme Kirsch-Streusel und Schoko.« Faust grinste über beide Ohren, als er bei der Bedienung seine Bestellung aufgab.

»Zwei, oder wie?«, fragte Petra begeistert. »Mach ich mit. Aber Apfel und Kirsch. Nein. Moment, haben Sie etwas mit Birnen?«

Wenig später befand sich der größte Anteil der Kuchen in ihren Mägen.

»Wie geht es deinem Mann?«, fragte Faust verhalten.

»Sie sagen, es sei alles so weit gut verlaufen. Nun kommt es darauf an, dass keine Komplikationen auftreten.«

»Okay, das klingt doch gut.«

»Er muss sich noch stabilisieren, dann schauen sie weiter. Was für ein Glück. Es hätte ganz anders ausgehen können«, sagte Petra und schaute dabei ins Leere.

»Ja, das ist richtig.«

»Dass ich so was mal erlebe, also damit hab ich echt nicht gerechnet. Dafür musste ich also erst mal nach Ostfriesland kommen.«

Für einen Moment widmeten sie sich ihren wohlwollend großen Kuchenstücken.

»Willst du mir ein bisschen was darüber erzählen, wie das alles passiert ist?«, erkundigte er sich mit vollem Mund.

»Mit oder ohne Protokoll?«, entgegnete sie lachend.

»Ohne, versprochen.«

Also erzählte Petra ihre abenteuerliche Geschichte. Dieses Mal völlig unzensiert.

»Ich hätte dir helfen können«, rief Faust völlig von Sinnen.

»Du hast mir geholfen«, entgegnete Frau Müller sofort.

»Früher, meine ich.«

»Das kam alles so plötzlich. Ich dachte, wir bekommen das hin. Wobei, das ist nicht ganz richtig, eigentlich habe ich wenig gedacht, sondern einfach gemacht. Ich wollte meinen Mann und mich so gut es geht beschützen.«

Faust verstand. Er kannte das Gefühl, am liebsten alles allein schaffen zu können.

»Schwarzwald also«, murmelte er nach einer kurzen Pause.

»Schön da.« Frau Müller lächelte. Es stimmte.

»Glaube ich sofort.«

Sie schwiegen.

»Weißt du, wir haben viel Platz, seit die Kinder weg sind. Also … Falls du Lust hast …«, äußerte Petra vorsichtig und fuhr nach einer kurzen Pause fort: »Allerdings werde ich nicht mit dir schlafen.«

Beide lachten.

»Nein, wirklich, komm uns besuchen. Ich würde mich freuen und Kalle sicherlich auch.«

»Ja, gern.« Faust kannte diese Gespräche. Freundliche Worte über künftige Ereignisse, von denen alle wussten, dass sie niemals eintreten würden. Scheinbar war ihm dieser Gedanke auch anzusehen.

Petra rutschte zu ihm hinüber. »Ich meine das ernst. Ich mag dich wirklich gern. Als Freund.«

Er nickte vorsichtig.

»Kann ich dich eigentlich Fausti nennen?«, scherzte sie.

Faust lachte. Er genoss ihre Gesellschaft. Seine Beziehungen waren sonst eher oberflächlich. Er hatte sich so oft wie ein Arschloch verhalten, dass er mittlerweile selbst glaubte, eines zu sein.

»Ihr seid echt 'ne Nummer. Sollte ich jemals eine Frau wie dich ergattern, dann heirate ich die vom Fleck weg. *Very* bester Ehemann.«

»Puh, denk da lieber noch mal drüber nach. Die Ehe ist ein Wahnsinn in jede Richtung«, erwiderte Petra im vollen Bewusstsein, dass genau das der Fall war.

Und das war das Schöne daran. Alles andere wäre ja auch zu langweilig.

# DAS ENDE

»Mehr Käse.«

Die butterfarbenen Raspeln fielen in den Topf und zerschmolzen sofort im blubbernden Käse-Sahne-Gemisch.

»Noch mehr«, murmelte Herr Müller begeistert.

»Ich raspel mir gleich 'nen Wolf. Du wirst bestimmt Durchfall bekommen.«

»Das ist es wert«, flüsterte Herr Müller und beugte sich über den Topf, während seine Begeisterung wuchs.

Frau Müller schüttelte belustigt den Kopf. »Du hast zwei Schussverletzungen überlebt, dann musst du jetzt nicht unbedingt an einem Herzinfarkt sterben.«

Herr Müller robbte seitlich an seine Frau heran und knuffte sie mehrmals sanft mit dem Ellbogen. »Du bist wie ein Stück Käse für mich. So richtig groß und aromatisch.« Herr Müller formte einen Laib mithilfe seiner Hände und schnurrte lächelnd weiter. »Über fünfzig Jahre lang gereift, prachtvoll.« Er zog Luft zischend in seine Nase ein und schien von dem Fantasieduft seiner Frau aphrodisiert.

Frau Müller schenkte ihm ihren Schlafzimmerblick par excellence und erwiderte: »Du meinst, so richtig zart und trotzdem deftig?« Mit nicht ausschließlich gespielter Entzückung legte sie eine Hand auf ihre Brust.

Herr Müller nickte. »Im Keller gereift.«

»Oh, Kalle …« Sie fuhr fort: »Du meinst mit ganz vielen Löch…«

Ben und Caro starrten sich über den Tisch hinweg an. Ihre vor Entrüstung und Ekel geweiteten Augen hatten das Maximum ihres Umfangs erreicht.

»Ey, Leude, ihr seid so abartig.«

»Jetzt hör mal auf mit deinem Pseudo-Hamburg-Slang. Wir ärgern euch ja nur ein bisschen«, nuschelte Herr Müller in die Schulter seiner Frau.

Das stimmte zwar, doch ihr Zusammenleben hatte sich in der Tat grundlegend geändert. Als Herr Müller nach der lebenserhaltenden Operation wieder bei allen Sinnen war und seine Frau wiedergesehen hatte, waren ihm sofort die Tränen gekommen. Sie hatten sich mindestens vierundzwanzig Stunden umarmt, was nicht ganz der Wahrheit entsprach, sich aber so angefühlt hatte.

Fast den gesamten Spätsommer hatten sie auf dieser Insel verbracht und jede Sekunde miteinander genossen. Sobald es Herrn Müller etwas besser ging, spielten sie stundenlang Karten und lästerten endlich gemeinsam über die teilweise groteske Inselarchitektur. Das brachte jedoch nicht den erhofften Spaß, denn wenn man sich erst mal an den Anblick der bunt zusammengewürfelten Gebäude gewöhnt hatte, konnte man ihm durchaus etwas Reizvolles abgewinnen. Etwas später waren seine Wunden schon so gut verheilt, dass Frau Müller ihren Mann mit zum Hundestrand nehmen konnte. Einer der Einheimischen, Heinzi wurde er genannt, hatte einige Male für Hildegard den Hundesitter gespielt. Auch am Tag der Wiedervereinigung von Hund und Herrchen hatte er mit Hildegard die Wartezeit am Meer überbrückt. Sobald Hildegard erkannte, wer auf ihn zu humpelte, drehte der Dackel nahezu einen Looping. Herzzerreißend jaulte er und fiepte, während er seinem Herrchen entgegenrannte. Der gesamten zweibeinigen Truppe flossen die Tränen in Strömen.

Frau Müller hatte ihre Unterkunft späterhin gewechselt und bei Heinzi und Tina übernachtet. Deren Mischling verstand sich prima mit Hildegard, und Frau Müller wurde zwangsläufig einem kulturellen Crashkurs unterzogen. Entsprechend musste die neurotisch angehauchte Prozedur etwas aufgebauscht werden. Weltkulturerbe, ja, aber der Tadsch Mahal oder Stonehenge spielten dann doch irgendwie in einer anderen Liga. Aber gut, die Ostfriesen haben ja sonst nichts.

»Drei Tassen mindestens, alles andere ist unhöflich«, brachte ihr Tina mit erhobenem Zeigefinger bei.

»Das halte ich mit Weingläsern auch immer so«, erwiderte Frau Müller und wälzte sich vor Lachen fast auf dem Boden.

Ben und Caro konnten das bestätigen. Sie hatten bei dem freundlichen Ostfriesenpaar ebenfalls Unterschlupf gefunden und wurden bestens umsorgt. Und jedes Mal, wenn der Tee im traditionellen Geschirr serviert wurde, die Kluntje knisterten und die Sahnewolken in der Tasse schwebten, wurden alle schlagartig still und andächtig.

Die gesamte Meute brachte sie am Tag der Abreise zur Fähre und winkte ihnen herzlich hinterher, während die Möwen ihre Kreise um den Fähranleger zogen. Sogar Miriam gesellte sich dazu und verabschiedete das Ehepaar.

»Nächstes Mal bitte ohne Schießerei und Drogen, ne?«, hatte Heinzi mit seiner kehligen Stimme gerufen.

»Das können wir nicht versprechen. Aber wir kommen auf jeden Fall wieder!«, hatte Frau Müller erwidert, bevor sie und ihr Mann an Bord gegangen waren.

Natürlich waren die Umstände besonders gewesen. Ohne Kokain und Schusswaffengebrauch wären sie nur zwei nervige Feriengäste von vielen gewesen. Das wussten sie. Dennoch hatten die Herzlichkeit der Menschen auf der Insel und die frische Seeluft Spuren in ihren Herzen hinterlassen. Es fiel ihnen nicht schwer, schnellstmöglich über einen weiteren Besuch nachzudenken.

Die dampfende Auflaufform stand mittlerweile auf dem Tisch.

»Nicht anfassen, ist heiß!«

Die sämige Masse blubberte einladend und stank nach Käse. Herr und Frau Müller sahen sich an und lächelten bis über beide Ohren. Sie hatten ihre Liebe wiedergefunden. Nicht ganz ohne Widersprüche, nein, auch schliefen sie weiterhin getrennt, damit Frau Müller in Ruhe schnarchen konnte. Ihre Liebe war nicht mehr wie am Anfang. Kein Verstecken, keine Unsicherheiten, kein Herantasten. Die Beziehung war schöner, entspannter und ruhte auf einem massiven Fundament. Sie nahmen einander wahr, meditierten täglich zusammen, stellten sich gegenseitig Quatschfragen und lösten mindestens die Hälfte der blöden Gutscheine ein, die im Haus verstreut lagen. Die gemeinsamen Spaziergänge durch Wald und Felder genossen alle drei am meisten. Herr Müller führte bei jeder Wanderung drei Flaschen Wasser in seinem Rucksack mit. Nur für den Fall.

»Faustiiiii!«, rief Frau Müller freudig.

»Was ist los bei euch? Was macht der Pate?«, fragte der Polizist.

»Ach du, mir geht's sehr gut«, antwortete Frau Müller sofort, denn damit konnte nur sie gemeint sein.

Die Familie versammelte sich vor der Handykamera, um ihren Freund zu begrüßen.

»Die Kinder düsen gleich los, und dann haben wir wieder unsere Ruhe. Und bei dir?«

Faust erzählte ein paar lustige Geschichten aus seinem Dienstalltag in Ostfriesland und schmückte diese ausführlich aus.

»Boah, der ist so *hot*«, flüsterte Caro ihrer Mutter ins Ohr.

Frau Müller musste unbedingt verhindern, dass ihre Tochter und der Polizist sich jemals begegneten. Die Lippen ihres eigenen Fleisch und Blutes sollten bitte nicht auf einem Mund landen, den sie selbst bereits geküsst hatte. Trotzdem freute Frau Müller sich jeden Tag darüber, dass sie Faust begegnet war. Er hatte ihnen das Leben gerettet und war grundsätzlich ein feiner Kerl, wenn man seinen Sexismus zu händeln wusste. Der Einsatz auf der Insel hatte auch ihn verändert, das war ihm anzumerken – wenn er es zuließ.

»So, jetzt geht endlich los, ja? Euer Vater und ich wollen endlich unseren Frieden haben.« Frau Müller legte ihr Handy weg, nachdem sie das Gespräch mit Faust beendet hatten.

»Mensch, Mama, irgendwann glaube ich dir das noch mal«, sagte Caro trotzig. Aber ihr fiel noch etwas ein: »Mama, kannst du mir eigentlich diesen Schal leihen? Diesen großen, den man sich um die Schultern legen kann?«

»Na sicher, der ist oben im Schrank. Ganz links«, antwortete Frau Müller bereitwillig.

Caro erhob sich etwas zu mühsam für ihr junges Lebensalter und stieg die Stufen hinauf.

»Haaaalt! Stopp!«, rief Frau Müller plötzlich mit ihrer Stimme im Pausenaufsichtsvolumen und überholte ihre

Tochter hektisch auf der Treppe. »Ähm, ich hole dir den, pack du lieber deine Sachen weiter.«

»Aber ich bin doch längst fertig«, entgegnete Caro überrascht.

»Jaja, pack du mal weiter, ich komme gleich!«, murmelte Frau Müller abwesend aus ihrem Schlafzimmer, bevor die Tür mit einem Knall hinter ihr ins Schloss fiel.

Frau Müllers Kleiderschrank war seit ihrer Ankunft verschlossen. Und das nicht ohne Grund. Simone hatte überaus ängstlich gewirkt, als Frau Müller aufgetaucht war. Die Kleinkriminelle hatte eher mit der Polizei gerechnet. Nicht erwartet hatte Simone die Frau der ehemaligen Geisel. Über den Buschfunk der Insel hatte sie längst erfahren, dass es eine Schießerei gegeben hatte, und sich entsprechend für ihre Befragung gewappnet.

»Ganz normale Feriengäste waren das«, erzählte sie der Polizei, um nicht als Mittäterin hinter schwedischen Gardinen zu landen.

»Die kannten Mädels, die waren in einem Hotel. Haben sich manchmal hier getroffen. Aber, da war ich ja nicht mit dabei.«

Simone gestand Frau Müller gegenüber die Falschaussage. Selbstredend hatte sie die Polizei anlügen müssen, schließlich waren die umliegenden Häuser bewohnt. Irgendjemand hatte die Bande sicherlich bei ihr gesehen, und dieser Umstand sollte ihr nicht zum Verhängnis werden.

»Die haben hier natürlich nach Spuren oder Drogen gesucht. Ohne Spürhunde allerdings, die waren schon wieder auf dem Festland. Das Zeug hab ich vorher zwischengelagert. Ich wusste ja, dass die kommen.«

Das war ausgesprochen weitsichtig gewesen, dachte sich Frau Müller und hegte den Verdacht, dass Simone die gesamte Aktion sicherlich besser über die Bühne gebracht hätte als die Leggings-Ladies und ihr Gefolge.

»Die Polizei ist sowieso überzeugt, dass die Pakete in der Asservatenkammer lagen. Jetzt können die schön Pizza backen mit dem ganzen Mehl«, ergänzte Simone und lachte.

Frau Müller nickte und war stolz, dass sich ihre Einschätzung bestätigte.

Simone war nicht deswegen so auskunftsfreudig, weil sie Frau Müller so gern mochte, sondern weil sie unter Druck stand.

»Ich will sechs Pakete haben«, hatte Frau Müller ihr gleich zu Beginn eröffnet, »ansonsten melde ich dich bei der Polizei und erzähle denen alles.«

Simone konnte nicht gut abschätzen, was genau die Beamten würden finden können, wenn sie gründlich nachschauten. Besonders sorgfältig waren die Ermittler nicht vorgegangen.

»Wenn die hier noch mal mit einem Spürhund durchgehen, dann, naja …«, ergänzte Frau Müller vielsagend.

Das reichte Simone als Argument.

Frau Müller fuhr fort: »Verkaufe den Rest der Ware. Wenn die Mädels wieder auf freiem Fuß sind, wollen die natürlich an ihre Pakete zurück. Dann erklärst du denen, dass die Polizei alles mitgenommen hat. Dafür wurden sicher die Männer der Gruppe belangt, nicht die beiden Frauen. Die haben hier ja nicht gewohnt. Somit taucht das Thema in der Gerichtsverhandlung der Mädels ja gar nicht auf. Sie werden zudem niemanden beiläufig fragen können, wo eigentlich ihre Koks-Pakete abgeblieben sind. Verstanden?«

Simone war skeptisch. »Und was ist, wenn die sich untereinander austauschen? Irgendjemand muss das Kokain ja haben.«

»Das ist richtig. Aber das dauert jetzt erst mal laaaange, bis die miteinander reden können. Und dann lügt halt einer von denen.« Frau Müller zuckte mit den Schultern und setzte nach: »So ist es doch in eurem Milieu, nicht wahr, liebe Simone? Da kann man niemanden trauen.«

Simone wog ihren Kopf hin und her.

»Na gut, okay. Machen wir's.«

Frau Müller hatte ihre Idee keinen Tag bereut. Das Zeug in ihrem Schrank war Tausende Euro wert, zumal Kokain gerade überall im Trend lag. Diese Informationen hatte sie beiläufig aus Faust herausquetschen können. Das Vorgehen von Lina und Lara hatte ihr diesen Gedanken ja überhaupt erst eingepflanzt. Niemand würde die Pakete vermissen, da sich die mit Mehl gefüllten Double gut getarnt und bald vergessen in irgendeiner Asservatenkammer befinden würden.

Sie hatte natürlich nicht alles mitgenommen, das war ihr zu riskant erschienen. Aber eine kleine Altersvorsorge, das war doch wohl das Mindeste, was dieser ganze Ärger ihnen einbringen sollte. An einen schicken Zweitwagen-SUV hatte sie ebenfalls gedacht, schon allein um ihre Kollegen zu ärgern.

»So, los jetzt«, rief Herr Müller, »alle rein ins Auto, euer Zug fährt.«

Frau Müller startete den Motor und entdeckte dabei ein wenig Sand auf ihrer Fußmatte. Inselsand. Sie hielt kurz inne und gab ihrem Mann auf dem Beifahrersitz wortlos einen Kuss.

»Ich dich auch«, sagte er lächelnd und schaute ihr in die Augen.

»Also, *vamos*«, rief Frau Müller entzückt und warf den Kopf nach hinten.

Hinter ihnen regte sich abermals Widerstand bei der nächsten Generation, aber das war Frau und Herrn Müller herzlich egal.

»Seid doch froh! Vor ein paar Wochen war er noch überzeugt, dass ich ihn umbringen will.« Frau Müller blickte im Rückspiegel in fragende Gesichter.

»Haha, das dachte ich wirklich«, bestätigte Herr Müller lachend.

In diesem Moment trat seine Frau das Gaspedal durch, sodass er diese Geschichte für sich behalten konnte.

*Weitere Titel finden Sie auf den folgenden Seiten und im Internet:*

**WWW.GMEINER-VERLAG.DE**

Birgit Poppe
**Die Malerin im Birkenwald**
Roman
288 Seiten, 13,5 x 21 cm,
Premiumklappenbroschur
ISBN 978-3-8392-0862-5

Ella will Künstlerin werden. Als Frau von der Düsseldorfer Kunstakademie ausgeschlossen, begibt sie sich zum Malen in das Künstlerdorf Worpswede zu Fritz Mackensen und Otto Modersohn. Paula Modersohn-Becker wird ihr großes Vorbild. Die Begegnungen und Erlebnisse mit Künstlerinnen und Künstlern wie Clara Westhoff, Hermine und Fritz Overbeck sowie Heinrich Vogeler lassen Ella bald an einer Zukunft mit ihrem Verlobten Karl zweifeln. Auch fasziniert sie der französische Künstler Luc, der ihr von der Pariser Kunstszene erzählt …
Kunst oder Konvention? Sicherheit oder freies Leben? Ella muss eine Entscheidung treffen.

GMEINER SPANNUNG

**WWW.GMEINER-VERLAG.DE**
*Wir machen's spannend*